灰いろの鴉

捜査一課強行犯係・鳥越恭一郎

櫛木理宇

角川春樹事務所

目次

灰いろの鴉

捜査一課強行犯係・鳥越恭一郎

プロローグ

少年は、空き地の草むらにしゃがみこんでいた。

家に帰りたくなかった。母の金切り声を聞くのも、父が消えたがらんとした部屋を見るのもいやだった。友達の顔すら、いまは見たくない。草野球やゲームではしゃぐ気分にもなれなかった。

夏だった。

丈の高い草が、しゃがんだ少年の体をすっぽりと隠している。

むせかえるような草いきれ。照りつける強い陽射し。草に隠れて息を殺していても、全身の毛穴から汗が滲みだしてくる。額から垂れ落ちた汗が口に入って、塩からい味を舌の上に残す。

ふと、少年は顔を上げた。視線を感じたのだ。

肩越しに振りかえる。

しかし人間ではなかった。道の向こうの道路標識に、一羽の鴉がとまっていた。澄んだ黒い双眸で少年を見つめている。恐れる様子はまるでない。

少年は立ちあがった。鴉の凝視に対し、驚きはなかった。

羽を広げて鴉が飛んでくる。向かってくる。だがやはり意外には思わなかった。逃げもせず、仁王立(におうだ)ちで待ちかまえた。

　鴉は少年の足もとに降り立った。

　しばし、少年を見上げる。

　その瞳(ひとみ)に、少年は意思を読みとった。真っ黒い羽が濡(ぬ)れたような艶(つや)をはなち、陽光を弾(はじ)いて光っている。角度によっては、緑や青みがかった艶を帯びる。

　美しかった。美しく、強く、知性を感じさせる大型のハシブトガラスであった。

　鴉はやがて羽を広げ、飛んだ。

　少年はそのあとを追った。導かれるがままに、草むらをななめに突っ切る。

　空き地のなかばまで来て、彼は足を止めた。生い茂る草の根もとに、一羽の鴉が落ちていた。ぴくりとも動かない。死んでいる。

　少年は顔を上げた。

　導いた鴉は竹竿(たけざお)の先端にとまっていた。町内のガキ大将が先週、陣地取りのために突き立てた竿だ。

　——おまえのつがいか?

　眼前の鴉に、少年は心中でそう呼びかけた。

　いま一度死骸(しがい)を見下ろす。自分の仮説を、彼は確信した。導いてきた鴉より体躯(たいく)がちいさい。頭の毛が寝ている。そして上嘴(うえくちばし)が、滑らかにやや湾曲している。

　雌(めす)だ、と思った。

鴉の雌雄は見分けがむずかしい。学者でさえ「産卵期にならないとわからない」「体の内部構造を見ない限り判断不能だ」と言う。

しかし少年は常から、鴉の雌雄を直感で区別できた。鴉と心で触れあえた。鴉たちの訴えや主張を肌で感じ、読み解くことができた。

犬猫や魚や、ほかの鳥類とはこんなふうに通じ合えない。鴉とだけであった。なぜなのかは知らない。だが少年は、ごく幼い頃からそうだった。

「……埋めてほしいんだな？」

少年は問うた。

導いた鴉は動かない。黒い双眸でじっと少年を見つめている。

「真夏だもんな。ほっといたら腐っちまう。――わかったよ。埋めておくから安心しろ。奥さんの死骸は誰にも見せない。約束する」

鴉が、わずかにうなずいたように見えた。

むろん錯覚だと頭ではわかっている。だが少年の目にはそう映った。口では説明しきれぬ、超自然的な感覚であった。

鴉が竹竿から飛びたつのを見届け、少年はきびすを返した。

自宅にスコップを取りに行くためだった。

第一章

1

『ジョイナス桜館(さくらかん)』へのアクセスは、小筒(こづつ)インターチェンジから約三キロ、最寄(もよ)りのバス停から徒歩六分だ。

窓を開ければ川のせせらぎが聞こえ、娯楽室や食堂からは山々が一望できる。〝大自然に抱かれながらの豊かな晩年〟をキャッチコピーとした、六階建て鉄骨造りの介護付き有料老人ホームである。

居住費は家賃、管理費、食費、光熱費など込みで、独居なら約二十三万円、夫婦なら約四十万円。医療費やサポート費用などは別途支払う。

なおデイサービスも併設しており、こちらは一回三千円から五千五百円だそうだ。入居の定員は四十八名。デイサービスなら三十名まで受け入れている。

全室個室で、介護用電動ベッド、冷暖房、洗浄機能付きの車椅子(くるまいす)対応トイレ、温水器付き洗面所、テレビ回線、Ｗｉ－Ｆｉ、ナースコール、スプリンクラー等の消防設備が各々完備である。

屋上と前庭にはガーデンテラス、三階に食堂と娯楽室と図書コーナー。一階には健康管理室、ヘルパーステーション、リハビリコーナー、デイサービスルームがある。エレベータは東側に二基、西側に一基。協力医療機関には市内の二病院を登録し、介護および看護職員を夜間でも最低三人は常駐させている。

——まあ、とりあえず不満はないかな。

ぐるりと『ジョイナス桜館』のロビー兼喫茶室を見まわし、水町未緒巡査は短く息をついた。

眼前には母方の祖父母がいた。

日曜ののどかな昼下がりである。先月この施設に入居したばかりの祖父母を、彼女は面会に訪れたのだった。

「いい施設を見つけてある、おまえたちに迷惑はかけん」

が、定年退職後の祖父の口癖だった。

そして有言実行がモットーだった祖父は、七十五を過ぎた途端、宣言を実行に移した。みずから家を処分し、子や孫に話しあいの機会すら与えぬ、電撃的な転居であった。

運転免許を返納して、妻とともにさっさと『ジョイナス桜館』に引っ越したのだ。

——入居費、二人で四十万かあ。

ちょっと高い気もするけど、新しくてきれいだし、なにより安心はお金で買えないもんね。近ごろは老人を狙った犯罪が多いから……と、未緒は自分を納得させた。

さいわい祖父母ともに元公務員ゆえ、年金に不足はない。

祖父は元教師で、祖母は元保健師である。入居者には彼らが現役時代からの友人も多い。というより、友人たちとしめし合わせて同じホームを契約したふしがある。

——ま、かく言うわたしも公務員だけどね。

でもわたしが定年になる頃は、こんな施設に住めるほどの年金はもらえなそう。そうひとりごちたとき、

「未緒、なにをさっきからぶつぶつ言っとる」

と祖父が彼女の膝を叩いた。

「ああ、ごめん」水町巡査は苦笑いした。

「わたしは将来こんなとこに住めるのかなぁとか、つい考えちゃって」

「まあ、気の早い」

祖母が呆れ顔をした。

「もうそんな先の心配？　もっと考えなくちゃいけないことが、あなたには山ほどあるでしょう。まずはいい人と出会って、次に県警で出世して……」

「まさか、出世なんて無理無理」

水町巡査は慌てて手を振った。

「筆記試験だけならまだしも、柔剣道の有級者でなきゃ巡査部長にすらなれないんだよ。なんでわたしなんかが捜査一課に配属してもらえたのか、いまだにわけわかんない。てっ

きり会計課とか、広報課にまわされると思ったのに」

「だらしないことを言うな」

祖父が顔をしかめる。

「県警本部刑事部の捜査一課と言えば、花形も花形じゃないか。せっかく抜擢してもらえたんだ、チャンスを生かせ。女を上げろ」

「女を、ねえ……」

水町巡査はむにゃむにゃと語尾を濁した。口だけでも「頑張る」と啖呵を切れないあたりが、どうにも性格である。

「ともかく、おじいちゃんとおばあちゃんが元気でよかった」

彼女は話題を変えた。

「街から遠いけど、不便はない？　食事はどう？　こういうとこって薄味で、病院食に近いんじゃないの」

「それがね、ここは意外といけるのよ」

祖母が身をのりだす。

「もちろん糖尿や脂肪肝の方たちは特別食ですけどね。でもわたしたちには、ちゃんとお肉だの天婦羅が出てくるのよ。その天婦羅がまた、揚げたてで熱いの。わたしが揚げるより、よっぽど上等」

「そりゃおまえ、プロの料理人が金もらって作ってるんだから当然だろう」と祖父。

「いえいえお父さん、そんなことないわよ。こないだだってテレビで言ってたじゃない。お金取ってたって、ろくなお料理出さないお店や施設はいくらでも――……」

祖母の語尾が消えた。

かん高い悲鳴によってかき消されたのだ。若い女の声だった。

次いで、ガラスか陶器が割れたらしい破砕音が響く。ロビー兼喫茶室が、一気にざわついた。

水町巡査は立ちあがった。

「二人ともそこにいて。動かないで」

祖父母に言い置いて、喫茶室の出口へ走る。悲鳴はまだつづいていた。いや、それどころか増えている。男女の声が入り混じっている。泣き声。怒号。

水町巡査は喫茶室を飛び出し、短い廊下を走って角を曲がった。

そして、立ちすくんだ。

まず目を奪ったのは、赤だった。次いで白い光が目を射る。反射光だ。右に左に振りまわされる刃が、窓から射しこむ陽を弾いて光っているのだった。

――血。刃の光。

腕を切られたらしい女性職員が、泣き声を放っている。入居者数人が床を這いつくばって逃げている。誰かがフロアに倒れていた。腹を押さえて呻いている。職員だろうか、それとも面会に来た一般人か。

人の輪の中心に、男がいた。

若くはない。中年だ。包丁を振りまわしている。顔じゅうを口にして、なにごとか叫んでいる。

「……ナガは、——こだ」

「ヨシナ……ゾウを、出せ」

よく聞こえない。高い天井に反響して、声が割れている。聞きとりにくい。

水町巡査は立ちすくんでいた。足が動かなかった。

今日は非番だ。それに交番勤務の巡査でない限り、警棒や拳銃はふだん携帯しない。無線機さえ持っていない。どうしていいかわからない。

駆けつけた男性職員たちも、同様に手をこまねいていた。男が絶えず刃を振っているため近づけないのだ。だがそれでも、じりじりと包囲は縮まりつつあった。男が包丁を振るいながら、わずかに一歩退がる。

その後退に、ようやく水町巡査の呪縛が解けた。

「け——け、警察だ！」

うわずった声で叫ぶ。

「警察だ、嘘じゃないからね。動くな！」怒鳴りながら、カウンターに置かれた観葉植物の鉢を摑んだ。男に向かって、思いきり投げつける。

男が目を見ひらいた。

鉢は当たらなかった。だが男は、避けようと大きく身をかがめた。

「いまです!」

水町巡査は叫び、走った。男性職員数名がつづいた。

しかし男の体に手をかける前に、腕がかっと熱くなるのを彼女は感じた。

——熱?

いや違う。痛みだ。

血が閃いた。彼女自身の血だった。切りつけられたのだ。一瞬、ひるむ。その隙に、男はきびすを返した。正面玄関の自動ドアをくぐり、駆けていく。

「ヨシ……ガ、ゾウ……!」

男の怒号が聞こえた。

正面玄関前に送迎用のタクシーが停まっている。客の荷を下ろすためだろう、運転手はバックドアを開けてトランクにかがみこんでいた。

男がためらわずタクシーに飛びこむ。

水町巡査は慌てて外へ走り出た。まずい。逃げられる。だが遅かった。凶刃の男はすでにハンドルを握っていた。

バックドアを跳ね上げたまま、タクシーが走りだす。はずみで転倒した運転手は、その場に尻を突いて唖然としていた。

水町巡査はスマートフォンを取りだした。一一〇番だ。通報して、緊急配備をかけてもらわねば。そして一刻も早く検問を敷いてもらうのだ。

ナンバーははっきり見た。タクシー会社もわかっている。キンパイさえかかれば、逮捕は時間の問題だ。

しかし、彼女の手はなかばで止まった。

タクシーが猛スピードで、あらぬ方向に走っていくのが見えたせいだ。そう、出口でなく、デイサービスの利用者たちが歓談するガーデンテラスに——。

新たな悲鳴が湧いた。

椅子やテーブルが壊れる音。破裂音。そして咆哮と叫喚があたりを支配した。焦げくさい臭気を鼻に感じたのは、数秒遅れてからだった。

眼前の光景に、水町巡査は動けなかった。棒立ちだった。

目と鼻の先に惨劇があった。

彼女の手から、ゆっくりとスマートフォンがすべり落ちた。

２

１ＤＫのアパートに朝の光が射しこんでいる。

こまかな埃が、光の中で輝きながら舞っていた。陽光がよどんだ室内を照らしだし、飲み残しの缶チューハイ、コンビニ弁当の空き容器、脱ぎっぱなしの靴下やシャツをあらわにする。

眉間に深い皺を刻み、鳥越恭一郎巡査部長は万年床から起きあがった。

このアパートに入居するとき、

「県警捜査一課の刑事さんが住んでくれるなんて、こんなありがたいことはないですな。存在が防犯になる」と大家に言われたものだ。

だが直後に大家は鳥越の顔をじろりと眺め、

「あ、でも女性を連れこんで騒ぐようなのは駄目ですよ。うちはそういうあれは――騒音だけは困るから」

とも釘を刺してきた。

鳥越は「ご心配なく」と笑顔で愛想よく答えた。そして宣言どおり、一度たりとも部屋に女を連れこんではいない。

とはいえ昔からだった。警察の独身寮に住んでいた頃も、待機宿舎でも、彼は隠れて女を引っぱりこんだ例がない。したいと思ったこともない。

――他人を自分のテリトリーに入れるなんて、まっぴらだ。

鳥越恭一郎が己の〝巣〟に入れる対象は、ごく限られている。

まず彼は朝の排尿を済ませた。それから念入りに手を洗い、冷蔵庫を開けた。

夜は手を抜きがちだが、朝飯はしっかり食べる主義だ。欠かせないのは卵と肉、そして舌が痺れるほど濃いコーヒーである。

彼は家具にも家電にもあまり金をかけない。しかしコーヒーメイカーだけは、高価な新製品を買っていた。他社の製品より時間も手間も食うものの、苦みの強い濃いめのモードを選べる。

コーヒーを淹れる間に、鳥越は握り飯を作った。

昨夜は米をとぐ暇があったため、朝六時に炊けるようセットしておいたのだ。ないときは、冷凍庫にストックしてある四枚切りの食パンを焼く。

握り飯は、彼の手に見合った大ぶりサイズだった。ひとつは昆布、ひとつには明太子を入れる。海苔はたっぷりと巻いた。手を動かしながら、窓の外をちらりと見やる。

次いで彼はベーコンエッグを焼いた。厚切りのベーコンが三枚。卵は二個。蓋をして半熟に蒸す。黒胡椒を多めに挽き、黄身にだけ少量の醤油をたらす。

鳥越は握り飯とベーコンエッグ、氷水のグラス、青いタッパーウェアを盆にのせた。時計を確認してから、ベランダへとつづく掃き出し窓を開ける。

そこに、彼らがいた。

鳥越のわずかな〝テリトリーに入れてもよい例外〟だ。二羽の鴉であった。どちらも若い雄である。

鳥越は狭いベランダに腰を下ろした。

自分の朝飯に手を付ける前に、まずタッパーウェアを開けた。鴉たち専用の、一口大にちぎったパンと生肉を詰めこんだタッパーウェアだった。

ベランダには高めの目隠し柵があり、隣とは隔て板で仕切られている。鴉がベランダにいようと、鳴かない限り人目に付く心配はない。

鴉は利巧な鳥だ。イルカと同じほど知能が高いらしい。人間で言えば四、五歳児並みの思考能力と記憶力があるという。いい証拠がこのアパートの周辺だった。この付近で、鴉たちは騒音問題を起こしたことがない。鳥類は生態的に排泄を我慢できないが、糞害も必要最小限にとどめてくれている。

――ここに、おれがいるからだ。

鳥越はそう信じていた。もし近隣から苦情が起これば、鴉はこのベランダに来られなくなる。すなわち自分に会えなくなる。鴉たちはそれを心得ているのだ、と。

鳥越はサッシの枠にもたれ、パンと生肉を撒いた。

右手で握り飯を口に運ぶ。左手で鴉に餌をやりつづける。

鴉たちは、いたっておとなしくついばんでいた。ときには鳥越の手から直接食べた。太く、鋭い嘴だ。しかし怪我をさせられた経験は一度もない。

――子供の頃からそうだった。

鳥越恭一郎は、鴉と仲良くなれた。

理由は知らない。そう生まれついたのだ、としか言いようがなかった。

――こいつはどうも、父方の祖父の遺伝のようだ。

とはいえ鳥越は、その祖父の顔を知らない。米兵だったことと、姓が『ブラウン』だったことしかわからない。日本で言うなら、鈴木か田中並みの平凡な姓だ。捜しようはなかったし、取り立てて会いたいわけでもなかった。

父方の祖母は一時期、横浜駐屯地の近くに住んでいたらしい。その頃に父の一彦をみごもったのだという。

祖母はよく言っていた。「あんたのおじいちゃんは不思議な人だった。鳥と、友達になれた」と。

その性質は、なぜか父には受け継がれなかったらしい。

長じて県警本部の捜査員となった父は、人目を惹く美男子だった。祖父の血を引いて、彫りの深いエキゾチックな顔立ちをしていた。おまけに抜きんでた長身で、その脚の長さに初対面の者は必ず目を見張ったという。「俳優になったほうがいいのでは」と、みなが口を揃えて誉めたそうだ。

しかし父に華やかな世界は無理だったろう、と鳥越は思う。

父は、無口な男だった。そして狷介な性格をしていた。

〝狷介〟を辞書で引くと、『頑固で人と調和しない様子』とある。『心が狭く、自分の考えに固執し、人の考えを素直に聞こうとしないさま』ともある。これらの言葉すべてを、そのまま体現したような男であった。

そんな父は鴉どころか、生きもの全般が苦手だった。

犬猫はもちろん、人間もだ。むしろ父自身が野生の鴉を思わせた。警戒心と猜疑心が強く、孤独を好んだ。ごく少数の例外を除いて、自分のまわりに人を寄せつけなかった。この〝例外を作る〟という点は、父子で遺伝したと言えよう。

――だが父の〝例外〟に、おれと母は入れてもらえなかった。

鴉たちが食うのをやめた。

腹が満たされたらしい。鴉はいくらかの肉とパンを追加でくわえると、静かにベランダから飛び去っていった。

おそらく家族のために持ち帰ったのだ。そうでなくとも、鴉は貯食をする。また記憶力がよく、隠し場所をけして忘れない。

鴉たちを見送って、鳥越も朝食を終えた。

仕上げにゆっくりとコーヒーを楽しむ。

――なぜだろう、今朝はやけに父のことを思いだす。

やはりあれのせいだろうか。昨夜見た、例のニュースから成る連想か。

鳥越は盆と皿をキッチンに運ぶと、ハンディタイプの掃除機を手に戻った。パン屑(くず)をきれいに掃除したのち、ようやく身支度にかかる。

約二十分後、鳥越はアパートを出た。

鳥越の机は、L県警察本部は刑事部捜査一課の執務室にある。

窓からもっとも遠い壁際が、強行犯第三係の島だ。右から六つ、左から六つ寄せられたスチールデスクが、ややいびつな長方形をかたちづくっている。

朝の会議を終えて戻ると、第一係係長からお呼びがかかった。第三係の係長、すなわち鳥越の直属の上司である鍋島警部補とともに向かう。

「ナベちゃん、トリ。第三はいま、大きな事案は抱えとらんよな?」

係長にそう念押しされた。すでに答えのわかっている問いだった。

「はい」鍋島が答える。

同じ係長かつ同じ警部補であっても、第一係係長のほうがはるかにベテランだ。捜査一課強行犯係を実質的に仕切って段取るのは、第一係であった。

「じゃあ例の老人ホームの件、頼むわ。これから特捜本部をひらく段取りにかかる。おまえらはそっちに出張ってくれ」

「折平署ですね、了解です」

やはりか、と鳥越は思った。もしやと抱いた懸念が当たってしまった。折平市で起こった事件と知ったからこそ、父を今朝がた思いだしたのだ。

しかし表情には出さず、

「了解です」と彼も声を揃える。

老人ホームの件とは、朝の会議でまっさきに扱われた『折平老人ホーム大量殺傷事件』である。

昨日の午後一時過ぎ、有料老人ホーム『ジョイナス桜館』に刃物を持った男が闖入した。

男は職員三人に切りつけて怪我を負わせたのち、さらにタクシーを奪い、前庭の老人たち目がけて全速で突っこんだ。

大惨事であった。死者二人、重軽傷者八人。その前に切りつけられた職員などを含めれば、重軽傷者は計十二人に増える。のどかな休日の昼下がりを、文字どおり切り裂くような凶行だった。

しかも犯人は、検問をすり抜けていまだ逃走中だという。

鳥越も夜のニュースで映像を見た。救急隊員に抱えられ、むせび泣く女性職員。紺の出動服(ワッペン)をまとって立ち働く機動捜査隊員。所轄の署員たち。番組はアスファルトに染みた血痕(けっこん)を三秒ほどアップで映したのち、カメラをスタジオに切り替えた。

ふと気づくと、第一係係長が鳥越をじっと見ていた。

「なんです？」

「いやあ」係長が苦笑する。

「トリはいつ見ても親父(おやじ)さんに似てる、と思ってな」

「そいつは心外です」

鳥越は真面目(まじめ)くさった顔で答えた。

「どう考えたっておれのほうが百倍美しいし、千倍モテる。失礼ですよ係長」

どっと笑いが起こった。

「こいつ」鍋島が笑いながら彼を肘(ひじ)で突く。

鳥越は大げさに痛がるふりをした。さらに笑いが湧いた。気づけば執務室内の、別班の捜査員たちも笑っていた。

凶悪事件が起こったのに笑うなんて、と世間が見れば不謹慎に感じるかもしれない。だが事件は捜査員たちにとって日常だ。絶え間なく張りつめてはいられない。そのためにも、鳥越のようなムードメイカーは重宝される。

県警本部内での鳥越の評価は、すでに定まっていた。

「親父そっくりの、苦みばしった美男子だ」

「いやおふくろさんが美女だったぶん、親父より美男かもしれん」

「しかし性格は正反対だ。親父は陰気だったが、息子はおしゃべりで明るい。顔に似合わずとっつきやすいやつだ」と。

――陽気で人なつこく、フットワークのかるい男。

それが本部内に知れわたる、鳥越恭一郎のプロフィールだ。

仮面であった。鳥越が幼い頃から、長年かけて作ってきた道化の仮面だ。

父の一彦は他人を寄せつけぬ男だった。三十七歳で警察を退職してからは、元同僚との付きあいを完全に断った。

おかげで父のプライベートを知る署員は皆無に近い。さすがに一彦が故人だとは知っているが、退職後の離婚と再婚について知る者はない。不幸中のさいわいだ、と鳥越は思っていた。それだけは、笑い話のネタにされたくなかった。

える。

第一係の係長が机に肘を突き、

「ああそれとな、おまえらんとこの水町。あいつが現場に居合わせたようだ」と付けくわ

「水町が？」鳥越は問いかえした。

そういえば後輩の水町未緒巡査を、今朝から見ていない。

「現場近くにいたんですか。急行した？」

「いや、『ジョイナス桜館』に、あいつの祖父母が入居してるんだそうだ。面会に行った際、偶然事件に出くわしたんだな。止めようとして腕を切られたが、大した傷じゃあないらしい」

係長は鍋島を見上げた。

「それもあって、第三係が適任かと思ってな。水町を現場で使うかどうかは、ナベちゃんの判断に任せる。ともかくあいつは有力なマル目の一人ってわけだ。その旨も含め、よろしく頼む」

「了解です」

いま一度、鳥越は警部補と声を揃えた。

第三係の島へ早足で戻る。『ジョイナス桜館』は折平署の所管内だ。当然、特捜本部は折平署に設置される。

係内で最低限の打ち合わせを済ませ、鍋島に率いられて、鳥越は本部を離れた。

3

鍋島小隊こと県警刑事部捜査一課強行犯第三係のメンバーは、午前十時前に折平署へ到着した。

折平警察署は折平市内の市街地中心部に建つ、箱型の庁舎である。折平市および千渡町の一市一町を管轄し、分庁舎ひとつ、交番三つ、駐在所九つを擁する。県内では五指に入る規模の警察署だ。

――ひさしぶりの折平署か。

鳥越の脳裏に、伊丹捜査員の顔が浮かぶ。

二年前にも折平署の管内で強盗殺人が起こり、捜査本部が立ちあがった。そのとき鳥越と組んだ所轄署の捜査員が、伊丹光嗣であった。鳥越より四歳下で、昇進していなければ階級はまだ巡査のはずだ。

――まさか、今回もまた組まされるだろうか。

殺人事件が起これば、捜査本部が開設されるのは警察の常だ。大量殺人や連続殺人など、目立って凶悪な事件ならば〝特別〟が冠されて特別捜査本部となる。基本的には所轄署内に設置され、本部捜査一課と所轄の捜査員とが組んで捜査を進める。

特捜本部には、折平署一階の会議室が使われていた。

すでに長机とパイプ椅子が並べられ、ホワイトボードが用意されていた。電話回線もぬかりなく引いたようで、固定電話機、警電兼FAX機、パソコン、端末などが設置済みである。

「鍋島係長、鳥越さん」

隅に立っていた影が駆け寄ってきた。

水町未緒巡査だ。タイトなパンツにボーダーニットという軽装で、右腕に包帯を巻いている。

「おう、似合うぞ水町。おまえには白が映えると前から思ってた」

包帯を指して鳥越が茶化すと、

「もう。やめてください」水町巡査が顔を赤くした。

小柄でやわらかそうな体形といい、すぐに血がのぼる下ぶくれの頬といい、とても刑事部の捜査員には見えない。

「病院からこちらに直行しました。こんな格好ですみません」

水町巡査の謝罪に鍋島は取りあわず、

「現場に居合わせたらしいな。事情聴取は済んだか？」とだけ訊いた。

「いえ。昨日は大事をとって病院に一泊しろと言われたので、本格的にはこれからです。今日の会議に出席したあと、すぐに調書の作成にかかる予定です」

「そうしろ」

短く言い、鍋島は長机に着いた。

強行犯第三係のメンバーが、次いで順に座っていく。鳥越はわざと最後に座った。

メンバーの着席をもじもじと見守っていた水町巡査は、ほっとしたように鳥越の隣へ腰を下ろした。

約二十分後、『折平老人ホーム大量殺傷事件特別捜査本部』の第一回捜査会議がはじまった。

「えー、では現時点において判明している事案の概要を、以下総員に伝達いたします。通信指令室が一一〇番通報を受けたのが、昨日（さくじつ）の午後一時十八分。通報者は、そこにいる……」

演壇に立つ折平署の捜査課長が、手で水町を示した。

「……県警刑事部捜査一課所属の、水町未緒巡査であります。母方祖父母の面会のため該（ガイ）老人ホームを訪れていたとのことで、すでに確認は取れましたため詳細は省略します。では事件概要の説明に入りましょう。お手もとの資料を参考願います」

鳥越は、クリップで留められた資料のコピーをめくった。

ちらりと目を上げ、会議室の中を見まわす。

――五、六十人規模ってとこか。まあまあだな。

前方の雛段（ひなだん）には、捜査本部長、副本部長、捜査主任官、副主任官がこちらを向いて座っている。世間の注目を浴びそうな事件ゆえ、捜査本部長には県警本部の刑事部長が直々に就いたようだ。

捜査主任官席には、捜査一課の警部が着いていた。五十代で、いわゆる強面(こわもて)のノンキャリアである。また副本部長には折平署の署長が就いた。

さすがに死者二人、重軽傷者十二人を出した殺傷事件だけあって動きが早い。体制もしっかり整えてある。

人員の多さから見て、折平署は警務、生安、交通、地域と、どの課からもまんべんなく差しだしてくれたらしい。つまり、それほど事件解決に力を入れているのだ。

「えー、死亡した被害者は二人です。一人は吉永欣造(よしながきんぞう)、七十九歳。もう一人は乾(いぬい)ミチヱ、八十三歳。ともに現場となった有料老人ホーム『ジョイナス桜館』に、デイサービスを受けに来ていたところを殺害されました。逃走をはかった犯人がタクシー用乗用車を奪って暴走し、前庭のガーデンテラスにおいて歓談中の利用者たちに突っこんだ、という経緯であります。乾ミチヱの死因は、頭蓋骨(ずがいこつ)骨折による脳挫傷(のうざしょう)。吉永欣造は脳挫傷ならびに内臓破裂。とくに吉永欣造は、犯人がバックしてハンドルを切りかえした際に、いま一度轢(ひ)かれています。このタクシー用乗用車による襲撃では、ほかにも八人のデイサービス利用者が重軽傷を負わされました」

鳥越は資料の二ページ目をめくった。

たったいま捜査課長が説明した概要のほか、現場写真と、被害者二人の生前の顔写真とが載っている。

　おや、と鳥越は片目を細めた。

　バックでさらに轢かれたという吉永欣造に、見覚えがある気がしたのだ。コピー機を通したせいで、ひどく粒子の粗い画像だ。じっと見つめた。しかし凝視すればするほど、記憶は遠ざかり、するりと思考の網目を逃げていった。

　それでなくとも平凡な顔立ちの老人である。剝いた卵を思わせる禿頭だ。日焼けした顔に、刻みこんだような皺が縦横に走っている。

「犯人はその後、該タクシー用乗用車にて現場から逃走。約一時間後、折平署管内の青井町二丁目に乗り捨てられた同車両を、交通課署員が発見しました。なお車内には犯人のスマートフォンおよび凶器の包丁が残されており、ハンドルからは犯人の指紋が検出できました」

　捜査課長は声を張りあげた。

「この指紋を照合した結果、累犯者データと一致しました。指紋の持ち主は土橋典之、三十九歳。強盗致傷の前科があり、去年の夏に出所しております」

　会議室に、かすかなざわめきが広がる。

　捜査課長は満足そうにうなずいて、

「ではお手もとの資料の、三ページ目を参照願います」

　とつづけた。

「えー、土橋典之は三十二歳のとき、三件の強盗致傷にて起訴されました。三件ともに路上で見ず知らずの女性を殴り、金品入りのバッグを奪うという犯行です。懲役八年の刑を受け、六年後に仮釈放。出所後は保護観察所の斡旋により、プラスチック製品製造工場で検品の仕事をしていました。なお資料にある写真は、同工場の履歴書に貼付されていたものです」

　鳥越は土橋の写真を見た。

強力犯には見えない地味な男である。目も鼻も小作りで印象が薄い。肩幅が妙に狭いせいか、頭が大きく首が太く見える。マッチ棒を思わせる外見であった。

「ハンドルの指紋との一致が判明後、折平署の捜査員がただちに土橋の住むアパートへ急行しました。しかし帰宅した様子はなく、アパートはもぬけのからでした。現在も同署の署員を、八時間交代制で二名ずつ見張りに残しております。かつ自動車警邏隊が、半径五キロ以内を巡回して捜索中です」

　捜査課長は演壇に両手を突き、身をのりだした。

「えー、以上の情報を持ちましてわが特捜本部は、昨日午後一時過ぎに刃物を持って有料老人ホーム『ジョイナス桜館』に乱入した犯人を、この土橋典之であると推定。警察庁指定被疑者特別指名手配も視野に入れつつ、捜査および捜索に当たる方針です。なおここで、通報者ならびに目撃証人でもある水町未緒巡査、壇上へお願いします」

「はいっ」

水町が立ちあがった。

一瞬にして顔が紅潮する。額や首から汗が吹きだすのが、傍目にもわかる。あがり症なのだ。見ていて気の毒になるほどだ。

かすかな舌打ちが聞こえた。

音の主を、鳥越は横目でさりげなく見やった。鍋島係長だ。

彼は水町を気に入っていない。水町巡査と個人的な衝突があるわけではないが、上の命令で増員された女警が、単純に気に食わないのだ。

水町は演壇にのぼると、マイクを引き寄せた。

「では刑事部捜査一課水町巡査、報告いたします。えー、ただいま捜査課長が説明してくださった概要のとおり、わたくしは……」

つっかえながらも水町は、『ジョイナス桜館』にて祖父母と面会中に悲鳴を聞いたこと。急いで駆けつけたところ刃物を振りまわす男に遭遇したこと。男は写真の土橋典之に間違いないこと等々を、順に語っていった。

こもって聞こえづらい声と、「あー」「えー」の多さを除けば、なかなか理路整然とした説明である。説明に乱れはなく、時系列もわかりやすい。

──まあ、もともと頭のいいやつだからな。

鳥越は内心でつぶやいた。

男社会で、しかも典型的な体育会系である警察機構には、確かにそぐわないタイプだ。

しかし水町巡査は聡明であり、なにより勘がよかった。

なにかと水町をかばってやる鳥越を、鍋島ほか第三係のメンバーは、

「トリは誰にでも当たりがいいから」

と解釈しているらしい。だがそうではなかった。鳥越にとって水町未緒は、はっきりと
「使える後輩」「役に立つ部下」であった。

「えー、それでですね。刃物を振りまわしながら、土橋は叫びつづけていました」

汗を拭き拭き、水町巡査がつづける。

「その叫びが、わたくしには『ヨシナガを出せ』と、言っていたように聞こえました。いえ、正確にはヨシナガなになにゾウです。うまく再現できませんが、『ヨシナガ……ゾウを出せ』というふうに叫んでいたのです」

ふたたび、低いざわめきが湧いた。

雛段から声が上がる。

「つまり犯行は無差別ではなかった、ということか？」

捜査本部長じきじきの質問だ。

水町の顔がさらに紅潮した。いまや真っ赤だ。熟れたトマトさながらである。

「はっ……いいえ、犯人の意図や目的は、わたくしには断言いたしかねます。ですが土橋がそう叫んでいたことは確かです。わたくしからは、以上です」

本部長がうなずき、主任官になにごとかささやいた。主任官もうなずきかえす。

捜査課長が立ちあがり、代わってマイクの前へ立った。すれ違いざま、ねぎらうように彼女の肩を叩く。

ぎこちない足どりで、水町巡査が席に戻ってきた。ニットの背が水をかぶったように汗で濡れていた。前髪が額に貼りついている。

捜査課長が利き手でマイクを握った。

「では捜査班の編成発表に入ります。定石どおり〝地取り〟と〝敷鑑〟と〝遺留品〟の三班に分けますが、今回はマル被の素性がほぼ確定しているため、地取り班に人員を多く割きます。おおよそ六・二・二程度と思ってください。では編成は、お手もとの資料の編成表を参照願います……」

鳥越は、予想どおり敷鑑に配属された。

そして肝心の相棒は――。

「おひさしぶりです、鳥越さん」

首をめぐらせた瞬間、向こうから声がかかった。

らしくもなく、鳥越の心臓が跳ねる。だがむろん顔には出さなかった。やはりか、という内心の思いを噛みつぶす。こうなる気はしていた。おれの勘は、よくない予感ほど当たるんだ――と。

「おう、ひさしぶり、伊丹くん」

鳥越はいつもの声音と表情を保ち、余裕を持って振りかえった。

目の前に、伊丹光嗣がいた。

——変わっていない。

身長は鳥越より十センチほど低いだろう。とはいえ中肉中背だ。

奥二重の目。細い鼻梁。すっきりとした、しかし凡庸な目鼻立ちである。やや目つきが鋭いことを除けば、まるきりそのへんのサラリーマンと変わりない。

彼の二の腕を、鳥越はかるく叩いた。

「二年ぶりか？　まさかその間に、おれより出世しちゃいないだろうな？」

「ご心配なく。ヒラ巡査のままです」

伊丹が目じりに笑い皺を寄せる。鳥越も笑みを作った。

「そいつはよかった。今回はおれが敬語を使わなきゃならん立場かと、内心冷や冷やものだったんだ。『恐怖新聞』ばりに寿命が百日縮まったが、これでひと安心だ」

「またそんなこと言って。変わりませんね、鳥越さん」

「だろ？　あいかわらず超の付く美形だしな」

「悔しいですが、そこは否定できませんね」

背後から「おい伊丹くん」と鍋島係長が割って入った。

「トリの相手なぞしなくていいぞ。こんなお調子者にいちいち付きあってたら、数時間でぐったりだ。適当なところで聞き流しておきなさい」

「ちょっと待った鍋島係長」

　鳥越はすかさず突っこみを入れた。

「そのアドバイスは自白ですよ。つまり係長はふだん、おれの話を面倒がって適当に聞き流してるわけだ？」

「しまった。バレたか」

　笑いが起こった。伊丹や第三係のメンバー、まだ汗を拭いていた水町巡査までもが笑う。場の空気がやわらぐ。

「まあ冗談は置いといて、今回もよろしくな、伊丹くん。前にも一度組んだし、勝手知ったる相手は大歓迎だ」

「こちらこそよろしくお願いします」

　慇懃(いんぎん)に伊丹が頭を下げた。

　真面目な男なのだ。そして水町未緒巡査と同様、使える男でもある。

　なによりありがたいのは、記憶力がいいことだった。超人的というほどではないが、会話の細部や、集まった野次馬の顔、聴取した相手のなにげない表情の変化をよく覚えていてくれる。雑念さえなければ、捜査の相棒としてこの上ない相手であった。

　――まあ問題は、その〝雑念〟なんだがな。

　鳥越は胸中でつぶやいた。

　しかも、こちらが一方的に抱く雑念ときている。ポーカーフェイスに自信はあるが、厄介なものは厄介だ。

「じゃあまあ、さっそく行くか」

「はい」

伊丹をうながし、鳥越は特捜本部を出た。

地取り班は現場付近および周辺一帯の地域を区割りし、不審人物や不審車両を見かけたか、不審な遺失物を発見、もしくは拾わなかったか等を聞きとりにまわる捜査だ。

一方、敷鑑班は事件関係者の交友関係や親族などを当たる。本来ならば被害者の人間関係や交流の洗いだしからはじめるが、今回はすでに容疑者が浮かんでいるゆえ、手順もおのずと変わってくる。

エレベータを使って一階へ下りた。

交通課の前を、数人の老人が行き来している。だが事故を起こしたわけではなさそうだ。みな落ちつきはらっており、女警がカウンターで愛想よく対応している。

「ああ、運転免許証の返納ですね」

伊丹が言った。

「最近はテレビが、さかんに高齢ドライバーの逆走や事故を特集してますから。とくにワイドショウで取りあげられると返納率がぐんと上昇するみたいですよ。どんなにスマホが普及しようが、やっぱりお年寄りにとってメインの情報ツールはテレビなんです」

「なるほど、納得だ」

解説ご苦労、とうなずいて、鳥越は折平署の自動ドアをくぐった。

4

土橋典之は職場から徒歩十二分の、木造二階建てアパートに住んでいた。

築四十年前後といったところか、お世辞にもきれいとは言えないワンルームである。風呂とトイレはユニットタイプで、一口コンロが付いて家賃三万八千円だそうだ。

「お隣ですか？　いやあ、ぜんぜん付きあいがないんでわかりません。たまーに、ゴミ出しのときに顔合わせるくらいかな。挨拶っていうか、お互いぺこっと頭下げあう程度っすね」

寝癖だらけの頭をした隣人は、欠伸を嚙みころしながらそう言った。

まだマスコミに土橋典之の名は洩れていない。当然この隣人が、老人ホーム襲撃事件と土橋を結びつける様子は皆無であった。

「おれ週四で夜間警備員やってるんで、基本は昼夜逆転の生活なんすよ。お隣は夜の六時ごろ帰ってくるけど、おれは九時出勤。だからすれ違いですね。それに家にいるときは寝てるかヘッドホンしてるんで、近所のことはわかんないっす」

次に鳥越たちは、アパートの管理会社に当たってみた。

管理会社の担当者は学生のような顔つきの若い男だった。

「土橋典之さん？　とくに問題のない入居者ですよ。家賃の滞納は一度もないし、騒音や悪臭の苦情も出てませんね。保証人？　えーと、ちょっとお待ちください」

端末のキイボードをちょっと叩いて、

「ああはいはい、あの人か」

納得したように首肯する。

「ここら一帯の不動産関係者の間じゃ、有名な御仁ですよ。いわゆる地元の篤志家でね。少年院帰りとか元ホームレスとか、それ系の人が困ってるとじゃんじゃん保証人になってあげちゃうの。いやもちろんNPO法人とか役所とか、それなりの紹介を通しますけども……」

その篤志家に連絡を取ってみたが、残念ながら「土橋と個人的な交流は皆無」とのことであった。顔を直接合わせたことすらないという。

つづけて鳥越と伊丹は、土橋典之が勤めていたというプラスチック製品製造工場へと向かった。

シャンプーやボディソープなどの、プッシュノズルを主に製造する工場であった。

土橋典之は成型機からベルトコンベアに押しだされてくる商品に、ひび割れや色ムラがないか目視し、不良品をハネる作業に従事していたという。

上司の評価は「まあまあ真面目。可もなく不可もない働きぶり。遅刻はたまにあるが、無断欠勤はなし。同僚とのトラブルなし」。

また土橋が刑務所帰りであることは、上司も同僚もみな知っていた。

「うちは少年院や刑務所出所者を積極的に受け入れる、いわゆる職親企業なんでね。土橋のほかにも何十人もおりますもんで、珍しくもなんともない。まあ辞めるやつは一箇月もたずに辞めますし、つづくやつは三年でも五年でもつづきます。土橋は典型的な後者ですな。『なんもむずかしい作業はないし、無理にしゃべらんでもいいから、この仕事はおれに向いてる』とよく言ってますよ」

つづいて鳥越たちは、土橋とたびたび組んで作業するという同僚に話を聞いた。

「えっ、土橋さん、またなんかやったんですか」

鳥越が出した警察手帳を見、同僚はあからさまに身を引いた。

「いやいや、そうあせらずに。こちらはただお話が聞きたいだけですから」

と鳥越はやんわり彼をなだめ、

「それよりあなた、土橋さんとはプライベートでもお付きあいはありました？」

と訊いた。

「プライベートというか、たまになんとなく連れ立って、仕事帰りに一杯ひっかけたりはしますけど……。でも、その程度ですよ。誘いあって休みの日に遊ぶとか、そういうのはいっさいありません。ＬＩＮＥのＩＤだって知らないし」

警戒心もあらわに同僚は答えた。双眸に、はっきりと警察不信が浮いていた。

「ＬＩＮＥねえ。土橋さんは去年出所したばかりだそうだが、どうです。スマホは使いこなせていましたか？」

質問の角度を変えてそう鳥越が問うと、

「使いこなすもなにも。土橋さん、スマホ中毒もいいとこですよ」

同僚は鼻で笑った。

「まあ最初のうちこそ『おれがムショに入ってる間に、ずいぶん進化したなあ』なんて戸惑ってましたけどね。二、三回操作を教えてやったら、すぐ馴染んでましたもん。いまは暇さえありゃあスマホをいじってます」

「そのスマホを使って、土橋さんが誰と知りあっただの、誰と連絡を取ってるなんて話は聞いてません？」

「ああ、出会い系ですか」

なにやら一人合点して、同僚がにやりとする。

「はいはい。そっち方面もやってたようですよ。そりゃ土橋さんだって男だし、独身だもん。ああそっか、出会い系かあ。そういうことなら、あんまり厳しくしないでやってください よ。ほら、おまわりさんだって男なんだからさ。ソッチの事情くらいわかるでしょ？」

なぜか気味の悪いウインクまで飛ばしてくる。とはいえ重い口が緩んだのはありがたかった。

「土橋さんてのは、あなたから見てどんな人ですか？」

「悪い人じゃありませんよ」

同僚は即答した。

「百パーセントの善人でもないですけど、強盗でムショ行きになったとは思えないくらい、ふっつーの人です。まあ、やっぱりどこか変わっちゃいますがね。でも悪人じゃないです、ほんとうに」

「その〝どこか変わっちゃいる〟というのは、具体的にどう変わってるんです？」

と尋ねたのは伊丹だった。

同僚が目を宙に浮かせて、

「えーっとね、たとえばほら、よくあるじゃないすか。友達に〝是非紹介したい人がいるから〟なんて言われて出向いたら、宗教やマルチの勧誘が待ってるってやつ。土橋さん、ああいうのすぐ信じちゃうんですよ。『すっごいお得らしいんだ！　おれにだけ、特別に教えてくれるんだって！』なんて舞い上がっちゃってさ」

「ほう」

「おれが『やめときなよ、それマルチだよ』って止めても、『いい人なんだ』『やさしくて、いろいろ気遣ってくれるんだ』なんて言って、聞かないの。そりゃ向こうはいいカモと思ってんだから、気遣いくらいするでしょうよ。気遣いなんて一銭もかかんないもんね。でもさ、土橋さんにはそれがわかんないわけ。やさしくされるとすぐコロッといっちゃうんだな。……いやまあ、それも全部、寂しいからなんでしょうけど」

と最後に声を落とした。

「寂しい人でしたか、土橋さんは」と伊丹。

「くわしくは話したがらなかったけどね、生い立ちが複雑だったみたいですよ」

同僚は答えた。

「前科持ちだから、それまでの友達も当然離れていっちゃってさ。親きょうだいとも縁が薄いみたいです。だからさ、刑事さん。土橋さんがなにやらかしたか知らないけど、お手やわらかにお願いしますね。あの人のことだから、きっと女の子にやさしくされて、勘違いしてのぼせちゃったんでしょ。きれいに女遊びできる、スマートなタイプじゃないんですよ、ほんと」

すっかり出会い系がらみのトラブルだと決めこんでいる同僚に、

「では土橋さんと親しい友人や、親戚などにお心当たりはない？」

鳥越は尋ねた。

「ムショでできた友達とたまーに会う、みたいな話はしてましたよ。それくらいかなあ。友達の名前？　いや、そこまでは知りません。ほかに土橋さんの話し相手って言ったら、うーん、『かとれあ』のアンナちゃんくらい？」

「アンナちゃん、とは？」

「この工場の裏っ側に、ちょっとした飲み屋街がありましてね。ほらさっき、たまに仕事帰りに一杯ひっかけるって言ったでしょ。たいてい一軒目は『村さ来』で飲んで、二軒目は『かとれあ』ってバーに行くの。アンナちゃんは、そこのホステスですよ」

「土橋さんと彼女は、深い仲なんですか」

「いやーどうだろ。でも、一回や二回寝てても驚かないな。アンナちゃんも四十過ぎてるっぽいし、バツ二だとかって聞いたしね。あ、もしかして身元引受人ってやつが必要なんですか？　言っとくけど、おれ無理ですからね。それこそアンナちゃんに掛けあってくださいよ」

工場を出て腕時計を覗くと、午後一時をすこしまわったところだった。

裏手に建つ歓楽街の『かとれあ』は、むろん営業時間外だ。ステンレス製の安っぽい扉に『本日は終了しました』のプレートが下がっていた。

「しかたない。昼メシにするか」

「ですね」

鳥越と伊丹は、目に付いた立ち食い蕎麦屋に入った。

「春菊天ですか？」

いち早く伊丹にそう訊かれ、鳥越はすこし驚く。

「そんなことまで覚えてるのか。さすがだな」

「いやいや、二年前にすっかりイメージが付いちゃったんですよ、鳥越さんといえば春菊天、ってね」

「そうか？　そんなに蕎麦ばかり食ってたかな」

鳥越は首をかしげた。

確かに聞きこみ中は、どうしても立ち食い蕎麦や牛丼といった急いでかきこめる飯が多くなる。とはいえ二年前に組んだとき、ともに蕎麦屋に入ったのはせいぜい二、三回だったろう。

――覚えていられるのは、伊丹が〝人間〟に興味があるからだな。

そう思った。その点、鳥越は逆だ。他人がなにを食ったかなど気にしない。興味すら湧かない。捜査に無関係な瑣末事には、そもそも意識が行かない。

捜査員は犯罪それ自体に目が行くタイプと、事件にからむ人間群像に惹かれるタイプとに大別される。鳥越は典型的な前者である。そして伊丹は、どう考えても後者であった。

――やはり、おれとこいつは違う。

すこしも似ていない。

――当然だ、他人なのだから。

しかしその考えは、鳥越の胸を苦く染めた。彼はその苦みを押し隠し、

「よしよし偉い。きっときみは出世するぞ、伊丹くん」

と無理に笑った。

「なに言ってんですか、われわれは試験なしには昇格できない公務員でしょ」

「そりゃあそうだが、いい心がけなのは確かだ。その調子でやっていきゃ、上司の覚えもめでたいぞ。是非おれより出世してくれ。そしておこぼれをガンガン分けてくれ。お返し

は、おれのこの清い体でいいか？」

「よく言いますよね、本部の腕利き捜査員が……。あ、すみませーん、こっちに蕎麦ふたつ。春菊天で」

伊丹が厨房に声を張りあげた。店員が注文を復唱する。

鳥越は袖をまくりながら、鴨居の上に設置されたテレビを見上げた。

映っているのは昼のワイドショウだった。『またも暴走！』とテロップが出ている。

鳥越は目を凝らした。『またも老人の暴走！　なぜ、つづく悲劇を食い止められないのか？』……。

「たぶんあれでしょうね。交通課に、免許返納のご老人が複数来てた理由」

同じく伊丹が、テレビを見上げて言う。

「ぼくも朝のニュースで観ましたよ。高速を逆走した八十代の男性が、軽自動車二台を巻き添えにして事故ったそうです。皮肉なことに加害者男性のボルボはフロントがひしゃげただけで、対する軽自動車は二台とも大破でした。うち一台の助手席に乗っていた女性は道路に投げ出され、〝全身を強く打って死亡〟だそうです」

「そりゃ、また……」

鳥越は顔をしかめた。

警察官なら誰しもが知っている。〝全身を強く打って死亡〟は、遺体の状態を限りなく婉曲にあらわすときの言葉だ。どんなにずたずただろうが内臓がまろび出ていようが、ニュースで使われる表現は〝全身を強く打って死亡〟である。

春菊天の蕎麦が届いた。さっそく鳥越は箸を割り、蕎麦を啜った。

死体を思い浮かべた直後でも、飯は普通に食える。捜査員なのだから当たりまえだ。伊丹も同様に、ためらいなく蕎麦をたぐっていた。

ふっ、と目を上げる。

電線に鴉が二羽とまっていた。視線が合ったように感じた。ハシボソガラスだ。おそらくは若い雌だろう。

鳥越は箸を使いながら、横目で伊丹をうかがった。

ある問いが胸にせりあがってくる。その問いを、コシのない蕎麦とともに嚙みつぶし、ごくりと飲みくだす。

──光嗣、おまえはほんとうに知らないのか?

二年前も、幾度となくこみあげた問いだった。

あの頃、おまえはまだ保育園に通っていた。さすがに記憶力のいいおまえでも、当時の詳細は覚えているまい。だがその後、いくらでも知る機会はあったはずだ。

──ほんとうに知らないのか?

おまえの父が、おれの父でもあることを。

鳥越は蕎麦を音高く啜った。

バー『かとれあ』のバーテンダーは、仕込みのため夕方にあらわれた。しかし残念ながらアンナは休みとのことだった。

鳥越たちはいったん帰署し、係長に報告を済ませた。

5

夜の捜査会議は、予定どおり九時からはじまった。

司会役はやはり折平署の捜査課長である。

「ではまず、防犯カメラの解析結果から発表いたします。わが特捜本部より情報通信部情報技術解析課に依頼し、『ジョイナス桜館』の出入り口に設置された防犯カメラ、ならびに半径五キロ圏内のコンビニ、パチンコ店、ショッピングセンター、駅などの各防犯カメラ映像を解析させたものです」

解析課は『ジョイナス桜館』の防犯カメラ映像を、三次元顔形状データベース照合システムにかけたという。

結果、刃物を振りまわした男は、間違いなく土橋典之であった。

カメラは土橋が奪ったタクシー用乗用車が、ガーデンテラスの老人たちに突っこむ場面、ならびに切りかえして正門を出ていく場面までを映していた。

次に同乗用車をとらえたのは、二百メートル先に建つコンビニの防犯カメラだ。

さらに別のチェーンのコンビニ、パチンコ店、そして青井町二丁目に建つマンションの防犯カメラが、同乗用車を置いて逃げる土橋を映していた。

その後、土橋は一丁目方向へ逃走したらしい。ビルとビルの間の狭い小路に入っていく姿を最後に、足どりはふつりと途絶えている。

「今後は防犯カメラ映像の取得を半径八キロ圏内まで広げ、引きつづき土橋の後足を追う方針です。つづいては、県警本部サイバー犯罪対策課からの情報です」

捜査課長はひとつ咳払い(せきばら)をして、

「えー、先週の日曜午後八時二十二分、某巨大匿名掲示板に、このような書き込みがありました。以下読みあげます。

『日本は上級国民、とくに上級老害ばかりが優遇されるクソ社会』

『ブルジョワ老害の貯え(たくわ)を没収し、社会に金を分配しろ！　ただちに上級老害の天下りと、既得特権を廃止するべし！　#老害DQNテロ　#平民差別』

『やつらが頑な(かたく)に腐った座にしがみつくなら、おれは実力行使に出る！　次の日曜を見ていろ！　手はじめはやつらの巣からだ！　上級老害たち、震えて待て！』

なお匿名掲示板ではありますが、固定のハンドルネームを付けることが可能で、これらの書き込みは【義賊A】の固定ネームで書き込まれていました。IDならびにIPもすべて同一です。IPから見るに、『ジョイナス桜館』の半径十二キロ以内から書き込まれたものでした。なおこの書き込みは『犯行予告ではないのか』と、複数の利用者から各都道府県のサイバー犯罪対策課宛てに通報されていたそうです」

「つまり、ヘイトクライムってことか」

主任官が唸った。

ヘイトクライムとは、人種、性別、年齢、宗教、性的指向などへの偏見と差別をもとに起こる犯罪のことである。

アメリカの白人至上主義団体クー・クラックス・クランが有色人種を暴行および殺害した一連の事件や、同性愛者を標的に四十九人を射殺したオーランド銃乱射事件などが典型的だ。また日本でも二〇一六年に、相模原市の障害者施設を狙った大量殺傷事件が起こっている。

「土橋のやつは、タクシーの中にスマホを忘れていったんだよな？」

折平署の署長が発言した。

「そのスマホも解析したんだろう？」

「むろんです。結果、この書き込みは土橋典之名義のスマートフォンから書き込まれたものと確定しました」

捜査課長が答える。

会議室内のあちこちから、おお、とため息にも似た吐息が洩れた。

「なお該スマートフォンから、土橋所有のSNSアカウントへもアクセスできました。土橋は鍵をかけ――えー、特定の仲間にしか読めないよう、閲覧制限をかけていたようです。ただし主張は、匿名掲示板への書き込みとほぼ同じです。『上級国民』および『上級老害』という単語を連発し、『これ以上、やつらの特権を許すな』と過激にアジテーションしています」

「老害ねえ。マスコミが世論を煽っていやがるからな、まったく……」

苦にがしげに署長がつぶやいた。

確かに、と鳥越も思った。

彼自身は滅多にワイドショウを観ない。しかし電車内の吊り広告や、ネット記事のヘッドライナーで『暴走老人』の文字はよく見かける。今日の昼にも、立ち食い蕎麦屋のテレビで同様のテロップを観たばかりだ。

これらの世論を沸騰させたのは、三箇月前に都内郊外で起こった人身事故である。

ある老人の運転する車が、休日のショッピングセンターのウインドウめがけて八十キロ超で突っこんだのだ。それだけならまだしも、ウインドウを大破させた運転手はパニックを起こし、さらにアクセルをいっぱいに踏みこんだ。

暴走車は店内の通路をななめに横切るかたちで約三十メートル走り、柱に衝突してようやく停まった。

この暴走により、二十代の妊婦と幼児二人が死亡。重軽傷者は合わせて十四人。

現場は酸鼻をきわめたが、とくに死亡した幼児のうち一人と妊婦は悲惨なありさまだった。撥ねとばされた上に轢かれており、脳漿や内臓が――そして八箇月の胎児が――ショッピングセンターの床いちめんに撒きちらかされていた。

警察が到着したとき、運転手の老人は呆然自失の様子で車内に座りこんでいた。警官が引きずり出すと、

「ああ、帰る、帰る」

「ここはどこだ」

と呻いていたという。

失禁しており、ズボンも下着もぐっしょり汚れていた。八十一歳の男性で、供述は型どおりの「アクセルとブレーキを踏み間違えた」であった。

それだけでもひどい事件だが、この加害者が高齢を理由に逮捕されず、かつ元官僚だと週刊誌にすっぱ抜かれるや、世論は盛大に沸き立った。

「また上級国民へのお目こぼしか」

「妻をお腹の子供ごと殺されても、庶民は我慢するしかないのか」

「なにが三権分立だ。法治国家の態をなしていない」……。

ネット世論は、さらに輪をかけて苛烈だった。

「上級老害が日本を駄目にする」

「バブルに浮かれて日本を食いつぶした戦犯が、いまや税金にたかる寄生虫に進化した」

「上級老害から特権を剥奪しろ。やつらをのさばらせていては日本は再生できない」

「過去の栄華にすがる、偉ぶった老害どもを一掃しろ」

等々――。

思索から覚め、鳥越は特捜本部の雛壇に目を戻した。

主任官が口をへの字にして、

「しかしだな。『ジョイナス桜館』の利用者や入居者は〝上級国民〟と言われるほどの富裕層か？」

と疑問を呈する。

「入居費用は単身で約二十三万。夫婦なら約四十万。けして安かぁないが、こいつは〝そこそこ裕福〟くらいのご老人をターゲットにした老人ホームだろう。世の中には入居時に一千万、さらに月額二百万取るホームだってあるらしい。犯行予告の書き込みからすりゃ、そういった馬鹿高い老人ホームを狙うほうが自然なんじゃないか？」

「ですね。おまけに水町巡査の証言によれば、土橋は最初からターゲットを決めていた様子が見てとれます」

捜査課長も同意した。

「やはり怨恨（えんこん）ではないでしょうか？　書き込みやSNSの発信は、ヘイトクライムと思わせ、真の動機をごまかす偽装工作なのでは？」

「かもしれませんな。おい、土橋のSNSのアカウントはいつ作成されたんだ？」

「えー、四箇月前です。正確に言えば百十二日前です」

「最近だな」

主任官の眉間の皺が深まった。

「高まる世論に影響されてのヘイト無差別殺傷事件か、はたまたその世論を利用した計画的殺人か——。よし、この二線を並行で追うぞ。動機が判明すれば、やつの後足も追いやすくなるだろう。しかしスマホを置いていかれたのが、ありがたいと同時に痛いな。肝心のGPSを追えんのだから……」

舌打ちする主任官に、

「土橋はSNSのフォロワーにかくまわれている、という可能性はどうでしょう」

と予備班から意見が上がった。

「元来は縁もゆかりもない相手のもとならば、捜索の糸もたどりにくい。最初からそのつもりで、SNSでフォロワーを作ったとは考えられませんか。過激な主張を発信し、仲間意識を育てた上で、その主張に一見沿った事件を起こしてみせる。近ごろはネットやバーチャルでしか友人を作れない中高年が増えていますからね。彼らは『ネットで真実を知った』『ネットは現実よりリアル』などとよく口にします。中にはともに主義を戴く〝同志〟を、喜んでかくまう者もいるのでは？」

「よし、その線も追おう」

主任官はうなずいた。

「では、解析課にSNSの大もと——なんと言うんだ？　運営会社？　ああそうか。ではその運営とやらに当たらせて、フォロワーの情報を開示させよう。ほかに各班からの発表はないか？」

「あります。敷鑑一班です」鳥越は挙手した。

彼は土橋典之の同僚の言葉を引き、土橋が刑務所仲間とたまに会っていたらしいこと、バー『かとれあ』のホステスと懇意だったらしいことを発表した。

「なるほど。いいだろう、引きつづきその線を追え。ほかには？」

敷鑑班の別組が挙手した。

被害者二人のうち、バックでさらに轢かれた吉永欣造を調べた組であった。挙手した捜査員は立ちあがって、

「えー敷鑑二班、報告いたします。被害者の吉永欣造は、十九年前まで市内の小学校で校長をつとめておりました。小出町一丁目の持ち家にて、妻と二人で居住……」

いったん彼は、そこで言葉を切った。

意味ありげに一同を見まわしてから、言葉を継ぐ。

「なおこの吉永欣造は、三十二年前の『折平老人連れ去り殺人事件』における、被害者の実子と判明いたしました。事件との関連はまだ不明ですが、繋がる可能性は皆無とは言えません」

会議室内に、低いどよめきが起こった。

すくなくとも、鳥越にはどよめきに聞こえた。一瞬、くらりとする。

まわりの反応を見たかった。同時に見たくなかった。他人の表情や仕草を、つぶさに観察する余裕がない。顔の筋肉を動かさず、無表情を保つだけで精いっぱいだった。

——三十二年前。

老人連れ去り殺人事件。

そうか。吉永欣造の顔に、見覚えがあった理由がわかった。あの頃はまだ教頭だったはずだが、そうか、そうか——。

呆然とする鳥越をよそに主任官が唸る。

「あの事件のマル害の、実子だと……？　そりゃあ確かに、偶然の一言では片づけられんな。しかしもう三十二年も前になるのか。おれが警察学校にいた頃だから、当然と言や当然だが……」

「当時のマスコミは、連日大騒ぎしたもんですがね」

と折平署の署長が受けて、

「知らない若手もいるだろうから、ざっとあらましを説明しておこう」

と言った。

「『折平老人連れ去り殺人事件』とは、三十二年前に折平市内で起こった事件だ。犯人は、当時小学六年生の男児二人だった。小学生が認知症の老人を誘拐して連れまわした挙句、〝邪魔になった〟というだけの理由で撲殺してしまったんだ」

室内に緊張が走った。

署長がつづける。

「センセーショナルな事件だった。……なにしろ加害者はともに十二歳、対する被害者は八十代だからな。とはいえ犯人は罪に問われることなく、その後は警察の管轄外となった。犯人の処遇が福祉の手に委ねられて以後は、どうなったかわたしも知らん。だがその点も含めて、今後の捜査に当たってくれ」

「もう一人のマル害はどうなんだ？」

主任官が問うた。敷鑑のさらに別組が応(こた)える。

「乾ミチヱは十三年前に夫を亡くし、現在は息子夫婦と同居中でした。いまのところ、ごく平凡な老婦人という評判以外を聞きません。家庭も土橋が糾弾していたような〝上級国民〟とは遠く、ごく中流です。職業はずっと専業主婦。吉永欣造とは同じデイサービスの利用者という以外に繋がりはないようです。土橋典之とも同様、関連は見つかっていません」

「そうか。ではほかに発表のある者は？」

捜査課長がうながす。

挙手したのは自動車警邏隊の主任だった。立ちあがり、今日の捜索の成果について話しはじめる。しかしその声は、鳥越の耳を右から左へ素通りした。

――老人連れ去り殺人事件。

あの頃、鳥越は小学三年生だった。そして折平市に住んでいた。

——小河原剛(こがわらごう)。そして、甘糟周介(あまかすしゅうすけ)。

加害者少年二人の名だ。

鳥越は、彼らを知っていた。小学校こそ別だったが、市内では有名な不良だった。

まだ小学生だというのに、万引き、恐喝、傷害などを日常的に繰りかえす二人組の非行少年。それが、小河原と甘糟であった。

——まさか、その名をいまになって聞くとは。

鼓膜の奥に、カラス、と呼ぶ声がよみがえる。

そう、彼らとはあの夏に知りあった。ほんのわずかな交流でしかなかったが、それでも知りあったと言えるだろう。

小河原は鳥越をカラス、と呼んだ。

鳥越が鴉と仲良くなれる、と知った数すくない人間が彼らだ。〝友達の多い、陽気な鳥越恭一郎〟ではなく、鴉にしか心を許さぬ孤独な少年としての彼を、小河原と甘糟にあの夏、知られてしまった。

声変わりの済んだ野太い声が、記憶の底で響く。

よう、カラス野郎。カラスのガキ——。

はっと気づくと、捜査会議は終わっていた。

「どうしたんです、鳥越さん」

隣の伊丹が怪訝（けげん）そうに声をかけてくる。

「ああ、いや」鳥越はかぶりを振った。

言わねばならない、と思う。係長に言っておかねばならない。ここで黙っていたら、あとがよけい面倒になるだけだ。

伊丹を目で制し、鳥越は早足で鍋島係長のもとへ向かった。

「係長、お話ししておきたいことが」

息を吸いこむ。観念して、ひと息に言った。

「三十二年前の『折平老人連れ去り殺人事件』の加害者少年。おれは彼らを知っています。小学校は別でしたが、同市内に住む、同世代で――。なにより事件当時、加害者少年たちの担任教師は――おれの、母親でした」

「担任？　トリのおふくろさんが？」

鍋島が目を剝く。

「いや、それで……ええと、おふくろさんは、いまどうしてるんだ」

「現在は県内の有料老人ホームに入居しています。むろん、『ジョイナス桜館』とは別のホームですが」

そこで鳥越は声を落とし、

「……本人の、意思です」と、言わでものことを付けくわえた。

6

　地取り班の半数近くと予備班の一部は泊まりこむそうだが、鳥越たちは今日のところは帰宅と決まった。

　伊丹と水町とは駅で分かれ、電車に乗った。

　折平駅から鳥越のアパートまでは、乗り換えなしの四区間だ。たいした距離ではなかった。

　途中のコンビニで中華弁当と、発泡酒のロング缶を買った。

　食欲はない。だが食わないわけにもいかない。成人男性ならば一日に最低二千キロカロリーは必要だ。最低限のカロリーは摂っておかないと、聞きこみ中にへばって動けなくなる。

　アパートに帰ってすぐ、スーツを脱いだ。

　脱ぎちらかしながら浴室へ飛びこみ、頭からシャワーを浴びる。出たら今度は順に服を拾っていき、シャツや靴下は洗濯機へ、スーツはハンガーへと掛ける。

　Tシャツとボクサーショーツだけの格好で、床にあぐらをかいた。

　発泡酒のプルトップを開ける。ぐいぐい呷り、一気に半分ほど飲んでしまう。苦みと炭酸が空腹感を刺激するのを、しばし待つ。

食欲が失せた理由はわかっていた。

三十二年前の事件と、小河原と甘糟を思いださせられたこと。かつ母と自分の現状を、突きつけられたせいであった。

鳥越は今年で四十一歳になる。結婚歴は一度もない。

警察官はたいてい結婚が早いものだ。「所帯を持ってこそ一人前」の古い価値観が、いまだに幅をきかせている。まわりも世話焼きが多く、上司の紹介や見合いで結婚する警官が大半だ。

——父も、そうだったらしい。

正確には父を一方的に見初めた母が、伝手をフルに使って見合いにこぎつけたのだと聞く。父の上司を巻きこんだ、ことわれない見合いであった。

見合いから結婚までは、とんとん拍子に進んだようだ。

とはいえ両親の結婚生活は、お世辞にも良好ではなかった。実子である鳥越が断言するのだから確かだ。

——男を顔だけで選ぶから、そういうことになる。

鳥越は弁当を広げ、箸を割った。

「まだ結婚しない気か」

そう上司や同僚に訊かれるたび、「まだ遊び足りないんで」と鳥越は答えることにしている。「おれほどの美形が一人のものになっちまったら、世界の損失でしょう」とも。

どちらもでまかせだった。

あの両親を見て育ったからこそ、結婚願望はゼロどころかマイナスになった。

第一に、彼は自分の顔を好きではない。頻繁に己の顔をジョークのネタにするのは、そうでもしないと嫌味にとられると知っているからだ。

この容姿で黙って突っ立っていると、それだけで「気取っている」「ナルシストだ」と腐されてしまう。鳥越が道化を演じる理由は複数あるが、ひとつには先手を取ることで、悪評をある程度封じるためだった。

——とはいえ、光嗣もまだ独身なようだ。

鳥越は中華弁当の海老をつまみ、口に放りこんだ。

伊丹のことを、彼は内心で「光嗣」と呼んでいる。弟だ、と認識しているがゆえだった。血は一滴も繋がっていない。しかし、ずっと弟だと思ってきた。そう、はじめて会った三十二年前のあの日から——。

——おれより四つ下だから、三十七歳か。

とっくに結婚していていい歳だ。

じつを言うと二年ぶりに会った今日、まっさきに目で探したのが伊丹の左手だった。薬指に指輪をしているか確認したのだ。だが指輪はなかった。がっかりだった。

——あいつはおれと違って、幸せになるべきなのに。

鳥越は目を閉じて発泡酒を呷った。

翌朝、鳥越は六時半に起きた。

昨夜は米をとぐのが面倒で、あのまま寝てしまった。冷凍庫から食パンを出し、コーヒーを淹れる間にフライパンで両面を焼いた。次いで同じフライパンで、卵とスパムを焼く。卵はやわらかめの半熟にした。

鴉たちはすでにベランダに集まっていた。今日はハシボソガラスが混ざって、三羽である。いずれも若い雄だった。

鳥越はいつもの専用タッパーウェアから、一口大にちぎったパンと生肉を鴉たちに投げ与えた。

背後のテレビが、外資保険会社のコマーシャルをがなっている。

その音量にまぎれるよう、低く鳥越は言った。

「事件があってな、特捜本部(チヨウバ)が立った。……今後は本部に泊まりこむ日が増える。来ても、朝飯は出せないかもしれん。すまない」

鴉たちは一心に餌をついばんでいる。

鳥越はふと立ちあがり、鞄(かばん)をあさって戻った。捜査会議の際、配られた資料の束だ。土橋典之の顔写真が載ったページを広げる。

「こいつだ」

粒子の粗い写真を指ししめした。

鴉は人間の顔を覚えられる。すくなくとも過去に餌を与えた人間と、危害を加えた人間は忘れない。生物学者によれば、人間の男女を見分ける能力もあるという。

「……見つけたら教えてくれ」

低く言い、鳥越はトーストに噛みついた。

7

朝の捜査会議は、定時どおりにひらかれた。

さっそく資料が配られる。冒頭には、昨夜のうちに調べて用意したらしい『折平老人連れ去り殺人事件』の概要が載っていた。

＊

『折平老人連れ去り殺人事件』

一九××年九月七日。折平市にて発生。

午後四時十二分、小出町一丁目三番十四号の吉永平之助(へいのすけ)（81）宅より、折平署に一一〇番通報があった。通報者は平之助の息子の妻で、

「家にいたはずの義父が見当たらない。捜してほしい」

という内容であった。

なお吉永平之助は二年前に認知症の診断を受けており、この時点で症状はかなり進んでいた。同居家族は息子夫婦と孫娘との計四人である。

無線で連絡を受けた警官隊は、老人の自主的な徘徊だろうと考え、半径三キロ以内を捜索した。しかし二時間経っても、吉永平之助の発見にはいたらなかった。

事態が急変したのは、通報から五時間後の午後九時十八分である。

吉永平之助の死体が見つかったのだ。

第一発見者は市内在住の男性会社員（42）。会社から自宅まで自家用車で帰る途中、道路に横たわっていた死体を「あやうく轢くところだった」という。

遺体の頭部には、鈍器で殴られたらしい大きな裂傷があった。また顔面から上半身にかけては傷だらけであった。

警察は殺人事件と断定。ただちに捜査がはじまった。

被害者の吉永平之助は代々つづく大地主であり、同時に市会議員を四期つとめた〝地元の名士〟でもあった。

応援してくれる有権者相手には太っ腹で鷹揚だったが、それ以外の人間には冷淡だったらしい。地元の評判は、

「人の好き嫌いが激しい。金持ちのくせにケチ」

「選挙の前だけ愛想がよくなる」

「目立つのが大好きで、縁の下にまわる仕事はやりたがらない。市議を引退してから認知症になるまでは、講演活動に飛びまわっていた」

「若い頃から女癖が悪かった。奥さんはずいぶん泣かされてきたようだ」

等々。

捜査本部は当初、怨恨を疑った。吉永家には門柱だけで門扉がなく、庭や縁側には誰でも入れた。吉永が認知症になったと知った犯人が、恨みを晴らす好機と見て、家人の目を盗んで連れだした――。そんなシナリオまで描かれた。

しかし目撃証言を集めつつ、近くに建つショッピングモールの防犯カメラを確認した結果、捜査は意外な方向へと転がっていく。

防犯カメラには二人の少年が映っていた。

吉永平之助と連れだって歩く、小学生とおぼしき少年たちだ。

いや、連れだって――というのは正確ではない。少年たちは両側から吉永平之助の腕を摑み、引きずるようにして歩いていた。ときには老人を小突き、脛を蹴るなどして急きたてていた。

カメラが彼らをとらえた時刻は、午後二時十五分から十七分の二分間。平日の真っ昼間である。当然、小学校は休みではなかった。

吉永平之助と少年たちの姿は、数十を超える通行人に目撃されていた。しかしそのほとんどが「孫とおじいちゃんだと思った」と供述している。

「ちょっと扱いが乱暴だとは思ったが、実の祖父だからこそ態度がぞんざいなのかと思った。確かに平日だったが、旅行中かもしれないし、他人の自分が口出しできないと遠慮した」と。

しかし数人ながら、彼らをあやしいと思った目撃者もいた。ある中年女性は少年たちに直接声をかけ、

「きみたち、どこの子？　そのお爺さんをどこへ連れていくの？」と訊いたという。

答えたのは、背の高いほうの少年だった。

「おれたちのじいちゃんだよ！　じいちゃんは具合が悪いんだ。駐車場で待ってる親父のとこへ連れていくんだから、どけ！　もし間に合わなくて死んじまったら、あとで訴えてやるぞ、ババア！」

その剣幕に驚き、女性は脇へどいた。少年たちは老人を引きずって、そそくさとショッピングモールを出ていったという。

そしてその約七時間後、吉永平之助は殴殺死体となって発見された。

少年二人の身元は早々に割れた。

二人とも小学生ながら、評判の札付きだったからだ。交番勤務の巡査も少年係の捜査員も、彼らの名と顔をとうに知っていた。

小河原剛（12）。折平第一小学校六年二組、出席番号七番。

甘糟周介（11）。同小学校同年同組、出席番号二番。

捜査員はまず学校へ向かったが、二人はいなかった。「あいつらはサボり魔で、学校へ来る日のほうが珍しいんです」と教員は証言した。

つづいて自宅を訪問したが、やはり少年たちはいなかった。約一時間後、廃工場の裏手で爆竹遊びをしているところを、交通課の警官がようやく確保した。

二人は折平署へ連行され、別々の取調室に入れられた。

揃ってひどく不潔で、脂で髪がべったり固まっており、服は汗と垢まみれだった。いつから風呂に入っていないのか、そばに行くだけでぷんと臭った。口腔は虫歯で真っ黒であった。

取調官および捜査員は「どうやら小河原のほうがリーダー格だ」と判断した。

小河原は甘糟よりひとまわり体格がよかった。態度や受け答えはふてぶてしく、「うるせえんだよ」「死ね」と威嚇したかと思えば、

「おれたちはまだガキなんだから、なにしたって罪にならないんだ」

「取調べで殴ったり怒鳴ったりしたら、マスコミにチクってやる」

と椅子にそっくりかえってうそぶいた。

一方、甘糟は小河原から引き離されると途端にしょんぼりして、「早くうちに帰りたい」「いつ帰してもらえるの」と半べそをかいていた。

最初のうち、彼らは犯行を否定した。怒鳴られてもなだめすかされても、

「どこにいたかだって？　そんなの覚えてねえよ」

「お爺さん？　知らない」

と繰りかえした。

だが取調べをはじめて六時間が過ぎる頃、ようやく一人が陥落した。捜査員たちの予想どおり、先に落ちたのは甘糟周介であった。

「ゴウちゃんが、やろうって言った」

うつむいて、彼はそう洩らした。

「ゴウちゃんに誘われたから、ことわれなくて……」

堰が切れてしまえば、あとは一気呵成だった。

「面白そうだから連れだした」

「そのうち邪魔になって、どこかに行ってほしくて、二人で石を投げはじめた」

「大きい石がお爺さんの頭に当たって倒れた。動かなくなったから、怖くなった」

「日が暮れるのを待って、廃スーパーの倉庫にあった台車で死体を運んだ。道路に置いて車に轢かせれば、交通事故に見えると思った」

と、甘糟はつかえながらも供述した。

小河原を担当した取調官は、「お友達はもう全部しゃべっちまったぞ。おまえから誘ったんだってな？」と彼を挑発した。

しかし小河原は頑として口を割らなかった。むしろ「お友達は全部しゃべったぞ」と言われて以後はいっそう頑なになり、完全黙秘を通した。

とはいえ、小河原の供述を取る必要はなかった。

甘糟が「石を投げた」と証言した現場から、凶器とおぼしき石が見つかったのだ。血でべったり濡れたその石には、小河原本人の指紋が付いていた。

同様の血液は、小河原のズボンの折りかえし部分からも採取された。また現場の日陰には、小河原および甘糟のスニーカーと同一の靴跡が残っていた。

ちなみに被害者である吉永平之助は、彼ら二人が通う折平第一小学校の教頭、吉永欣造の実父であった。

それについて甘糟は「知らなかった」と供述した。

「門柱に表札は出てたけど、教頭先生の苗字(みようじ)なんて知らないから気にもしなかった。おれもゴウちゃんも、学校にあんまり行ってないもん。先生なんて、担任の顔くらいしかわからない」と。

家裁調査官が調べた結果、小河原剛と甘糟周介は、どちらも劣悪な家庭環境で育っていた。

小河原剛の父親はアルコール依存症で、泥酔しては妻子を殴った。

子供は彼のほかに、妹がひとり。この妹は母親にかばわれており、殴られることは滅多になかった。妹のぶんまで暴力を受けるのは小河原の役目だった。

また父親が無職なため、生活費は母親が稼いでいた。テレフォンクラブを利用しての売春である。母親は平気でわが子とともにラブホテルに入り、終わるまでトイレか浴室で待機させた。

「男が金を踏み倒そうとしたら、出てきてそいつに嚙みつくんだよ」

と命令してさえいた。ドア一枚隔てた向こうで母親が売春するさまを聞きながら、幼い兄妹(きょうだい)は膝を抱えてうずくまっているしかなかった。

しかしそれも小河原が八、九歳までのことだ。

十歳を過ぎると彼は身長が伸び、体格もたくましくなった。息子の背が百六十センチを超えると、父親はてきめんに彼を殴るのをやめた。

また彼が十一歳のときだ。母親が「買い置きの菓子を勝手に食べた」と怒り、小河原の頰を叩いた。

すかさず彼は母親を殴りかえした。平手ではなく拳(こぶし)だった。母親は壁にぶつかり、肩を脱臼(だっきゅう)した。以後、小河原は父にも母にも殴られていないという。

彼は学校にも行かず、母の財布から小銭をくすねては、毎日ゲームセンターやショッピングセンターを徘徊した。

一方、甘糟周介は五人姉弟(きょうだい)の長男であった。上に姉が二人いる。

典型的な養育放棄家庭(ネグレクト)だった。専業主婦の母親は「頭が痛い」「調子がよくない」と言って寝てばかりで、中学生の長女に弟妹の世話を押しつけていた。

父親は仕事が忙しく、「家には寝に帰るだけだった」と供述した。子供たちの放置については「気づかなかった」「家のことは妻に任せていた」の一点張りだった。

しかし現実には、かろうじて身だしなみを整えていたのは長女だけであった。残りの弟妹はがりがりに痩せ、不潔だった。ろくに世話をされない五人の子供は、マンションの狭い1LDKにひしめきあって暮らしていた。

ほんとうならば彼らは六人姉弟だったらしい。甘糟のすぐ下に、もう一人弟がいたのだ。だが残念ながら、その子は一歳のとき死亡している。ベランダの柵を乗り越えての転落死であった。母親の当時の証言は「うっかり目を離した隙に」「家事に気をとられて、気づかなかった」。

また甘糟自身も幼少時、何度か頭部を怪我している。もとより多動気味の彼を、注意して見守る者は誰もいなかった。一度などは木登りをしていて頭から落ちたが、母親は「大丈夫そうだったから」と一人決めし、町医者にさえ診せなかった。

甘糟家の長女は中学二年生になった途端、大学生の彼氏を作った。そして相手のアパートに入りびたりとなった。次女も姉にならい、十も年上の彼と出会って以後は、実家と家族から距離を取った。

甘糟周介が小河原剛と出会ったのはこの頃だ。

二人はともに小学五年生。クラス替えにより、同じ二組の生徒となったのだ。

「サボってゲーセン行こうぜ」

と先に誘ったのは、小河原のほうだという。

それまで甘糟にずる休みの習慣はなかった。しかし小河原と親しくなるや、彼の登校日数は激減した。当然、親にも連絡がいったが、

「言って聞かせます」

と甘糟の母は繰りかえすばかりで、なんの対処もしなかった。

彼らは毎日盛り場を徘徊し、万引きや置き引きをはたらいた。塾帰りの小学生を狙って金を脅し取った。また駐輪中の自転車や置き看板を、「面白いから」というだけの理由で蹴り倒してまわった。

そんな日々の果てに、二人は重大事件を起こしたのだ。老人を誘拐して連れまわした挙句、死にいたらしめるという事件を。

家裁調査官は児童精神科医ならびに少年鑑別所と連携し、少年二人の精神鑑定をおこなった。

結果、甘糟の脳波にやや乱れが見られた。しかし二人ともに「知能は正常域」との診断がおりた。

とはいえ小河原はほとんど学校に通っていないため、知識レベルは小学一年生並みであった。甘糟のほうは三年生並みだ。

精神障害の兆候なし。幻覚・幻聴ともになし。小河原に虚言癖、甘糟に空想癖あり。とくに小河原は共感性が乏しく、攻撃性、衝動性が強い。甘糟は自己評価が低く、強迫思考の傾向あり。

家庭裁判所は二人の不遇な成育環境を考慮し、教護院への送致を決めた。さらに「最長で二年間、行動の自由を制限する」という条項も付けくわえた。ただの施設送致で済ませるには、二人の犯した罪は重すぎた。

なおこの教護院は、少年院のような矯正教育を主とする場所ではない。厚生省管轄で〝社会支援を要する児童のための福祉施設〟である。

ここで小河原と甘糟は十五歳までの三年間、定期的なカウンセリングと、年齢相応な教育を受けたという。施設を出てのちは、親元に帰されることなく、それぞれ離れた土地に里親を得ている。

だが残念ながら、小河原も甘糟も健全な社会復帰はできなかったようだ。

現在、小河原は四十四歳。いままでに三度、刑務所に服役している。罪状は傷害および強盗。

一方の甘糟は四十三歳。こちらも二度服役しており、罪状は詐欺と窃盗である。

両名とも数年前に出所済み。しかし保護司との連絡は切れており、現在の住まいや職場は不明である――。

*

事件概要を読み終えた鳥越は、顔を上げた。

「……えー、凶器となった刃物の購入先については、正式な死体検案書を待って地取り班が動く予定です」

壇上では、やはり司会役の捜査課長が額に汗を光らせている。

「次に、土橋典之の鍵付きSNSのフォロワーの件です。こちらは運営側が情報の開示要請に応じず、いまだ難航しています。どうもSNSの本社が海外なため、本社の承認を得るまでに時間がかかるようです。サイバー犯罪対策課が交渉していく予定でしたが、急を要する案件であるため、警察庁からもはたらきかけてくれるよう本部より要請いたしました」

よどみなく会議が進行されていく。

「えー、いまのところ土橋典之と被害者たちとの間に、直接の接点は確認されておりません。しかし捜査員の一部から、このような声が上がっています。『被害者の吉永欣造は公務員だった。しかし捜査員の一部から、このような声が上がっています。実父の平之助と二代つづけて見るならば、土橋の言う〝上級老害〟に該当したのでは？』という声です。実際に吉永欣造は、実父が遺した不動産をかなりの割合で相続していました。現在も専属の家政婦を雇うなど、裕福であることは疑いありません」

「しかし家政婦がいるのに、なぜ吉永欣造は『ジョイナス桜館』のデイサービスに通っていたんでしょう？」

　捜査員から質問が飛んだ。

　捜査課長が答える。

「吉永欣造の家人いわく、『介助目的でなく、社交の場として通っていた』だそうです。なお吉永家の家政婦はあくまで家事専門であり、『介護士の資格がないので、入浴介助などはさせていない』との回答でした」

　別の捜査員が挙手した。

「もう一人の被害者である乾ミチヱには、悪評はいっさいありません。地取り、敷鑑ともに丸一日聞きこみをしましたが、知人、近隣、親戚トラブル、すべてゼロです。生涯を通して専業主婦だったせいもあり、交友関係もごく狭かったようです。彼女は不運にも巻きこまれた被害者、と考えていいのではないでしょうか？」

「だな。おれも乾ミチヱに割いた人員を、土橋および吉永欣造の捜査にまわすべきでは、と思っていた」

　主任官が、座って腕組みしたまま言う。

「よし。乾ミチヱ関連に当たった捜査員は、今日から地取り班に加わってくれ。しばらくはヘイトクライムの線と、個人的怨恨ありの線を並行して追う。地取り班はその点を踏まえた上で、土橋の生活圏と現場まわりをしらみつぶしに当たれ。敷鑑班は、引きつづき関係者を洗うように。――以上」

主任官が締めくくると同時に、捜査員たちがいっせいに立ちあがる。

その中に、むろん鳥越もいた。

彼は伊丹光嗣を――血の繋がらぬ弟を振りかえり、

「よし、行くぞ」

と出口を顎で指した。

＊　＊

「ドバちゃん、いいお湯だったわよう。あんたも入ってくれば？」

畳に寝転がった男に、女はそう声をかけた。浴衣の衿をくつろげ、汗ばんだ湯上がりの胸もとを手で扇ぐ。

「ああ」男は唸るような声を返した。

だがふたつ折りの座布団を枕にした彼は、動くそぶりさえ見せない。視線は掌の中のスマートフォンに据えられたままだ。左手で支え、右手でひっきりなしにフリックとタップを繰りかえす。

「まったくもう。温泉宿まで来てスマホ？　ここまで来た意味ないじゃない」

女は鼻を鳴らし、室内の小型冷蔵庫を開けた。

「先にビール飲んじゃうからね」

と声をかけ、返事は待たずに缶を一本抜く。

――自分から「温泉行こう」って誘ってきたくせにさあ。

景色は観ないし、温泉にも興味なし。そんでスマホに夢中ってなんなのよ。

そのくせ自分のスマートフォンは「忘れてきた」だそうで、いま彼が使っているのは旅館が外国人旅行客向けに貸し出すスマートフォンだ。わけがわからない。

どうせつまらないソシャゲにでもハマっているんだろう。そのくせ自分の愛機を忘れるんだから、救いがたい間抜け男だ。

――まあでも、おごりで温泉来れたんだから、そこは感謝だけどね。

女は広縁（ひろえん）の椅子に座った。

いい眺めだ。目の前には川が流れ、その背後には緑の山がそびえ立つ。窓のサッシは開けはなたれ、網戸越しにせせらぎが聞こえた。なんとも耳に涼しい、自然の水音である。

缶ビールのプルトップを開けた。ぐっと呷る。

きんきんに冷えていた。温泉とサウナで乾いた体に、隅々まで染みわたる。全身の細胞が歓喜しているのがわかる。

「美味（うま）そうに飲むなあ、ミイちゃん」

男の声がした。

振りかえると、男はいつの間にか起きあがり、畳にあぐらをかいて女を見ていた。

目じりに皺を寄せている。笑うと、けして福相とは言えぬ顔が一気に人なつこくなる。

「だって美味しいんだもん」

そう答えながら女は、この人のこういうとこは好きかな――と思う。

笑顔が可愛いところ。それからあたしを、お店以外では本名の愛称で呼んでくれるところ。馬鹿みたいな源氏名で呼ばれるのは、店の中だけで充分だ。

――それにしても、いきなりお休み取っちゃったけど大丈夫だったかな。

でもしかたない。ドバちゃんのほうが急に誘ってきたんだもの。反射的に「いいよ」と答えてしまい、直後にしまったと思った。

だから店には、店長のいない時刻を狙って電話した。若いバーテンダーに「二、三日休むから」と一方的に告げて切り、ドバちゃんが運転するレンタカーに飛び乗って現在にいたる……というわけだ。

――ま、いっか。

女は思った。

いまさらくよくよしたってしょうがない。それに温泉宿の広縁で、きれいな景色を観ながら浴衣でビールの真っただ中なのだ。いやな浮世は忘れて、ぱあっと楽しまなけりゃ損ではないか。

あとのことは、あとで考えればいい。もし店長に叱られたら、

「お客に誘われたんだからしかたないじゃん。それとも常連さん相手にＮＯと言えって

の？　それって客商売としてアリなの？」

とでもキレかえしてやろう。

女は缶ビールをもう一口呷ると、

「ドバちゃん、風呂上がりのビール最高よ。やっぱ夕飯までに、ひとっ風呂浴びといたほうが絶対いいよぉ」

と男に向かって微笑（ほほえ）んだ。

第二章

1

鳥越と伊丹はアポイントメントを取って小黒署へ向かった。

七年前に、強盗で捕まった土橋を取り調べた署員に会うためであった。

「特捜本部から来られた……。ということは、やっぱりほんとうなんですね。例の老人ホームの殺傷事件、土橋典之がやったって」

開口一番、くだんの署員はそう尋ねてきた。いくらマスコミに伏せようと、やはり警察内部では噂がひそやかに広まっているらしい。

「おっと。もちろん答えていただかなくて結構ですよ。特捜から情報を引きだそうなんて思っちゃいません」

「ご配慮、痛み入ります」

かるく鳥越は応えて、

「では土橋典之と七年前の事件について、教えていただけますか」と頼んだ。

「当時の捜査報告書は読みました。やつは路上で立てつづけに女性を殴り、金品入りのバッグを奪った。一見したところ金に困っての衝動的な犯行ですが、実際はどうだったんです？」

「まあ、衝動的というのは当たってますよ」

署員は言った。

「あいつはお世辞にも思慮深い人間じゃなかった。いや、衝動的や短絡的と言うより……なんというか、流されやすいやつでした。他人に依存しやすいタイプ、とでも言うんですかね。根っからの悪人ではないんだが、きっかけさえあればいくらでも悪い方向へ転がってしまう。累犯者にありがちな型のひとつです」

「当時の土橋はなぜ、強盗（タタキ）をやるほど金に困っていたんでしょう？」

「催眠商法にハマったからですよ」

署員は即答した。

催眠商法とは、集団心理を利用した悪徳商法の一種である。空き店舗や仮設テントなどを使って開催し、また無料の食品や日用雑貨を餌（えさ）に人を集めるパターンが多い。「欲しい人、手を挙げて」「はい！」「はい！」等のやりとりを重ねて雰囲気を盛りあげ、閉めきった会場内を熱狂的な空気で満たし、購買者を「買わないと損だ」という心理にさせていく。この手法が催眠術に近いため、付いた名前が『催眠商法』だ。むろん商品は、市価よりはるかに高額に設定されている。

被害者の多くは高齢者だが、孤独な単身者が引っかかる事例もすくなくない。業者側はいいカモと見るやフレンドリーに声をかけ、悩みを聞くなど親身になってやる。被害者たちの、心の隙間(すきま)に付けこむのである。

「土橋はそうとうにカモられたようですよ。羽毛布団、健康食品、マッサージ機、なんとかイオンが出るという触れこみの空気清浄機……。『おまえ、それだまされたんだよ』と指摘しても聞きゃあしない。土橋ときたら『いい人なんです。おれのためを思って、ふだんは市場に出まわらない商品を、おれにだけ融通してくれたんです』『買いすぎたのは認めますが、おれの自己責任だからしょうがないです』とまあ、こうですよ。お話にならなかった」

　署員は肩をすくめてみせた。

　――土橋の同僚も「やさしくされるとすぐコロッといっちゃう」と、やつを評していたっけな。

　鳥越は納得した。親しい同僚と取調官。彼らの証言が一致したならば、土橋典之の人物像はほぼ固まったと言っていい。

　周囲に流されやすく、だまされやすい男。心に隙間がある男。その隙間に付け入られ、見る間に身を滅ぼしていった男――。

「犯行に酌量の余地はないですが、まあ、ある意味気の毒な男ではあります」

　署員はため息まじりに言った。

「土橋は県内でも山間(やまあい)の、字(あざ)のほうの生まれでね。父親を早くに亡くしたそうです。母はやつを養うため、県庁所在地の工場に住みこみで働いた。昭和で言うところの〝出稼ぎ〟ですな。その間、土橋は母方の祖父母に育てられました。工場の宿舎から母親が帰るのは、せいぜい年に二、三回。学校では〝出稼ぎなんて嘘だ。おまえの母ちゃんは男と逃げたんだ〟と囃したてられ、いじめられたそうです。母親も友達もない、寂しい幼少期を送ったようですわ」

「愛情に飢えていたんですね。だから見せかけの甘い言葉にたやすくのせられて、すがってしまう」と伊丹。

「まさにそれです。それでもおつむが優秀なら、回避できたんでしょうがね。土橋は残念ながら、頭のほうもいまいちでした。柄のよくない高校に進学し、パシリにされた上、窃盗の手引きをして二度捕まっています。ただし少年院や鑑別所送りにはなっていません。高校を卒業後は、運送会社の事務職に就きました。そこでの仕事は性に合っていたようで、十年ほど問題なく暮らしたんですが……」

「なんです？」

「残念ながら、よくない女にひっかかったんです」

署員は肩をすくめた。

「愛人稼業の女だったようでね。パトロンが爺さんでもの足りなかったせいか、ちょこちょこ男をつまみ食いしてた。そのつままれたうちの一人が、土橋です。恋愛沙汰に免疫のなかった土橋はのぼせあがり、せっせと女に貢いだ。しかし半年ともたず、捨てられた。

……催眠商法にだまされたのは、その翌年だそうです」

「なるほど。女に捨てられて、寄る辺ないところを付けこまれたか」

鳥越はうなずいた。

そして金に困った土橋は、会社から前借りをことわられたその日、路上で女性を殴ってバッグを奪う凶行に走る。さらに翌週、翌々週にも同様の事件を起こした。

この犯行により、実刑判決を受けた彼は静岡刑務所へ送られた。仮釈放されたときは、三十八歳になっていた。

「何度も言いますが、土橋は根っから悪いやつじゃなかった。だが取調官の立場からは、少々困りものでしたね。わたしが『犯行の状況はこうだったんじゃないか？』とかるく示唆すると、『そうですそうです』とすぐ飛びついてくるんです。こういうやつは、やりやすいようでいてやりにくい。虚偽の供述なんて、裁判で簡単にひっくりかえされますからね。すらすら供述調書は取れても、あとがおっかない」

「わかります」

鳥越は苦笑した。

彼にも経験がある。取調官に気に入られようと迎合するあまり、みずからの記憶まで改竄してしまう犯罪者は間々いるのだ。「素直なマル被だ」などと油断して調書を作成すると、あとでえらい目に遭わされる。

「あの、すみません。ちょっとおかしなことを訊いていいですか」

伊丹が割りこんだ。

「土橋に襲われたマル害たちは、どんなタイプでしたか。やつをつまみ食いして捨てた女と似ていたでしょうか？」

「え？　ええと……どうだったかな」

署員は数秒視線をさまよわせてから、膝を打った。

「思いだした。顔はとくに似ちゃいませんでしたが、同タイプといえば同タイプですよ。マル害のうち二人はホステス、一人は風俗嬢でね。明け方に帰宅する途中を狙われたんです。愛人稼業の女と同じく、ブランドもので身を固めて派手派手でした」

鳥越と伊丹は目を見交わした。

「最後にもう一つ」

鳥越は手帳を閉じて言った。どうせメモは取っていない。記憶力のいい伊丹に、あとで細部を訊くつもりであった。

「土橋が『ジョイナス桜館』を襲った、との噂を聞いた際、あなたは『やっぱり』と思いましたか。それとも『まさか』と笑った？」

「後者でしたね」

署員は答えた。

「金に困っての強盗と、無差別殺傷じゃまったくの別ものです。手口に隔たりがありすぎる。それに噂じゃ、ネットに犯行予告まで出したらしいじゃないですか。そんなやり口はやつに似合いませんよ。土橋はもっと単純な男です。もし事件がやつの仕業だったなら――」

署員はそこで言葉を切って、

「……きっと、誰ぞの影響でしょう。野郎、今度はなににかぶれやがったんだ……」

と不快そうに顔をしかめた。

小黒署を出て、鳥越たちは電車に乗った。

もっとも空いている車両を選んで乗りこみ、端の吊り革に並んで摑まる。

「マル被が惚れていたとかいう愛人、当たってみたほうがいいですね」

ぼそりと伊丹が言う。

鳥越はさりげなく車両内を見まわした。ほかに乗客は六、七人だ。一番近い乗客でも一メートル以上離れている。電車の振動と稼働音で聞こえまいと確信して、鳥越は低く返答した。

「だな。強盗のマル害たちは該当の女と同じタイプだった。ブランドで身を固めて裕福に見えた点を差っ引いても、同タイプの女ばかり狙うのは強固な執着が感じられる。……金欲しさに通行人を狙うなら、原チャリで追い抜きざまにバッグをひったくるのが一番楽だ。殴ってまで奪う必要はない」

「『かとれあ』のアンナとやらも同タイプか、把握しておきたいですね」

「愛人のパトロンが金持ちの爺さんだった、というのも気になる。まさに『上級老害』ってやつじゃないか。こいつがマル被の、老人憎悪の根かもしれんな」

ぼそぼそと小声で話しあう彼らの眼前を、猛スピードで景色が行き過ぎる。車窓越しに、色とりどりの広告や看板があらわれては消えていく。

「……しかし、あれですね」

伊丹が声を落とした。

「『連れ去り事件』の小河原と甘糟といい、今回のマル被といい――。なんというか、三つ子の魂百まで、といった感じでいやになりますね」

「え?」

鳥越はいったん訊きかえしたが、「ああ」とすぐに納得した。

小河原と甘糟。土橋典之。全員が恵まれない生い立ちだ。

とはいえ、珍しいことではない。差別的に聞こえるかもしれないが、累犯者の多くがアルコールやギャンブルに依存する親を持って生まれ、幼少期に虐待および貧困を経験している。

むろん逆境をはねのけ、まっとうに生きる市民がほとんどだ。しかし人間は、みながみな強いわけではない。はねのける力を持たぬ者でも、平等に同じスタートラインに立てるよう、調整してやるのが行政や福祉の本来の役目だ――が、理想にはほど遠いのが現状である。

「……じつは自分も、まだ子供のうちに、父を亡くしまして」

伊丹がぽつりと言った。

鳥越の目じりが、思わず引き攣れる。

顔に出すな、と彼は己に言い聞かせた。コントロールしてみせろ。表情筋を動かすな。動揺したと、けっして悟られるな。毛穴から滲む冷や汗さえ、コントロールしてみせろ。仮面をかぶるのは、ガキの頃から慣れているはずだ——と。

「そのせいでしょうかね、今回のマル被のような生い立ちを聞くと、胸にこう、ずしんと来ちゃうんですよ」

伊丹がつづけた。

「さいわいぼくの母親は、出稼ぎまではせずに済んだ。でも紙一重だったんじゃないか、と思うんです。ぼくとマル被にさしたる差はない。警察官になれたのだって、巡りあわせがよかっただけだ。途中で道を一歩踏みはずしていたら、きっかけさえあったら、ぼくだってあいつらと同じ累犯者になっていたんじゃないか——とね」

「いや」

鳥越はかぶりを振った。声がかすれなかったことに、内心で感謝した。

「伊丹くんは大丈夫だ。おれが保証する」

「ほんとですか？　どう保証してくれるんです」

伊丹が微笑む。その自然な笑みに、鳥越はほっとした。

「どうって言われてもな。ま、伊丹くんは犯罪に走れるタマじゃないさ。その目を見りゃわかる。往年の笠智衆だって、そこまで穏和な目はできやしない」

「ちょっと、ネタが古すぎですよ」伊丹が吹きだした。

「古すぎて伝わりませんって。でもまあ、ありがとうございます。鳥越さんに励ましてもらえると、いろんな意味で嬉しいですよ」

「なんだ、その〝いろんな意味で〟ってのは」

「いえね、こんな言いかたはあれですが……鳥越さん、ぼくの親父に似てるんです」

今度こそ、鳥越の額に汗が浮いた。

不自然にならぬ程度に顔をそむける。咳払いをするふりをして、空いた間をごまかす。息を吸い、胸の内で三、二、一と数えてから言葉を継いだ。

「——へえ。ということは、親父さんは超絶イケメンだったんだな」

「そのとおりです」

真顔で伊丹はうなずいた。

「子供のぼくから見ても、凄みさえ漂う美男子でした。それに比べて、ぼくはこんなつまらない顔でしょう。子供の頃はそれが不満で、『どうしてこんな顔に産んだんだ』とおふくろに文句を言ったものですよ」

そう嘆息してから、

「……その父がね、元サツカンだったんです。ぼくがもの心ついたときは退職済みだったし、刑事部でもありませんでしたがね。でもぼくは、親父に憧れて警察学校に入ったようなもんです。いまでも思うんですよ。もし親父が元サツカンじゃなかったら、ぼくは父の死後にグレて、道を踏みはずしてたかもしれないって……」

言葉を切る。

短い沈黙ののち、伊丹は、はっとしたように鳥越を見た。

「あ、すみません。失礼ですよね、先輩を故人に似てるだなんて」

と吊り革から手を離して謝罪する。

鳥越は「いや」と応えた。応えながら、脳内で素早く考えた。

――そうか。父は光嗣に、元捜査一課の捜査員だと話していかなかったのか。

実際には一彦は十年以上、県警刑事部の捜査一課にいた。ただし『折平老人連れ去り殺人事件』の翌年に地域課へ異動になり、さらに翌年辞めている。その当時、光嗣はまだ六、七歳だ。親が教えなかったなら、知らなくて当たりまえだ――。

「いや、ぜんぜん失礼なんかじゃないさ」

鳥越は明るく言った。片手で吊り革に摑まったまま、あいた片腕を広げてみせる。

「気にするな。なんだったら、寂しいときはおれをパパと呼んでいいんだぞ、光嗣」

「ほんとですか」

「ああ、いつでもどんと来い」

「パパぁ」

ふざけて伊丹がもたれかかってきた。むろん、ほんのゼロコンマ数秒触れただけだ。すぐにさっと離れる。

離れた伊丹は、苦笑を浮かべていた。くすぐったそうに鳥越を見やってから、目をそらす。昏から覗いた歯がやけに白かった。

彼は前方を向いたまま、

「でも、ほんと……鳥越さんみたいな人が兄貴だったらよかったな」と言った。

2

つづいて二人は『かとれあ』に寄った。しかし土橋の馴染みだというホステスのアンナは、今日も休みであった。

「困るんですよね、電話一本で急に休まれるの……。最近のホステスは駄目ですよ、責任感のない子ばっかりで。もう店長がカンカンです」

そう言って初老のバーテンダーは、鼻孔から派手に息を吹いた。

店を出て、鳥越は頭上の電線を仰いだ。

鴉がすくない。この歓楽街は彼らの餌が乏しいらしい。つまりは景気がよろしくないということだ。金払いのいい客はじゃんじゃん酒や料理をオーダーし、そのぶん残飯も大量に出す。

一羽の鴉が、鳥越をじっと見下ろしていた。ハシボソガラスだ。

雌だな、と鳥越は見当を付けた。

「伊丹くん、また来ようぜ。すくなくとも愛しのアンナちゃんに会えるまではな」

相棒に向かって告げながら、見下ろしてくる雌に目で挨拶をした。

しばらく通うかもしれん、せいぜい仲良くしてくれ、と胸中で仁義を切る。雌は電線にとまったまま、彼を見つめて身じろぎひとつしない。

伊丹が「はい」と応え、きびすを返した。


二人は次いでシティホテルに向かった。被害者である吉永欣造の妻が、マスコミを避けて泊まっているホテルだ。

まずはフロントに警察手帳を提示した。ホテル側から彼女たちの部屋へ、「警察がこれから聴取に行く」との連絡を入れさせるためである。

「ここには警護を置いてないんだな」

ロビーを歩きながら鳥越は言った。吉永邸の前には、土橋の再襲撃に備えて警官を二名ずつ配置している。

「女警が一人、同階にいるはずですよ」伊丹が応えた。

「『ホテルの警備に人員を割かない代わり、パトカーをこまめに巡回させる』って、主任官が昨日言ったじゃないですか。『あのホテルは平均以上のグレードで、セキュリティが厳重だから自宅より安全だ。外に用事があるときは女警を使いにやらせよう』って」

「そうだったか？」

「ですよ。ちゃんと聞いててください」

エレベータはテナントを通り抜けた先にあった。鳥越は昇降ボタンを押した。

吉永の妻が泊まっているのは、六階のツインルームだった。

悪くない部屋である。広々とまでは言えないが、さすがにビジネスホテルよりはゆとりがある。白とペイルブルーを基調とした、洒落た内装だ。

大型テレビ。ドレッサー。空気清浄機。チェストを挟んでセミダブルのベッドがふたつ並び、その向こうにはテーブルとソファセットが設置されている。壁には、地中海らしき風景を描いた額が掛けてあった。

吉永の妻こと富士乃は、夫より四歳下だそうだ。

そのわりには老けて見えた。地肌が見えないほどの厚化粧が、かえって皺を際立たせている。舞台化粧のような眉といい、真っ赤な口紅といい、昭和の頃からメイクを変えていないのだろう。首から下はファストファッションの部屋着なのが、奇妙にちぐはぐだった。

「無理ですよ、なにもお話しできません」

鳥越たちを見るや、富士乃はそう言って手を振った。ベッドに座りこみ、こめかみを大げさに指で押さえる。

「まだ主人の死から、何日と経っていないんですよ？　まだわたしも娘も立ちなおれていません。それなのに事情聴取だなんて……。犯人はわかっているんだから、捜索に全力を注げばいいだけじゃないですか。こんな気の毒な年寄りを、これ以上いじめてなにが楽しいんです？」

「あのう」

背後から、別の女性が割って入った。

「お話なら娘のわたしがうかがいます。すみませんが、母を休ませてやってください。母は偏頭痛の持病があって、ストレスが大敵なんです」

吉永欣造の娘は、美也子(みやこ)と名のった。

娘と言っても四十六歳だそうだ。こちらは母と対照的に薄化粧で、年齢より若く見えた。

ロングスカートに薄手のカーディガン。髪をハーフアップに結っている。

バスルームへ引っこんでしまった富士乃に代わり、鳥越たちは美也子から話を聞くことにした。

「わたしですか？　ええ。市内に在住しております。両親とは、近距離別居ということになりますね」

「今日は会社はお休みですか？」

「いえ、会社勤めではないんです。ピアノ教室で生計を立てていますので」

「なるほど。ピアノの先生ですか」

鳥越は納得した。確かに美也子のたたずまいはピアノ指導員にふさわしい。若く見えるのは、スリムで姿勢がいいせいもあるだろう。

「母が心配なので、今週いっぱい教室は午後のみにしました。それより、父の遺体はどうなったんです？　いつ家へ帰していただけるんですか」

「検視が終わり次第、お帰しします」

　鳥越は頭を下げ、手帳をひらいた。

「今日はお父さまの交友関係および、最近の人間関係についてお聞かせ願えますか。もちろんご傷心とはわかっています。しかしこれも、犯人逮捕のための重要な手がかりです。そう思って、どうかご容赦のほどを……」

「人間関係？」

　美也子が表情を硬くした。

「ということは――警察は、父を狙っての犯行だと思っているんですか。無差別でなく、父が狙われたと？　やめてください。そんな――あり得ません」

「いやいや、そう決めこまないでください」

　鳥越はかぶりを振った。

「すべての可能性に当たり、ひとつひとつ潰していくのがわれわれの仕事です。その捜査の過程で、ご遺族を不快にさせてしまう可能性は否めません。しかし誤解しないでください。なにもかも、事件解決のためなのです。すべてはお父さまを殺した犯人逮捕へのプロセスに過ぎません。その旨、どうぞご理解ください」

よどみなく言って、ふたたび鳥越は頭を下げた。今度はさっきより、さらに深く腰を折る。

沈黙が落ちた。たっぷり数十秒の間ののち、

「……訊くだけ訊いたら、お帰りくださいね」

美也子は吐息まじりにそう言って、鳥越たちにソファをすすめた。

「お茶はいかがです。コーヒーですか？」

「いえ、おかまいなく」

ことわって、鳥越は美也子が向かいに座るのを待った。不満顔を隠さぬまま、彼女が対面のソファに着く。

「ではあらためまして、お父さまの交友関係および、ここ最近の人間関係についてお聞かせ願えますか」

「交友関係、と言われても……父は十九年も前に退職して、その後はずっと隠居生活です。恨まれるほどの人付きあいはありません」

「失礼ですが、再就職はなさらなかったんですか」

鳥越は尋ねた。たいてい校長までのぼりつめれば、天下りとはいかずとも次の就職口が用意されているものだ。自動車学校や生涯学習センターの幹部などが、定番のコースである。

しかし美也子は、首を横に振った。

「ええ。『これからはゆっくりしたい』と言って、父は再就職を望みませんでした」

——そうか。まあ裕福らしいからな。

鳥越は内心ひとりごちた。

不動産の所有数からいっても、定年後の吉永欣造にあくせく働く必要がなかったのは確かだ。だがその「ゆっくりしたかった」が、本心か、単に人脈がなかったせいかはまだ不明である。

ふと、数年前に担当した傷害事件を思いだす。かの犯人も〝元校長〟だった。傲慢な性格ゆえに再就職を斡旋してもらえず、それを恨んでの刃傷沙汰であった。

「ところで、なぜお父さまだけがデイサービスに通っていたんです？　お母さまが通われなかったのは、なにかご事情が？」

「いいえ、とくに理由はありません」美也子は否定した。

「せんにも言いましたが、介護の要があって利用したデイサービスではありませんでしたから。母は人見知りなタイプで、不特定多数の人と会うと疲れてしまうんです。反対に父は、社交的で饒舌な人でした」

「さきほど『隠居生活で人付きあいはない』とおっしゃいましたが？」

「違います。『恨まれるほどの人付きあいはない』と言ったんです。父はあくまで社交上のお付きあいにとどめ、深い人間関係は築きませんでした。そういう意味です」

「そうですか、失礼」

と鳥越はいったん引いて、質問を変えた。

「ではお父さまの口から、『土橋』という名を聞いたことは?」

「土橋? さあ、覚えていません。過去の教え子の中にいたかもしれませんが、生徒は膨大な人数にのぼりますから」

「でしょうな」

鳥越はうなずいた。実際には、土橋典之が吉永欣造の教え子でないことはすでに判明していた。

「教え子といえば、三十二年前の事件についてもおうかがいさせてください」

替わって切りだしたのは伊丹だった。

美也子の眉が瞬時に曇る。

「今回は、そのことは関係ないでしょう」

はっきりと声が尖った。不快そうな表情を隠そうともしない。

「なぜいまさら、そんな。三十二年も前のことですよ?」

「だとしても、可能性がゼロでない限りお訊きしなければなりません。ご不快にさせて申しわけない。ですが、これも仕事なので」

「わたしからも謝罪いたします。必要なことだけお訊きできれば、すぐ帰りますので」

横から鳥越は口添えした。

美也子が唇を引き結ぶ。やがて横を向き、聞こえよがしのため息をついてから、彼女は鳥越たちに向きなおった。

「……わたしは当時、中学生でした。祖父がいなくなった時刻はピアノ教室にいたので、くわしいことは知りません。帰ったら、みんな大騒ぎで……」

「お祖父さまを連れ去った少年二人と、面識は？」

「ありません。あるわけないでしょう。彼らは小学生で、わたしは中学生でした。歳が離れているし、接点だってありません」

「見かけたこともなかった？」

「それは……ありました。町じゅうをうろついて、悪さをしていた子たちでしたもの。でも捕まって、はじめて名前を知ったくらいで――」

「もういいじゃないですか」

バスルームの扉がひらいた。富士乃が仁王立ちでこちらを睨んでいる。

「なんなんです。いまさら大昔の事件まで掘り起こして……。こっちは被害者なんですよ？　どうしてそっとしておいてくれないんです」

顔が真っ赤だった。

扉を押さえた手が、音を立てんばかりに震えている。

「三十二年前もそうでしたよ。義父を殺された被害者なのに、まるっきりこっちが悪者扱い。認知症の老人を、自宅で日向ぼっこさせておいたら罪ですか？　主人一人をデイサービスにやっていたら犯罪なんですか。もうたくさん。自己責任だかなんだか知りませんが、被害者の落ち度ばかり責めて楽しい？」

こめかみに血管が浮きあがっていた。息が荒い。興奮でいまにも卒倒しそうだ。

「お母さん」

慌てて美也子が立ちあがり、母親を押さえる。鳥越は伊丹に目で合図を送った。ここはいったん退散するしかなさそうだ。

礼を言って、彼らは部屋を出た。


その後、一階に下りた鳥越たちはホテルマンの若手に話を聞いてまわった。

運よく、三人目でおしゃべりを引き当てることができた。今年で四年目だという彼は中堅若手特有の気の緩みを見せて、

「六〇一一号室の奥さんですか？　ああ、高島屋から外商員を呼びつけたりして、元気なもんですよ。ぼくらもよく呼ばれますが、ここだけの話、横柄だから行きたかぁないですね。チップをはずんでくれるならべつですが、それもないし」

と得々と語った。

「あの奥さんと一緒にいる人、実の娘さんだってほんとですか？」

「らしいですね」

伊丹が応じる。

「へえ、似てないなあ」とホテルマンは目を剝いて、

「やけにへりくだってるから、てっきり息子の嫁さんかと思いましたよ。でも考えてみりゃ、それなら旦那さんも一緒に部屋まで行きますもんね」

「旦那さんも、このホテルにお見えになったんですか」

「お見えにっていうか、たまに彼女とタクシーに同乗して、ホテルの前まで来るんですよ。降りるのは娘さんだけなんですけどね。病気で療養中だそうだから、家に一人が心細くてお見送りに来るのかな」

礼を言って、鳥越たちはシティホテルを出た。

3

特捜本部に戻り、鳥越は鍋島係長に報告を済ませた。

「ところで土橋のやつはどうです。足どりは摑めましたか」

「いや、難航してる」

眉間に深い皺を刻んで、鍋島は吐き捨てるように言った。

「いまだろくな手がかりなしだ。マスコミにもせっつかれとることだし、やはり指名手配しかないか。くそ、そうなる前に捕まえたかったんだが……」

悔しそうに顔を歪めている。

「ネットの匿名掲示板じゃ、早くも土橋を『神』だなんだともてはやす馬鹿どもが湧いているようだ。ほれ、例の元官僚が起こした暴走事件。あれと絡めて『上級老害への天罰だ』『ぬくぬくと暮らしていやがった上級も、これですこしは危機感を持っただろう。震えて眠れ』なんて書き込みで埋まっていやがるとよ」

「新聞社や雑誌社に、犯行声明文が届いているとも聞きましたが」と伊丹。

「そのようだな。だが消印と内容からいって、いまのところどれも模倣犯――いや、愉快犯のたぐいだ。暇な野郎が多いぜ、まったく」

「鍋島係長」

背後から、やや高い声が響いた。

水町未緒巡査であった。白い頰がやはり紅潮している。

「解析課から、照会結果が届きました。三十二年前の『折平老人連れ去り殺人事件』の犯人である小河原と甘糟は、成人後も更生せず何度か服役しています」

「は？　それがどうした。もうとっくに判明している事実だろう」

うるさそうに鍋島が手を振る。

しかし水町は食い下がった。

「待ってください、つづきがあります。土橋典之と、小河原剛および甘糟周介が、同じ刑務所で同じ期間に服役していたとわかったんです。小河原とのダブリ期間は、七年前の九月から翌年の四月までの七箇月半。甘糟とのダブリ期間は、四年前の二月から八月までの六箇月。場所はともに、収容分類級ＦＢＡの静岡刑務所です」

「なんだと……」

鍋島の顔いろが変わった。

係長に凝視され、水町の顔がさらに赤みを増す。

収容分類級とは、受刑者を収容するにあたって行政側が定めた基準級のことだ。Aは犯罪傾向が進んでいない者、Bは累犯者もしくは反社会勢力、Fは外国人である。おそらくは土橋がAで、小河原と甘糟はBだろう。

「また土橋典之は刑務作業中などに、何度か小河原にかばってもらったようです。土橋は小河原に恩義を感じていた、という証言が複数取れました。看守の中には『心酔しているように見えた』と言う者までいます」

「小河原と甘糟の収容期間は、ダブっていないのか」

「いません。その点は何度も確認しました」

「……よし。主任官に報告しろ。明朝の捜査会議でだ」

鍋島が苦虫を嚙みつぶしたような顔で言った。

反対に水町巡査の顔が、ぱあっと明るく輝く。

面白くなさそうに眉をひそめたまま、鍋島は特捜本部を出ていった。向かう先は、きっと署内の喫煙所だろう。

鍋島の背を見送ってから、鳥越は水町に目を戻した。

ここは〝いい先輩役〟として、「やったな」と一声かけてやるべき場面かと思った。しかし、その声は喉の奥で消えた。

いち早く伊丹が、彼女の腕をさりげなく叩くのが見えたからだ。けして慣れなれしいというほどではない。しかしあきらかに親密な仕草だった。ごくかるい手の動きに、万感がこもっていた。

水町巡査が庶務班に呼ばれ、小走りに離れていく。

「そうか」鳥越は言った。

「そうか。――なんだ、伊丹くん。そうか。おとなしそうな顔して、意外にやるな」

「なんですかそれ。やめてくださいよ」

そんなんじゃないですって、と伊丹が手を振る。しかしその頬は、見るからに甘く緩んでいた。

不覚にも鳥越は、ほわりと胸があたたまるのを感じた。

「いやいや、そんな照れることたないぞ。水町巡査はいいやつだ。おれが保証する」

伊丹の肩を抱きよせ、小声でそうささやいた。

「きみは女を見る目がある。水町は大いにお薦めだ。第一にあいつは頭がいい。超が付く善人だし、なにより誠実なやつだ」

本心だった。水町未緒はいい。弟の結婚相手にもってこいの相手だ。真面目な人柄もスペックも文句なし。大歓迎である。

伊丹が苦笑して、「やっぱり鳥越さんは変わってるな」と言った。

「そうか？」

「そうですよ。女の子を薦めたり紹介するとき『善人で誠実』って言う人は滅多にいません。たいていは『可愛い』とか『性格がいい』とかですよ。もっと露骨な人だと『尽くしてくれる女だぞ』なんて言ったり」

「ふん、昭和のセンスだな。ここだけの話、うちの係長も昭和感覚のおっさんだからこそ水町が煙たいわけさ。だから気にするな、とあいつに伝えといてくれ。まあそれは置いといて、マジで水町ときみはお似合いだ。太鼓判を押すぜ。なんならおれが仲人をしてやってもいい」

「なに言ってるんですか。鳥越さん独身でしょ」

「まあな。だがいざとなったら分身して、片方が女装するから心配するな」

鳥越は片目をつぶってみせた。

「期待しろ。ちとガタイはでかいが、おれの女装は美しいぞ」

「あははは。……まったく、かなわないな」

伊丹が顔をくしゃくしゃにして笑う。くすぐったそうな笑顔だった。

その笑みに、鳥越は内心で深く安堵した。

4

その日、鳥越は零時すこし前にアパートへ帰った。

明朝の捜査会議で、「土橋典之を指名手配する」と発表される可能性は高い。となればマスコミに名前と顔写真が公開され、一気に広まる。おのずとマスコミ対応に人員が割かれ、いま以上に忙しくなるのは自明の理だ。

――そうなりゃ、特捜本部に連日泊まりこみになっちまうからな。

だからいまのうち、あれを確認しておきたかった。

夜食のコンビニ弁当をロウテーブルへ放り、鳥越はシャワーも浴びずにクロゼットへ直行した。この狭苦しい1DKアパートの、唯一の収納スペースである。

奥に手を突っこみ、段ボールを引き出す。しばし、漁った。やがて底の近くに、輪ゴムで留めた数冊の手帳を見つけた。古ぼけて煤けた手帳だ。

一冊ずつぱらぱらとめくる。持ち主の性格をあらわすような、癖の強い筆跡でページは埋め尽くされていた。

――父の字だ。

父の伊丹一彦――当時は鳥越一彦だった――が、捜査一課に所属していた頃の手帳である。中身は捜査用のメモ書きだった。情報ツールその他がIT化される前の時代で、当然すべて肉筆だ。

読みづらい走り書きを必死に解読し、鳥越は目当ての捜査メモを探した。

――あった。

手を止め、ページを大きくひらく。付箋(ふせん)はないので、目印代わりに隅をちいさく折っておく。

――『折平老人連れ去り殺人事件』とある。間違いない。このページだ。

手帳を片手に、鳥越はロウテーブルに戻った。

あぐらをかき、コンビニで買った焼肉弁当をひらく。右手で箸(はし)を使い、左手で手帳を持った。黙々と食べつつ、父の字をじっと目で追う。

『一九××年九月七日、午後九時。

市街地の路上にて死体発見。頭部に傷あり。致命傷。顔から上半身にかけて多数の傷あり。凶器＝鈍器？　石？　灰皿？

・マル害＝吉永平之助。元市議。地主。

動機は怨恨(えんこん)？　金目的？　遺産争い？　遺体をさらに車に轢(ひ)かせようとした手口からして、情は感じず。悪意あり』

箇条書きで筆跡も荒いが、内容はわかりやすい。弁当と一緒に買ったペットボトルの烏(ウー)龍茶(ロンちゃ)を開け、鳥越はつづきを読んだ。

『・マル害＝老人性痴呆症の診断済み。戦争体験ありで、元気な頃は講演活動も。市会議員を四期。政敵多し。女関係の乱れあり。金に汚い面？　息子夫婦と同居。
・女房＝七年前に死亡。
・一人息子＝吉永欣造。折平第一小学校の教頭。父親であるマル害とは不仲。妻とは親が命じた見合い。反発のわりに、父そっくりの性格で見栄坊（みえぼう）と評判。連れ去りの時刻は、職場に在校。アリバイあり。
・息子の嫁＝富士乃。お嬢さま育ち。驕慢（きょうまん）。舅（しゅうと）と折りあい悪し。アリバイなし。
・孫娘＝折平第一中学三年。習いごとでアリバイあり』

鳥越はさらにページをめくった。

『ショッピングモールの防犯カメラ。平日二時。少年二人？　小学生⁇　マル害の息子の欣造＝第一小（イッショー）の教頭と関係が⁇　要確認。英子（えいこ）にも同上』

鳥越の心臓が、わずかに跳ねた。

英子とは、鳥越の実母の名だ。

つまり手帳の持ち主である伊丹一彦の、当時の妻である。彼女は折平第一小の教師であり、小河原と甘糟のクラス担任でもあった。

真っ先に配偶者に尋ねることなく、父はまず手帳に記した。そのワンクッション置いた行動に、鳥越は両親の間にできた暗い隔たりを感じとった。だが意外ではなかった。彼の記憶の中に、仲むつまじい両親の姿は皆無だ。鳥越がもの心付いたとき、すでに父と母の関係は冷えきっていた。

次のページを繰る。そこには筆圧の強いボールペン文字で、『小河原剛・甘糟周介』の名が記してあった。幾重もの丸に囲まれている。犯人の素性を知った父の衝撃が、伝わってくるようだった。

——そりゃあそうだろうな。

鳥越は納得した。この連れ去り殺人事件は、『神戸連続児童殺傷事件』より前に起こった事件だ。神戸の犯人は中学生だった。

それでも十二分にセンセーショナルだったのだ。小学生が殺人犯と知った捜査関係者が、度肝を抜かれただろうことは容易に想像がつく。

メモ書きはつづいていた。

『英子（クラス担任）談。

・小河原剛＝悪たれ。体が大きく乱暴。大人を恐れない。すぐ手が出る。不登校。学力は六、七歳児並み。自分の名前の漢字がかろうじて書けるレベル。運動神経はよい。親もろくでなしで、言ってもムダ。

・甘糟周介＝小ずるい。嘘つき。注意力散漫。頭は悪くないが、授業を聞かない。小河原の手下。運動神経に難あり。とくに反射神経がよくない。空想に逃げる』

遠慮会釈のない人物評だ。母らしい、と鳥越は苦笑した。教え子に対する愛情がかけらも感じられない。

札付きの問題児である小河原と甘糟が、母は目障りだったのだろう。実子である鳥越の目にも、母はえこひいきの強い人だった。気に入った生徒は舐めるように可愛がり、嫌いな生徒は徹底的に厭った。

そして母の舌鋒は、メモによれば小河原と甘糟の父母にも向いている。

『・小河原の親＝父はアル中。母は売春婦。家、ゴミ溜め。両親とも無職で、生活無能力者。行政の介入を拒む。

・甘糟の親＝父親不在家庭。五人姉弟。母親は口ではいはい言うだけで、無気力。避妊なし？ 英子は望まぬ妊娠を疑っている。姉二人にも非行の萌芽』

ここで「おや」と鳥越は思った。

走り書きながら、『父親不在家庭』の箇所に筆跡の乱れが見てとれたからだ。上から一本線を引いて、消そうとした跡さえあった。

――もしや父は、罪悪感を抱いていたのか？

おれと母を捨てたことに。子持ちの女に走り、不倫し、あまつさえその家の〝夫〟ならびに〝父親〟におさまったことに。すこしは後ろめたさを感じていたのか。

――あの父が？ まさか。

口の端で笑って、鳥越はさらにページを繰った。

『動機？？？』とある。

どうやら事件の動機に疑問があったらしい。捜査会議で配られた資料によれば、たのだろうか。

「ゴウちゃんに誘われた」
「面白そうだから連れだした」
としか甘糟は証言していない。小学生ならではの短絡的な思考だが、父は納得しなかったのだろうか。

——面白そうだから、か。

弁当を食べ終え、鳥越は箸を置いた。

資料を読んだときは疑問を覚えなかった。しかし言われてみれば、認知症の老人を連れだすことを「面白い」と小学生が考えるだろうか。

小河原と甘糟は、確かに悪ガキだった。学区外に住む鳥越でさえ、その悪名を知るほどの非行少年だった。クラスメイトにも「小河原たちに金を脅しとられた」「塾の帰りに、バッグごと財布を引ったくられた」と嘆く少年が何人もいた。

——一般的には老人男性よりも、幼女をさらって連れまわすほうが似つかわしい。

小学六年生といえば、性に目覚める時期である。

実際、昭和四十年代に女性八人を強姦して殺した大久保清という男が、小学六年生のときに幼女を桑畑に連れこみ、強制猥褻をおこなっている。子供が金銭目当て以外に老人をターゲットにするのは、確かにいささか不自然だ。

——土橋典之は刑務所で、小河原および甘糟と出会った。

とくに小河原とは、収容直後の不安な時期を約八箇月ともにしている。小河原にかばってもらった経験さえあるという。その土橋は出所後、匿名掲示板やSNSで声高に糾弾するほど『上級老害』とやらを厭った。

——小河原剛の影響ではないのか？

かつて土橋を取り調べた小黒署の署員は、

「ネットに犯行予告まで出したらしいじゃないですか。そんなやり口はやつに似合いませんよ。土橋はもっと単純な男です。きっと、誰ぞの影響でしょう」

と語った。その「誰ぞ」が、もし小河原剛だとしたら。

——三十二年前、小河原剛はもっと明確な動機があって、吉永平之助を連れだしたのではないか？

三十二年前は甘糟周介を共犯に誘い、今回は土橋典之をそそのかしてやらせた。この仮説が正しいとしたら、小河原の動機はなんだろう？

吉永平之助の息子である欣造は、小河原たちが通う折平第一小学校の教頭だった。もともと彼は、欣造に恨みがあったのだろうか？　三十二年前はまず襲いやすい弱者——認知症の父親から狙い、長い時を超えてようやく吉永欣造本人を討ったのか？　それほどに強い怨恨を吉永欣造、もしくは吉永父子(おやこ)に抱いていたのか。

鳥越は手帳をめくった。そして、目を見ひらいた。

ページがない。

一枚ぶん、破りとられた跡があった。『折平老人連れ去り殺人事件』の捜査メモとしては最後にあたるページだ。一枚めくれば、次からは別の事件のメモ書きがはじまっている。

――父が破いたのか？

鳥越はいぶかった。

家を出たとき、父は財布と警察手帳くらいしか持っていかなかった。ほぼ身ひとつで女のアパートへ転がりこんだのだ。アルバムも、膨大な捜査メモも、銀行の通帳や年金手帳すら置いていった。どうせ再発行できる、なにひとつ未練はない――と言わんばかりの態度だった。

母はそんな父を憎んだ。そして彼が置いていった荷物をすべて納戸に放りこみ、その後は二度とかえりみなかった。

鳥越が母の目を盗んで納戸に入ったのは、中学二年の夏だ。

捜査メモが書かれた手帳の束をこっそり抜き、自室に隠し持った。いずれ捜査員になるつもりだったからだ。

中学生になる頃には、彼は自分の性格を自覚していた。おれは父似で狷介だ。猜疑心が強く、他人に心を許さない。〝猟犬〟になるしかない男だ――と。

――この手帳に触れたのは、父とおれだけのはずだ。

すくなくとも、母の英子ではあり得ない。母はそもそも父の仕事に興味がなかった。父が女のもとへ逃げる前から、

「あんな安月給で労力に見合わない仕事、早く辞めればいいのに」

「警察官なんて、公僕の中でも賤業よね」

と軽蔑していた。母自身も公務員だったというのに、だ。

とはいえ母に言わせれば、

「あたしたちの頃はまともに女が働こうと思えば、看護師か教師、美容師くらいしか口がなかった。女がおいそれと医大や薬科大に行ける時代じゃなかったの」

だそうである。

——まあ母の言うことも、一理ある。

母方祖父母は、孫の鳥越から見ても、あきらかに英子への愛が薄かった。

英子を疎んでいたわけではない。ただ関心がなかったのだ。彼らの寵愛は、あまり出来のよろしくない長男——鳥越にすれば伯父——にのみ注がれた。

母の上昇志向と我の強さは、おそらく生い立ちが育んだものだ。娘がどんなに努力しようと評価せず、愛さず、成績に見合った学費さえ出し渋った両親。

母の英子はそんな親に早々に見切りを付け、人生を自力で切りひらこうとした。男から一方的に見初められることを良しとせず、配偶者もみずから選んだ。その姿勢自体は、けして悪くなかった。

——問題は、母に男を見る目がなかったことだ。

母の一目惚れからはじまった結婚生活は、鳥越がもの心付いたとき、すでに破綻していた。

おそらく父は、はなから母を愛していなかった。結婚したのはひとえに上司の顔を立てるためである。おまけに母は、姑とそりが合わなかった。鳥越からすれば父方祖母だ。嫁姑の争いは、一彦が離婚届に判を突く寸前まで絶え間なくつづいた。

鳥越が思うに、父方祖母と母は似たタイプだったのだ。

感情が激しやすく、愛憎が深い。プライドが高く、他人に譲ることを知らない。そして二人とも同じ男を——父を、強烈に愛していた。家族になど、なり得るはずもなかった。

——そうして敗れたのは、母のほうだった。

父はいつだって祖母の味方だった。母に向かって、「うまくやれないなら、いつでもおれの〝妻〟をやめてくれていい」と平然と言いはなった。

愛しても愛しても砂漠に水を注ぐような生活の果てに、やがて母の愛は消えた。いや、ただ消えただけならまだいい。愛の焼け跡には軽蔑と憎悪が残った。しかもいつまでもぶすぶすと燻る、暗い軽蔑であった。

——その悪感情は、警察官採用試験を受けると言ったおれにも向けられた。

勝手にしなさい。そう母は吐き捨てた。

もとより薄かった母子の情愛は、あの瞬間に完全に断ち切られた。

そして母の英子は現在、有料老人ホームにいる。定年退職した翌年、母自身が選んで入ったホームであった。鳥越には一言の相談もなかった。

――あの母が、父の手帳に興味を持つはずがない。

「警察時代の手帳ですって？　触れるのも汚らわしい」と厭ったはずだ。

鳥越は手帳の破かれた跡を、何度もためつすがめつした。鋏ではなく、手で千切りとられている。父本人の仕業だろうか。それとももっと他の第三者か。

――どちらにしろ、なぜだ。

そうひとりごちた次の瞬間、鳥越はふっと顔を上げた。

ベランダに気配を感じたからだ。手帳を伏せ、立ちあがる。ベランダへとつづく掃き出し窓を開ける。

柵に、鴉が一羽とまっていた。

ハシブトガラスの雄だ。嘴の先になにかくわえている。

鳥越が目をすがめる前に、鴉はくわえたそれを落とした。コンクリの床へ落ち、跳ねかえって鳥越の足もとへ転がってくる。羽を広げ、鴉は飛び去っていった。

鳥越はその場に片膝を突き、鴉がくわえてきた物体を見つめた。

丸いプラスチック製品である。なにかの蓋に見える。

――ペットボトルのキャップか？

鳥越は部屋に戻り、ビニール手袋とフリーザーバッグを手にして戻った。手袋をはめ、ペットボトルのキャップとおぼしき物体をつまみ上げる。フリーザーバッグに落として、口のジッパーを閉めた。

　つづいて鳥越は電話をかけた。

　相手は顔見知りの、科捜研の女性職員であった。コールを七回数えたのち、ようやく相手が応答する。

「もしもし、鳥越くん？　電話なんて珍しいね。ひさしぶりじゃん」

「ひさしぶり。いま、ちょっと時間いいか？」

「家だから大丈夫。なにかあった？」

「いや、じつは頼みごとがある。内緒で調べてほしいブツがあるんだ」

「調べてって――ああそっか。鳥越くんいま、例の特捜本部にいるんだっけ」

　女性職員が「察した」とでも言いたげに声を低める。

「なあに、もしかして抜けがけしようとしてる？　そんなにいいネタ入手できたの？」

「かもな。やってくれるか」

「うーん。まあ鳥越くんは嫌いじゃないからいいけどさ。でもまさか、タダ働きとは言わないよね？」

「それはないさ。事件が片づいたら飲みに行こう。なんでもおごるよ」

「あら、それだけ？」

「じゃあきみの部屋で飲むのはどうかな。もちろん二人っきりで」

　数十秒、沈黙があった。

「……OK。その言葉忘れないで。結果が出たら連絡する」

通話が切れた。

苦笑して、鳥越はスマートフォンを伏せた。

——飲み云々は、きっと口約束に終わるだろう。

酒は好きだ。だが他人と飲む行為は好みではなかった。仕事上の付きあいならば我慢もするが、プライベートではなるべく避けたい。

第一に、鳥越は酔いにくい体質である。若い頃「限界を知ろう」と思い立って休日の朝から飲みはじめたことがある。しかし十八時間飲みつづけても〝限界〟にたどりつかず、馬鹿らしくなって寝てしまった。酔った勢いで女を口説くには、あらゆる意味で向かぬ男であった。

——この体質も祖父の遺伝だろうか。それとも父か？

眼前の手帳とフリーザーバッグに、鳥越はあらためて目をすがめた。

5

翌朝の捜査会議では、逃走中の土橋典之をかくまうか、もしくは潜伏先を提供できる人物の候補が挙げられた。

まず一人目は、土橋のＳＮＳのフォロワー『コバ』である。彼はフォロワーの中でももっとも熱心な土橋の信奉者で、

「どかんと花火をぶち上げるときは全面協力します！」

「ＤＭで住所送りました。もしものときは是非使ってやってください！」

などと頻繁にリプライを飛ばしていた。また彼は『ジョイナス桜館』襲撃事件の直後から、ＳＮＳの更新を止めている。

ただし解析課とＳＮＳの運営会社とはいまだ交渉中で、フォロワーの個人情報は未入手のままであった。

二人目はバー『かとれあ』のホステス、アンナだ。

土橋と懇意にしており、肉体関係まで進んだ気配があるという。彼女もまた店を数日前から休んでおり、事件後は誰も姿を見ていない。

三人目は、かつて土橋典之がのぼせあがった愛人稼業の女である。この女とも、いまだ連絡は取れずじまいだった。二年前にパトロンが死んだ途端、正妻にわずかな金を与えられて放逐されたらしいが、以後の足どりは不明だ。尾羽打ち枯らした女と土橋が、焼け棒杭に火を点けた可能性もないではない。

そして四人目は、小河原剛である。

服役前の土橋典之はまったくの無思想で、かつ他人の意見に左右されやすい依存型の人間だった。その彼が出所してスマートフォンを手にするやいなや、ＳＮＳで「上級国民、上級老害」と連呼しはじめた。誰が見ても不自然な変容と言える。

「土橋は刑務所内で、小河原に心酔していた」

との証言も取れている。小河原はわずか十二歳で老人殺しをはたらいた。土橋典之に突然生じた老人嫌悪と、果たしてその事実は無関係なのだろうか。

かつ小河原剛もまた、現在にいたるまで連絡が付かないという。正確に言えば六年前に出所して以降、彼の行方は杳として知れない。

「よし、この四人の捜索に人員を割くぞ」

主任官が声を張りあげた。

「これから班の再編成をおこなう。敷鑑と庶務班はとくに大きく人員を動かすぞ。新たな班は会議の最後に発表する。水町巡査のほか、なにか報告がある者はいるか」

ぐるりと一同を見まわす。

その言葉どおり、すでに水町未緒巡査は報告を終えていた。

小河原剛および甘糟周介が静岡刑務所で、土橋と同期間に服役していた件である。この報告を受けて、捜査に小河原剛の捜索が追加されたのだ。水町の頬は満足げに火照っていた。

「報告します」

地取り班の手が挙がった。

「吉永欣造は父親と同様、女癖がよろしくなかったようです。過去に何度か女がらみでごたごたを起こしており、夫婦仲も悪かったとか。『吉永先生はもともと発展家だったが、定年後は隠しもしなくなった』という証言まで得られています」

「〝発展家〟ねえ。懐かしい言葉だ。しかし元校長のくせして、よくやるぜ」

　主任官は吐き捨てて、

「まあいい。となれば吉永の妻には動機ありだな。吉永欣造は七十九歳で、実父から相続した不動産の多くを保持している。老いらくの恋にのめりこまれて、遺産の行方があやしくなるのは避けたいだろう。可能ならばその前に……ってやつだ」

　と言った。

「その場合は、土橋典之を雇ってやらせたということになりますね。ではSNSでの発言は、すべてフェイク？」と捜査課長。

「どうかな。土橋にそんな頭はなさそうですがね」

　主任官は応えて、前列の捜査員に尋ねた。

「おい、吉永の妻はいくつだ？　七十五歳？　ネットにくわしい歳とは思えんが、最近は猫も杓子（しゃくし）もスマホを持つ時代だからわからんな」

「男の入れ知恵かもしれませんよ。高齢者同士の不倫は珍しくありません。それに、いまどきの七十代は若い」

「確かに男の影は洗ってみにゃならんな。よし、土橋の潜伏先提供者リストに、吉永の妻も入れろ。それから……」

　主任官はそこで、悔しそうに顔をしかめた。

「本日中に土橋典之を指名手配する。やつの姓名と顔写真を、マスコミ各社に公開するぞ。

——あとは捜査課長から、班の再編成の発表がある。おれからは以上だ」

鳥越と伊丹は再編成により、『小河原剛を追う班』と決まった。

気が重いな、と内心で鳥越はつぶやいた。できればSNSのフォロワーか、バー『かとれあ』のホステスを追う班にしてほしかった。

小河原に興味がないわけではない。単純に、追いたくないのだ。できることなら、彼らの存在そのものを忘れていたかった。

小河原と甘糟を思いだせば、どうしたってあの夏の自分自身がよみがえる。記憶というのは地続きだ。ひとつ掘り起こせば、糸で繋がれたかのように次の記憶が、さらに次の次の記憶が頭をもたげてくる。

「——ぼくも、折平市の生まれですが」

伊丹がぽつりと言った。

「ああ」

鳥越は応えた。知っている、と言いかけて声を呑む。

伊丹がつづけた。

「例の『老人連れ去り事件』のときは五歳で、記憶なんてろくにありません。……でも市内の住民にとって、長い間、あの事件は特別だった。市内の空気に、重苦しい影を落としていた。その空気ならよく知っています。十年以上もの間、世間の意識は『折平といえば、あの老人連れ去り事件』でした。高校に進学したとき、折平中学の出身だと明かすのをためらったくらいです」

「わかるよ」

鳥越は言った。

「よくわかる。——おれは、きみより四歳上だ。事件当時、小学三年生だった。小河原たちと学区は違ったが、やつらのことは知っていた。やつらのクラス担任は、おれの母だったしな。当時の空気だって覚えている」

灰いろだった、と彼は思う。

あの夏は世界のすべてが灰いろだった。なにもかもがくすんで見えた。先が、未来が見えなかった。ただ必死に居場所を求め、父の面影を追ってあがいていた。

「……ともかく、行くぞ」

鳥越は伊丹の肩を叩いた。

いま自分にできることといえば、捜査だけだった。

6

小河原剛の足どりは、六年前の四月に出所して以後ふつりと消えている。

保護司によれば「出所後に一度会ったきりだ。更生保護施設に行くよう彼に勧めたが、立ち寄った形跡すらなかった」だそうである。

なお小河原は、このときが三度目の服役だった。罪状は強盗。

地裁で懲役七年を言いわたされ、控訴しなかったため確定した。弁護士は頼まず、国選であった。そして結婚したのか、この時点で彼の姓は「黒崎(くろさき)」に変わっていた。

鳥越たちはまず家裁調査官のもとへ向かった。

三十二年前、まだ十二歳の小河原を担当した家裁調査官である。

彼は資料によれば小河原たちのため、かなり親身になって奔走している。児童精神科医や少年鑑別所と連携を取って、二人の嘱託精神鑑定にこぎつけたのも彼だ。話を聞く価値のある相手であった。

家裁調査官——いや〝元〟家裁調査官は、とうに引退して郊外の一軒家に夫婦で住んでいた。

「ええ。あの事件は特異だったので、よく覚えています」

今年でちょうど七十歳になる元調査官は、禿(は)げあがった額をするりと撫(な)でた。

「いやな事件でしたよ。彼らが犯した罪ももちろんですが……それと同時に、彼らがおかれていた環境もたまらなかった」

細君が出してくれた熱い茶に彼は口を付けて、

「わたしはいつも思うんです。〝豊かな国〟ってのはＧＤＰが世界上位だとか、株価が高値で安定している云々じゃない。子供が憂いなく幸せに暮らせる国を〝豊かな国〟と呼ぶんじゃないかとね。すくなくとも飢える子や、親に殴られる子がいるうちは——それを黙殺する社会が在るうちは、けっして豊かな国なんかじゃありません」

と言った。苦い口調だった。

「小河原の父親はアルコール依存症で、暴力的だったそうですね」

　鳥越は言った。

「彼は父に日常的に殴られ、母が売春する姿を見ながら育った。最悪の環境です。あなたから見て、小河原剛はどんな子供でしたか？」

「一見、よくいる普通の非行少年でしたよ。粗暴で言葉づかいが荒い。虚勢を張り、嘘をつく。なにかと言えば自分を大きく見せて、相手を威圧しようとする。でも、やさしいところもありました」

「たとえば？」

「彼には妹がいましてね。その子のことを、とても気にしていた。『おれがいつまでも帰らないと、妹が一人になる』『おふくろじゃ妹を守りきれねえよ。妹をどっか安全なところへやってくれ』といったふうにね。それを聞いて、おやと思ったんです。確かに情緒面に偏りはあるが、完全に未発達なわけではない。犯行に似合わず、情性欠如型ではないようだと」

「小河原は警察には黙秘を通したそうですが、あなたには口を利いたんですね？」

「徐々に、ですがね。最初はひどいもんでした」

　元調査官は苦笑して、

「心をひらいてくれたきっかけは――ああそうだ、漫画です。ほら、加害者少年には『遺族に謝罪の手紙を書きなさい』と勧めるのが弁護士のセオリーでしょう。こう言っちゃなんだが、減刑のための単なる慣例です。これが機械的な慣例になったこと自体、どうかと思いますがね……。まあそれはそうと、小河原はこの手紙がまったく書けませんでした」

「でしょうね」鳥越はうなずいた。

　当時の小河原の学力は、小学一年生並みだったという。漢字は自分の名前を書くのが精一杯で、九九さえ暗唱できなかった。かろうじて、ひらがなとカタカナを読み分けられるレベルだ。

「手紙に悪戦苦闘していた彼に、わたしは声をかけたんです。『かたくるしい言葉はいらない。漢字も無理に使わなくていいんだ。思ったことをそのまま書けばいい』とね。だが彼はすぐさま反論しました。『自分がなにを思ったかなんて、わかんねえよ。そう言うあんたはわかんのかよ』と。……自分の気持ちをあらわす語彙として、彼が持つのは『ムカつく』『イラつく』『うざい』『モヤる』『まだマシ』『悪くねえ』。せいぜいこの六種類でした。

　ちなみにこの『悪くねえ』は、小河原自身の父親の口癖です。彼の父親は、肯定的な言葉を口にしない人間でした。美味いものを食べたときも、熱い風呂に入って心地いいときも、人になにかしてもらったときも『悪くねえ』の一言で済ませたそうです。そもそも会話のすくない家庭でね。子供の語彙が、増えるはずもない環境だった」

元調査官は嘆息してから、

「『ともかく、心に浮かんだことを書けばいいんだ』とわたしは言いました。そうしたら小河原はしばらく考えて、『漫画の台詞でもいいか』と言うんです。どの漫画だ、と訊くと、アニメにもなった有名な作品を答えました。小河原はこの漫画の七巻だけを親に買ってもらえたそうでね。とうにぼろぼろでしたが、あちこちをテープで留めて、大事に持っていましたよ」

と言った。

「小河原は『この漫画は悪くねえ』と言うんです。『まともなことが描いてある』と。わたしもすこし読んでみましたが、孤児として生まれた少年が、正義のヒーローになろうと奮闘する少年漫画でした。物事を暴力で解決するきらいはあれど、確かにまともで、まっとうでしたよ。主人公は乱暴で喧嘩っぱやいが、女性や子供にやさしい子なんです。『男はこうでなくちゃいけない』と小河原は言っていました。『だからおれも、妹や子分を守ってやるんだ』――とね」

子分、か。鳥越は思った。甘糟周介のことに違いない。確かに小河原と甘糟の関係は、友人というより〝親分子分〟と評するのがふさわしかった。

元調査官が言葉を継ぐ。

「『そうだ。そのとおりだな』とわたしは答えました。同意されたのが意外だったようで、小河原は目をまるくしていましたっけ。……その日からです。あの子がぽつぽつとだが、わたしを相手にしゃべるようになったのは」

小河原は彼に、家の事情を徐々に打ちあけていったという。

父は昔は鳶職だったが、独立して一人親方になってからはさっぱり仕事がなくなったこと。ここ数年は、働きもせずに飲んだくれ、帰ってきては暴れる父の姿しか見ていないこと。

生活費は母が親戚から借りるか、もしくは売春で得ていること。母は小河原をかえりみず、妹ばかり可愛がること。とはいえ妹への愛も、母の気分次第で可愛がるお人形扱いでしかないこと。

彼の背が伸びて以降は、あからさまに父の暴力が減ったこと。それはそれでムカつくこと。小学生相手に卑屈になる父親が情けなくて、ときおりボコボコにしてやりたくなること――。

そこまで聞いて、鳥越は元調査官に尋ねた。

「小河原は、世を恨んでいるふしがありましたか？」

「世を？」元調査官が片眉を上げる。

「それは自分の置かれた環境を恨む、というような意味でしょうか」

「いえ、世間というか……そうですね、たとえば俗に言う中流以上の層などを、です。昨今ではネットで『上級国民』などという言葉が使われますが、そういった層を敵視する発言はありましたか」

「さあ。記憶にないですな」

「では、裕福な老人を憎むような言動は？」

「そのご質問は、おたくの捜査となにか関係があるんですか？」

元調査官が探るように言う。鳥越はうなずいた。

「ええ。捜査の内容についてはお話しできませんが」

型どおりの返答だ。しかし元調査官は彼の態度に納得したようだった。「なるほど」と首肯して考えこむ。

「言われてみれば、そんな傾向はあった気がします。小河原が上級どうこうと発言した記憶はないですが、『あいつらは金があるから、家族が一人減ったくらい平気だ』『金持ちだからって、ぬくぬくと長生きできると思うな』とは言っていました」

「犯行を後悔している様子はありましたか」

「いえ。正直言って反省の色は薄かったです。『おれはどうせあの歳まで生きない。ボケるまで生きられただけ、あいつらは贅沢(ぜいたく)だ』とも言っていました」

元調査官は遠い目になって、

「あれから三十二年です。当時に比べ、社会はずっと貧しくなりました。富裕層と貧困層の格差が広がり、年金受給年齢は引き上げられ、消費税も上がった。確かに〝ぬくぬくと長生き〟するだけで贅沢と言える国になりましたよ。はからずも、小河原は未来を言い当てたのかもしれませんな」

と苦そうに茶を啜った。

鳥越は質問を重ねた。

「小河原たちは当時『教頭の家だとは知らぬまま、老人を連れ去った』と警察に供述しました。あなたにも、彼はそう言いましたか？」

「さあ。その点については、とくに口にしなかったように思います。ただ……」

「ただ？」

「教頭先生に対し、いい印象は持っていなかったようですね。ぽつりとだが、『あいつはクソ野郎だ』とこぼしたのを聞いたことがあります。どんなところが？　と訊きかえしましたが、そっぽを向いて答えてくれなかった」

「ほう」

――あいつはクソ野郎、か。

胸中で鳥越は繰りかえした。

伊丹が彼に顔を寄せ、低くささやいてくる。

「甘糟は『門柱に表札は出ていたが、教頭先生の苗字とは知らなかった』『学校にあまり行かないから、担任の顔くらいしかわからない』と供述しました。もし小河原が事件前に吉永個人を認識していたならば、食い違いが生じます」

鳥越は無言でうなずきかえした。

元調査官の家を出て、立ち食いのカレーショップで二人は早めの昼飯を取った。

「ここのは辛さが調節できるんですよね。ありがたい」

伊丹が嬉しそうに辛さ度数四のカレーを掻きこむ。ちなみに店の最高度数は五である。

「おれは三で充分だ。伊丹くん、顔に似合わず……」

そう言いかけたとき、鳥越のポケットでスマートフォンが鳴った。

送信者を見る。科捜研の女性職員からであった。

「おう、どうした？」

「どうしたって、なにその言い草？　せっかく休憩時間を潰して、例の件を調べてあげたのに」

「マジか、早いな」

言いながら、鳥越は伊丹に背を向けた。

鴉が運んできたペットボトルのキャップを、彼女に預けたのは今朝のことだ。まさかこれほど早く結果が出るとは思わなかった。

「約束、守ってもらうから」

と彼女は前置きして、

「じゃあ言うね。キャップからは複数の指紋と微細物が採取できた。指紋のひとつは不完全ながら、あなたが追ってるマル被と四点において一致」と言った。

「照会してくれたのか。さすが気が利くな」

鳥越はおだてた。マル被とはむろん土橋典之のことである。鳥越が今回の特捜本部に駆り出されたことを、彼女はとうに知っている。

「待って。つづきがあるの。キャップに付着の微細物は以下。油、塩、胡椒、ガーリックパウダー、ターメリック、オレガノ、チリパウダー、グランドセージ、乾燥バジル、マジョラム、パプリカパウダー……」

「なんだそりゃ、呪文か?」鳥越はさえぎった。「あやしげな呪術で、おれを愛の虜にしようってのか」

「ふふ。ばぁか」

女性職員は笑って、「フライドチキンのスパイスよ」と言った。

「スパイス……」

「ついでに言うと、この調合のスパイスを使うのは『グレイブズ・チキン』だけね。全国チェーンで、業界シェアは国内四位。一位には遠く及ばずとも、まあまあの人気店」

「ありがとう。愛してるよ」

早口で告げ、鳥越は通話を切った。

最後の台詞は本音だった。ただし女性職員にではなく、キャップを運んできた鴉へ向けた言葉であった。

伊丹に背を向けたまま、鳥越はスマートフォンで『グレイブズ・チキン』を検索した。該当の店舗は、県内に二店のみである。

ひそかに彼は拳を握った。

＊　＊

「ドバちゃん、あんたお仕事大丈夫なの？　ほんとに有休なんでしょうね？　あたしのせいでクビになったなんて、あとで文句言わないでよ」

温泉宿の古くさいドレッサーに向かったまま、女は背中越しにそう声をかけた。返ってきたのは気のない生返事だ。とはいえ予想はついていたから、とくに腹も立たない。

男は週刊誌を顔の上に伏せ、畳に寝転がっていた。

点けっぱなしのテレビのチャンネルはＮＨＫに合っている。女にはよくわからないクラシックの曲を、これまたさっぱりわからない音楽団が奏でている。

——意外にこういうのが好きよねえ、ドバちゃん。

髪をとかしながら、女は内心でぼやいた。

——知らない土地の平日昼間なんて、つまんないローカル番組ばっかだからいいけどさ。でもせめて、二時間ドラマの再放送くらいは見せてほしいわ。せっかくスマホ借りたんだから、音楽なんて一人で聴いてりゃいいのに。

「音楽が聴けない環境に、けっこう長くいたからな」

と男は言う。昔から音楽鑑賞が好きなのに、おいそれと聴けない場所で働いていた。いま聴くのはきっとその反動だ、と。

——ふん。音楽が聴けない環境ねえ。まわりくどいこと言っちゃってさ。

女はブラシを置いた。鏡に顔を近づけ、肌の調子をチェックする。

男が刑務所帰りだと、彼女は薄うす勘づいていた。

なぜって世俗の知識に、五、六年前からぽっかりと空白がある。誰もが知っていたコマーシャルや、アイドルの名を出しても通じない。指摘すると「ど忘れしただけだ」と言い張り、話題をそらす。

こういう男は過去に何人も見てきた。

一定期間の世知に疎いというだけなら、長期入院か、外国へ行っていた可能性もある。だがそうした人たちは、すくなくとも隠さない。「病気でテレビどころじゃなかった」「しばらく日本にいなかった」と自分から語りだす。話題をそらし、隠したがるのは脛に傷持つ者だけだ。

——ま、いいけどさ。

女は思う。べつに彼と結婚するわけじゃなし、しょせんただの遊び相手だ。ムショ帰りだろうが横領犯だろうが、自分に害が及ばぬ限りはどうだっていい。

そもそもこの男のことは、名前と顔と職場くらいしか知らない。彼女の勤めるバーが男の職場から近いため、週に二、三度店に来るようになったのだ。酒の勢いで関係を持ってしまい、そのままずるずると現在にいたる。

目じりの皺を女は指で伸ばしながら、

「やっぱ温泉って効果あるねえ」

としみじみ言った。

「どう考えても、ここに泊まるようになってからお肌の調子がいいもん。化粧水あんま叩きこんでないのに、こう、しっとりするっていうかさあ。ちょっとドバちゃん、聞いてんの？　ドバちゃん……」

第三章

1

一九××年、七月下旬。

世間は夏休みに入ったばかりだった。そして当時の夏はまだ、いまほどの灼熱ではなかった。ずいぶん過ごしやすかった。

全国の最高気温はせいぜい三十二、三度。陽が落ちればぐっと涼しくなり、冷房なしでも眠ることができた。

また現在のような〝紫外線イコール悪〟の概念は希薄だった。日焼け止めなど塗る子供はいなかった。少年たちは路上を走り、自転車を駆って一帯をまわった。早起きして林へ虫取りに入り、近くの川でザリガニを釣った。

アスファルトに揺らめく陽炎。耳をつんざくような蟬の声。

友達と連れ立って入る駄菓子屋の、奇妙なほどの薄暗さ。わずかな小遣いで買う、安っぽいガムや棒アイスのべっとりした甘さ。

空の青がやけに濃い。その青を背景に、やはり白すぎるほど白い雲がアイスクリームを盛りあげたようなかたちでとどまっている。

友達の家で出される、自宅とは微妙に味の違う麦茶。同じく切りかたの違う西瓜。友達の祖母が握ってくれた、塩だけのおむすび。

縁側で揺れるガラスの風鈴。蚊取り線香と、虫さされ薬液の匂い。夏風の香り。むっとする草いきれ。夕立のあとに立ちのぼる、湿った土の香り。かぶりついた桃の甘みと、一緒に口に入った汗の塩辛さ。

焼きすぎてめくれた皮膚。食べても食べても痩せっぽちだったクラスメイトの、棒きれじみた細い手足。乱反射する小川の水面。

獲ってきたカブトムシやクワガタを、戦わせて遊んだ。はからずも蜂の巣を突いてしまい、全員で慌てて逃げた。走りながら顔いっぱいに受けた風。ふくらはぎの痛み。強い陽光で焼け、ぱさぱさになった髪が額を叩く――。

そんな夏のただ中に、九歳の鳥越恭一郎は存在した。

折平市立外寺小学校三年C組、出席番号十一番。

彼は、クラスの人気者だった。

男子からは「面白いやつ」「ヤバいことをやる、目立つやつ」と思われていた。女子からは「明るい」「足が速い」「アイドルの××くんに似てる」と言われた。バレンタインには毎年、山ほどチョコレートをもらった。

通信簿の備考欄に担任が書いた評価は、

「お調子者。口達者。軽薄。運動神経がよく五教科の成績も悪くない。目立ちたがり屋だが、委員会の仕事などは避ける。友達が多い。喧嘩を好まず、おおむね柔和」

しかしその日の彼は、一人だった。

正確に言えば、一人と四羽だった。十年ほど前から無人となった空き家の庭で、彼らは休んでいた。

恭一郎は庭石のひとつに腰を下ろしている。鴉は枯れた芝生に撒かれた餌をついばんでいる。

恭一郎自身が撒いた餌だった。昨日の夕飯の残りだ。肉入りの野菜炒め。ほぐした焼き鯖。出汁巻き玉子。

——父さんの夕飯になるはずだった、残飯だ。

鴉は雑食である。そして大食漢でもある。成人男子の一食ぶんなど、四羽もいればあっという間にたいらげてくれる。幸か不幸か母の料理はやたらと味が薄いので、鴉の腎臓にも負担になりづらい。

——いつまでも冷蔵庫に残っている父の食事など、鬱陶しいだけだ。

父が食べないとわかっていて、帰宅しないと知っていて、母は必ず父の夕飯を用意する。さすがに朝食と弁当の支度は、しばらく前にやめた。しかしまだ諦めきれないのか、夕飯だけは必ず三人ぶんこしらえ、三人ぶんの食器に盛りつけるのだ。

大根おろしを添えた出汁巻き玉子は「父の好きな肴」なのだと母は言う。焼き鯖も父の

好物だ。そして野菜炒めは、

「警察の仕事は食事が不規則になりがちだし、ビタミンが不足するものね。野菜を油と一緒に効率よく摂らせないと」

との意図があるらしい。

——母さんは、いつもそうだ。

やっていることは、一見立派だ。健気ですらある。しかし〝他人の気持ちを推しはかる〟という大事な点が欠けている。

実際に父がこの家に帰ってきて、この食事を食べたいと思うか。二人きりで食卓を囲まねばならない息子が、三人ぶんの夕飯にどんな思いを抱えているか。その点はまるきり無視して、母は毎日夕飯を用意する。

なぜって〝妻のつとめを怠らない自分〟の像を、守るほうが大事だからだ。

帰らぬ夫に尽くしつづける自分。夫が何日帰らずにいようが、彼の存在を忘れない自分。

その像を保っている限りは「わたしは悪くない」と思っていられる。

わたしに落ち度はない。いけないのは裏切ったあの人のほうだ。わたしは被害者だ。わたしはかわいそうな、憐れな糟糠の妻だ——。そう己に言い聞かせ、自分の心を守ることができる。

——早く、夏休みが終わればいいのに。

餌をついばむ鴉たちを見ながら、恭一郎は口の中でつぶやく。

クラスメイトたちはみんな、夏休みを心待ちにしていた。そして全員が、この休暇が永遠につづけばいいと思っている。

だが恭一郎は逆だった。

彼の母親は、小学校の教師だ。いまは折平第一小学校で、六年生の担任を受けもっている。

むろん教師は生徒とは違って、休みではない。研修があり、講習がある。昇進試験に向けての勉強もある。休みの間に事務処理をまとめて片づけたり、二学期の下準備をしたりと、すべきことはいくらだってある。

だが授業がないぶん余裕があり、休暇が取りやすいのも確かだ。

恭一郎は知っていた。母が「家族旅行のため」有休を申請したこと。そしてそれが、学校側に受諾されたことを。

——父と、母と、おれとの家族旅行だ。

行けるはずがない、と恭一郎は心得ていた。

県警捜査一課の捜査員である父は、激務である。いや、そうでなくたって、三人で旅行など行くはずがない。

父の一彦が帰宅しなくなって、もう何年になるだろう。

恭一郎が小学生になる頃には、父はすでに「家にいない人」だった。もはや顔を思い浮かべることすら困難だ。見ればさすがに父とわかるが、いまこうして目を閉じても、まぶたに彼の顔は浮かばない。

恭一郎は、とうに父を諦めている。だが母はそうではない。母はいまだに父に焦がれていた。執着していた。

それが愛と呼べるものなのか、恭一郎は知らない。とうにほかの感情に変質しているとしても、小学生の彼に違いを表現する語彙はまだない。

——早く夏休みが終わればいい。

いま一度、彼はそう思う。年齢に似合わぬ皺を眉間に刻んで、祈るように指を組む。

なぜって母が、また祖母のもとへ電話するからだ。

夏休みというイベントがある限り、母は恭一郎をだしに、父に期待しつづける。そうしてその期待を父本人でなく、父の実母である祖母にぶつける。

「——ですからね、お義母さんからも言ってやってほしいんです！」

受話器を耳に当てて喚く、母のきんきん声。

祖母に電話するとき、決まって母は恭一郎に背を向けている。なのに、その表情がわかる。まざまざと脳裏に浮かぶ。

吊りあがったかたちのいい眉。痙攣する目じり。紅にいろどられた唇は歪み、犬歯が覗いている。

「あまりにも無責任ですよ。そうじゃありませんか！」

「人の親になったという自覚が、あの人にはなさすぎます！　お義母さん、いったいどういう教育をなさったんですか！」

「違いますったら。そういうことを言ってるんじゃありません。わたしはね、ただ人としての道と、常識を……」

母の英子は美しかった。

本人が望み、環境が許せば女優にさえなれたかもしれない。激しい怒りに肩を震わせていてさえ、やはり彼女は並みはずれた美女だった。

母が誇りにした結婚披露宴の写真を、恭一郎は飽くほど見せられたものだ。

一見、お似合いの夫婦だった。新郎新婦とも、目の覚めるような美形であった。だがその美貌は、彼ら二人のどちらをも幸福にしなかった。

――嘘の絵日記、今年も描かされるのかな。

恭一郎はため息をついた。去年もそうだ。一昨年もそうだった。

「お父さんとお母さんと、海に行きました」

「お父さんに、遊園地に連れていってもらいました。とても楽しかったです」

嘘の文章をつらねた上に、それを絵に描く作業なんて惨めでしかない。だが母に命令されれば、描かないわけにはいかなかった。母子二人きりの家で、ヒステリックな親に逆らうのは自殺行為に等しい。

――だからおれは、家の外に居場所を作りたかった。

恭一郎が進んで道化を演じ、クラスの人気者であろうとする理由がそれだ。

家ではないどこかに、居場所がほしい。受け入れてほしい。誰かに好かれたい。誰かに肯定してもらいたい。おまえはそこにいてもいいのだという、絶対的な許しがほしい。

だがたまに、どうしようもなく疲れる。

そういうとき恭一郎は、この庭に来ると決めていた。ここでなら一人になれる。この庭でほかの〝人間〟に行き会ったことは一度もない。

来るのは鴉ばかりだ。

敏く、賢く、警戒心の強い鳥。なのに恭一郎がいい子でなくとも、道化を演じずとも、受け入れてくれる不思議な生きもの――。

ほんの幼い頃から、なぜか彼は鴉に好かれた。

祖母は「あの人の血を継いだんだろうねえ」としんみり言った。とうに祖国に帰ってしまった、祖母の恋人の遺伝に違いないと。

だが母はそれを厭った。忌み嫌った、と言ってもいい。

「やめてください、お義母さん」

「鴉なんていう不吉な鳥と、うちの子を結びつけないで」

「たまたまですよ。偶然が何度か重なって、そう見えただけ。あんないやらしい鳥は、うちの恭一郎となんの関係もありません」

自然と恭一郎は、母の前では鴉を避けるようになった。鴉たちはそれを敏感に察し、彼が一人のときしか寄ってこなくなった。気遣われている、と思った。申しわけなかった、だがその心遣いが嬉しくもあった。

一羽の鴉が首をもたげた。

どうやら満腹になったらしい。はばたいて低く飛びあがり、恭一郎の肩にとまる。鉤爪が皮膚に食いこまぬよう、加減してとまってくれる。

つづいて二羽目が彼の膝にとまった。三羽目、四羽目と、少年の体に群れてくる。

つややかな羽が、頬をくすぐった。むっとするような野生の香りが鼻を突く。だが不快ではなかった。むしろ安らげる匂いだった。

一人と四羽しかいない荒れた庭は、平和な静謐に満ちていた。

2

鴉たちに別れを告げた恭一郎は、大瀬町二丁目に建つ祖母のアパートへと自転車で向かった。

表札に『鳥越スズ』と達筆で書かれた、二〇二号室のチャイムを押す。

「開いてるよぉ」

中から声がした。祖母の声だ。

恭一郎はドアノブを握ってまわした。宣言どおり、鍵はかかっていない。

折平市は面積こそだだっ広いが、牧歌的な田舎町である。住民は呑気で開けっぴろげで、日中に鍵をかける家のほうが珍しい。この習慣が一変するのは——そう、全国ニュースにもなる〝例の事件〟が起こって以降となる。

蹴るようにスニーカーを脱ぎ捨て、恭一郎は1Kのアパートに駆けこんだ。

「ばあちゃん」

「ああ、なんだ、恭ちゃんかい」

歯並びのよすぎる歯を見せて、祖母がにっかりと笑う。

「ちょっくらベランダで土いじりをしてたんだよ」

そう言う祖母の右手にはシャベルが、左の手首には吸汗性の高いリストバンドが巻いてあった。その背後では掃き出し窓が開けはなされ、ベランダには横長のプランターがずらりと並ぶ。

プチトマト。ラディッシュ。イタリアンパセリ。そのほか、恭一郎にはよくわからない薬臭いハーブ類。

「昔は畑仕事なんか大っ嫌いだったんだけどね。この歳になると、むしょうになにか育てたくなっちゃうのさ。不思議なもんだね」

祖母のスズは、ちょうど六十になったところである。しかし驚くほど若わかしい。目じりや頰の皺こそ隠しようがないが、長身でスリムな体形ゆえか、四十代後半に間違われることもざらだ。

ベリーショートの髪は、白髪隠しのため明るい栗いろに染めている。白のノースリーブトップスに、脚に張りつくほどタイトなジーンズ。剝きだしの両腕は、肩まで日に焼けていた。

「麦茶でいい？　それともカルピス？　ああそうだ、アイスがあるよ。ホームランバーってやつ。恭ちゃんも好きだろ」

背の低い冷蔵庫に、祖母がかがみこむ。

その横に、恭一郎は目ざとくスーパーの袋を見つけた。アルファベットのSを大きく、Kをちいさくあしらった商標が刷られている。県内では大手チェーンのスーパーマーケット、『SKストア』の商標であった。

「……父さん、来てたんだ？」

ぽつりと恭一郎は問うた。

「一昨日ね」振りむかず、祖母が答える。

母の英子は、SKストアでけっして買い物をしない。

「ああいう安っぽいスーパーは品質がよくないわ」「客層が低いからいや」と言いはなち、『無添加・無農薬』を謳う食品専門の生鮮店に通っている。

だから恭一郎の家には棒アイスもカルピスもないし、SKストアの袋もない。また運転免許を持たぬ祖母が、わざわざアパートから三キロ以上離れたSKストアに行くはずもなかった。

——だから、父さん以外あり得ない。

ホームランバーを買ったのもきっと父だろう。母とは正反対に、父は安い菓子や惣菜を好んで食べる。農薬や添加物にも無頓着だ。

「特売品に行列を作るなんて、程度が低い」と軽蔑する母。

「市民がより安価なものを求めるのは当然だ。合理的だ」と断ずる父。

気の合わぬ夫婦だった。水と油と言ってよかった。そこに愛がないのなら尚さらだ。相容れるはずもない二人であった。

「父さん、ＳＫストアの近くに住んでるんだね」

小声で、恭一郎はかまをかけた。

祖母が「うーん」と生返事をする。

孫である恭一郎を、祖母は可愛がっている。しかしそれ以上に彼女は、実の息子を愛していた。孫の口から、万が一にも息子の居場所が洩れることがあってはいけない――。そむけたままの頬が、そう語っていた。

誰に洩らされたくないかと問えば、むろん英子にだ。

母の英子と、祖母のスズ。恭一郎の幼い目にも、彼女たち二人は憎みあっていた。お互いを敵と見なし、厭いあって暮らしていた。

新婚当時、両親は祖母と同居していたらしい。

「おれは母一人子一人で育ったから、母とうまくやれない人では困る」

見合いの直後、父がそう母に告げたからだ。

母は快諾した。「もちろん。あなたを産んで育てた人ですもの。わたし、なにがあっても一番にお義母さんを尊重するわ」と。

だがその口約束は、半年と経たず破られた。狭いアパートは嫁姑争いの冷ややかな空気に満ち、気まずい無言か、もしくは毒たっぷりの嫌味が飛び交うかだった。

いち早く決断したのは祖母だった。彼女は息子に無断でさっさとアパートを契約し、うまの合わぬ嫁から逃げだした。

「約束が違う」と、父は母をなじったようだ。しかし離婚にはいたらなかった。そのときすでに、母は恭一郎を身ごもっていたからだ。

――ばあちゃんのことは、好きだ。

恭一郎は思う。

――でも、父さんと母さんは好きじゃない。

どちらにも同情できない。したくない。

好きになれぬなら、歩み寄る気もないなら、そもそも結婚するなと父に言いたい。夫を引き止めるだしに子供を使うな、と母を責めたい。

だがどちらもできなかった。

だから、嫌いだ。親に向かって癇癪を起こすことも、泣き喚くこともできない。せめて嫌うくらいしか、幼い彼には許されていない。

「ほら恭ちゃん。食べな」

肩越しに、祖母が棒アイスを手渡してくる。

礼を言って恭一郎は受けとった。銀の包装紙を剝がし、ひとくちかじる。

ふと視線をそらすと、固定電話機が目に入った。留守電のランプが瞬いている。

きっと母だ、と恭一郎は思った。母の英子が吹きこんだ悪罵が、再生されぬままに瞬いているのだ。

アイスをかじりつつ、恭一郎は掃き出し窓の外を見た。

スクリーンブルーの空にひとすじの飛行機雲が、かすれた白線を刷いていた。

3

翌日、恭一郎は朝食を胃に詰めこむが早いか、

「カズん家で一緒に宿題やるって約束した」と自転車で家を出た。

しかし向かった先は、同級生の家ではなかった。祖母のもとで見つけたスーパーの袋。あの商標。小出町二丁目の四つ角に建つ、SKストアであった。

――父さんは、食料品店にこだわりがある人じゃない。

安価な品を好みはするが、一円二円安いからと言って特売の店へ走るタイプでもない。それなりに安く、なにより近いから利用したに違いない。

――だからSKストアから徒歩五分圏内に、父さんは住んでいるはずだ。

恭一郎はそう見当を付けた。

今日も父は仕事だろう。やみくもに自転車で走ったところで、行き合える確率はゼロに近い。しかし周辺を走りまわれば、父の生活臭をなにがしか嗅ぎとれるかもしれない。たとえば往来から見える位置に干された洗濯物。駐輪された自転車。ゴミ集積所に出されたゴミ袋の中身――。そんなディテールから父の気配が、片鱗が、発見できるのではと思った。可能性に賭けたかった。

そしてもし父の住処を見つけたなら、どうするか。

そこまでは考えていなかった。ただ、居場所を把握しておきたかった。

もしもの場合のためだ、と自分に言い聞かせた。もしも祖母が倒れたら。もしもおれが本気で母に我慢できなくなったら。

そのときのために、住所と連絡先は知っておきたい。むろん家を出る事態を望んでなどいないが、保険は必要だ。いざというときの備えがあるとないとでは、ふだんの心強さが違う。

――とはいえ家出したおれを、父が受け入れるとは思えないけど。

自転車のペダルを漕ぎながら、そう彼は自嘲する。

父さんはおれに関心なんてない。わかっている。誰よりわかっているはずなのに、こうして走りまわるのをやめられない。父が好きか、と問われたなら答えられないくせに。母を捨てて、父と二人で暮らしたいわけでもないくせに。

自分でも、自分がなにをしたいのかわからない。

――わかったら、苦労はねえよ。

唇を曲げて、恭一郎はブレーキをかけた。赤信号であった。

ぐるりと首をめぐらす。いつの間にか知らない道に出てしまったようだ。

同じ折平市内とはいえ、小出町は校区外だ。土地勘はないに等しい。この付近に住む友達も親戚(しんせき)もなく、足を踏み入れたことさえなかった。

――でも母さんの〝勤め先〟の近くではある。

母が現在赴任している折平第一小学校は、確か小出町一丁目だ。

だから正直、意外だった。母と顔を合わせる確率の高い場所に、まさか父が居をかまえたかもしれないなんて。

とはいえ偶然に違いない。母が第一小(イッショー)に異動したのは今年の春だが、父が家を出たのは三年以上前である。

市職員である母は三年から五年で異動するサイクルであるし、次の赴任先などわかりようもない。そもそも父が「女房がいま、目と鼻の先で働いている」と把握しているかは大いにあやしい。

むろん新聞のバックナンバーを見るなどすれば、公務員の異動先はすぐに知れる。だがわざわざ調べるほど、父が母に興味を持つとは思えなかった。

――もし知ったとしても、引っ越す手間もかけやしないだろう。

恭一郎は頰の内側を嚙んだ。

それもわかっているのだ。父は母にもおれにも興味がない。それならなぜおれは、じりじりと焦げそうなこの炎天下を走っているのか——。

やはり答えは出ない。どうどうめぐりだ。

——帰ったほうがいいのかな。

そう弱気がさした瞬間。

「おい、また赤になったぜ」真横から声がした。

えっ、と恭一郎は思わず声の方向を見た。そして、凍りついた。

あの甘糟周介が、すぐ隣にいた。

彼に横顔を見せ、信号機に体を向けて立っている。

ひどく瘦せていた。そして背が高い。彫刻刀で切れこんだような細い目に、薄い唇。尖った高い鼻がいかにも酷薄そうだ。

校区は違えど、さすがに甘糟と小河原の存在は恭一郎も知っていた。

「手のつけられない悪ガキだ」と大人は言い、「見かけたら走って逃げろ」と子供たちは噂する。先月は五年生の先輩が塾帰りを狙われて捕まり、財布ごとカツアゲされたそうだ。

「五千円札が入ってたのに」と先輩は半べそをかいていた。

——まさか、今日はおれが〝狩られる〟のか？

思わずその場にすくんでしまった恭一郎に、

「おまえ、耳聞こえてっか？」

彼を振りむき、甘糟がいま一度言う。

「青信号になったのにおまえがぼーっとしてっから、また赤になったぞって言ってんだよ。それともおまえ、立ちながら器用に寝てんの？」

「え、あ、いいえ」

慌てて首を振った。

「起きて、ます」

「ふん」甘糟が鼻で笑う。

恭一郎はごくさりげなく、視線だけであたりを見まわした。

小河原剛はいないようだ。今日は甘糟一人らしい。一対一なら全速力で漕げば撒けるか
――と考えていると、三たび横から声がした。

「なあ、おまえガイジン？」

「あ、いえ……。違い、ます」

「んじゃその顔、化粧してんの？」

「してない」

思わずむっとして、そう答えた。直後にしまったと思う。だが「してません」と恭一郎が言いなおす前に「ふうん」と甘糟は唸って、

「――かわいそうにな」と言った。

その口調に、なぜか恭一郎は胸を衝かれた。

本来ならば、この上なく失礼な言葉のはずだ。化粧どうこうよりもっと腹を立てるべき侮辱であり、差別的な台詞であった。だがそのときの彼は、赤信号を無視して駆けていく甘糟の背を、ただ呆然と見送った。

怒りはまるでなかった。むしろ恭一郎は、なんだ、と思っていた。

——なんだ。噂ほどおっかなくねえじゃん。

と。

信号が青に変わった。

機械的な『とおりゃんせ』のメロディが、陽炎の立つ湿った空気に響いた。

4

翌日も翌々日も、恭一郎は自転車で小出町一帯を走った。

彼が住む校区は新興住宅街地が大半を占めるが、このあたりは昔ながらの家が多い。同じ姓ばかりが並ぶ一角もある。全体に古めかしく、だが立派な家ばかりだった。

父の情報はとくに得られぬままだ。しかしやめられなかった。というより、じっとしているのがいやだった。

家で母と二人きりが、つらかったせいもある。

教員の母は長期休暇中だろうとけして暇ではない。だがそれでも、在宅の日は常より増える。となれば恭一郎のほうから、あらゆる理由を付けて外出するしかない。

「トオルん家で、一緒に自由研究してくる」

「いいけど、お昼ごはんまでには帰ってくるのよ」

「うん」

母とそんな会話を交わして家を出たのが午前九時。そして現在は午前十一時だ。

そろそろ帰らねば、昼食に間に合わない。息子が友人の家で食事やおやつをもらうのを、母は好まない。いや、好まないどころかはっきりと厭っている。

――手づくりのおやつなんて、なにが入ってるかわかったもんじゃないわ。

――田舎者は味付けが濃くていや。とくにこの地域は、やたらに甘くて下品よね。砂糖が高級品だった頃の名残りかしら。かえって貧乏くさいわよ。

そんな母の嫌味とも悪態ともつかぬ言葉を反芻しつつ、小路の途中でUターンする。

数メートル先の垣根に、黒い影が見えた。

鴉だ。ハシブトガラスの雌である。民家の四つ目垣にとまって羽を休めている。

あたりに人目はなかった。

恭一郎は、じっと鴉を見つめた。鴉のほうもまた、そらさない。

彼が母と住む借家から、同市内とはいえ小出町は七キロ以上離れている。自転車でも三十分はかかる距離だ。

一方、鴉の行動圏は広い。基本的にはねぐらの半径百メートル内を縄張りとするものの、餌を求めて一日十キロから十四キロはゆうに飛びまわる。恭一郎の家も小出町一帯も、鴉からすればひとしく〝日常的な行動圏内〟であった。

「……父さんを、捜してくれないか」

小声で恭一郎は言った。

「顔は、おれに似てる。身長は百八十五センチくらい。……そこの、そいつくらいの高さだ。見つけたら、お願い」

四つ目垣の向こうに建つ、高い石灯籠を顎で指す。鴉はさらに彼を数秒見つめてから、羽を広げて飛び去った。

母が用意していた昼食は素麺だった。

薬味は刻んだ葱と大葉、金糸卵である。二人で無言で啜った。

母は食事中にテレビを点けさせてくれない。蟬の声と遠くで鳴る風鈴、お互いの素麺を啜る音だけが耳を打った。ガラス鉢をまだらに染める青が、目に涼しい。

「午後も、どこか出かけるの？」

母が素麺をたぐりながら問う。

「うん」

顔を上げず、恭一郎は答えた。

「そう。お母さんも出かけるから、鍵を持って出てちょうだい。帰ったらすぐ施錠して。チェーンも忘れないでね。最近、このあたりも物騒だから。……ねえ恭ちゃん、肘を突いて食べないで」

「ごめん」

「それで……ええと、なんの話だっけ？　ああそうそう。泥棒よ。とくに独り暮らしのお年寄りを狙う居空き泥が増えているんですって。居空きってわかる？　中に人がいるのに、入ってくる泥棒のことよ」

「ふうん」

　恭一郎は生返事をした。

　素麺の大鉢が、そろそろ空になりそうだ。これっぽっちでは足りない。

　母は夏場で食欲がないそうだが、食べざかりで、しかも自転車で走りまわった恭一郎には、薬味と素麺だけの昼食は侘しいの一言だった。

　――夕飯は作りすぎなのに、昼飯はこれだもんな。

　ため息を押しころし、恭一郎は残りの素麺を箸でかき集めた。

　母はまだぶつぶつと話しつづけている。

「この手のね、お年寄りや弱者を狙った犯罪はエスカレートするの。そして次は、女子供しかいない家を狙うようになるのよ。要するにうちみたいな家ね。いえもちろん、うちにはお父さんがいるわよ。いるけれど、お仕事で不在がちでしょう。だからいないも同然と見なされてしまうの。いやになるわね。……恭ちゃん、聞いてる？」

「うん」

彼は素麺を啜った。「聞いてるよ」

「そう。ならいいの。……お父さんもねえ、仕事なのはしかたないのよ。それはいいの。でも世間は、いえ泥棒は、そう見ないでしょう。あいつらから見たら、〝女子供だけの家〟でしかないいんだものね。つまり片親家庭と一緒よ。いえ、もちろん一緒じゃないわ。一緒ではないのに、同じにまとめられてしまうの。ひどい話よ。ねえ恭ちゃん、そう思わない？」

「思うよ」

「でしょう。だからね、お母さんは思うの。お父さんはもっと、頻繁に家に帰ってくるべきだって。なぜってそうでしょう。いくらお仕事が大事でも、妻子を危険にさらすようでは大黒柱失格よ。まわりにそんな……泥棒にまで、片親家庭だと思われるような、そんな家じゃあなたの教育によくないと思うのよ。そういうのって――恭一郎、肘を突くのをやめなさいったら」

母の声が尖った。

慌てて恭一郎は座卓から肘を下ろした。

「ごめん」

「ごめん、ごめんって。口だけはいつもしおらしいのよね。ああ、あんたはまったく誰に似たのかしら。わたしの血じゃあないわね」

　口調が激しつつある。悟って、恭一郎は首を縮めた。母の声がうわずってかすれる。自分の言葉に刺激され、さらに昂ぶっていく。

「じゃあ誰の血かって、そりゃわかってるわよね。まったく、何がブラウンよ。ふん、在日米軍だなんて、どこまでほんとうだか。こっちに調べようがないからって、適当なことを吹きちらかしてさ。ああ、失敗した。なんでよりによって、あんな男と結婚しちゃったんだろ。なんであんな糞ババア付きの男と、子供まで作って……。馬鹿みたい。こんなふうになるはずじゃなかったのに。わたしったら、ほんとうに馬鹿みたい……」

　母が両手で顔を覆う。

　やがて指の隙間から、細い嗚咽が洩れはじめる。

　恭一郎はばつが悪い思いのまま、黙ってうつむいた。

　なにも言えない。静かに立ち去ることすらできない。

　母がこうなってしまえば、どんな行動も彼女を刺激する悪手でしかないのだ。嵐がおさまるまで、じっと身を硬くして座っているほかない。

「……ごめんなさい、……恭ちゃん……」

　たっぷり数分後、ようやく母が呻いた。

　まだ手で顔を覆い、洟を啜りあげている。

「ごめんね。いやなこと言って、ほんとうにごめんね……。本気じゃないのよ。あなたを産んだこと、後悔なんかしてない……。でも、でもね、恭ちゃん」

　母が顔を上げた。

　座卓の向こうから手が伸びてくる。涙と洟で濡れた手が、恭一郎の手首を摑む。

「――あなたは、お父さんみたいにならないで」

　母は目をいっぱいに見ひらいていた。

　泣き濡れた眼球は膨れあがり、真っ赤に血走っている。骨ばった細い指が彼の手首に食いこむ。摑んで、痛いほど締めあげてくる。

「お願い。お父さんみたいにならないで。約束して」

「……うん」

　恭一郎は、浅くうなずいた。


　母が出ていくのを見送って、彼はすぐに家を出た。しかし自転車で五分と走らぬうち、

「恭ちゃん！」と高い声に呼びとめられた。

　クラスメイトのカズだ。後ろに友達を四、五人連れている。

「アキがこれから、ジゴ坂チャレンジやるんだって！」

「ジゴ坂？　スケボーで？」

「そう。恭ちゃんも行こうぜ！　ぜってー失敗するからさ、笑ってやろう」

「でも、おれ……」

ことわりかけて、恭一郎は言葉を呑んだ。

眼前に、カズのきらきら光る瞳があった。無邪気な悪意に輝いている。背後のクラスメイトたちも、一様に屈託ない笑みをたたえていた。

「行く」

恭一郎はうなずいた。

ジゴ坂とは、通学路の途中にある急勾配の坂道である。

ごみごみと家が建ち並ぶ住宅街を駆け抜け、細い小路を曲がる。すぐに『35％』と数字が描かれた黄いろい警戒標識があらわれる。この先に最大勾配三十五度の坂があります、との報せだ。

標識を過ぎてさらに進めば、道はゆったりしたくだり坂になっていく。『急こう配、走行注意！』の立て看板が、電柱に寄りかかるように立っている。

そして立て看板の先は、切りとられたように見えない。ジゴ坂がはじまっているからだ。終点もやはり見えないが、坂の行く先が丁字路の車道に繋がることくらい、地元民なら誰でも知っている。しかもかなり交通量の多い道路だ。丁字の横棒が車道で、縦棒がジゴ坂である。

坂は両側がスロープで、真ん中が狭い石段になっている。だがスロープには車止めの杭が打たれ、石段の中央にはステンレス製の手すりがあってほぼ通れない。勾配がきつすぎて、のぼりもくだりも危険と見た行政側の処置だ。

実際、危ない坂であった。

転落事故が多すぎることと、勾配三十五度の三×五＝十五をかけたのか、いつしか付いた通称が〝ジゴ坂〟である。

そしてこの手すりをスケートボードですべり下りる行為を、子供たちは「ジゴ坂チャレンジ」と呼んでいた。

もちろん危険だ。いままでに何人もの小中学生が挑戦しては、転げ落ちて大怪我するか、もしくは車に撥ね飛ばされてきた。まだ死者こそ出ていないものの、失敗すれば打撲や捻挫、骨折のたぐいはまぬがれない。

教師も親も「あそこで遊ぶな」「近寄るな」と口をすっぱくして言い聞かせる。

だがいまだ、チャレンジする子供は絶えなかった。

なぜって成功すれば、英雄だからだ。男子小中学生、とくに小学生の価値観では、野蛮なスリルは最高の娯楽である。そのスリルと恐怖を克服して仲間に尊敬されること、一目置かれることは、彼らにとっては最上級のステイタスであった。

「アキ、がんばれっ」

「やれえ」

坂にはすでに二十人ほどの野次馬が集まっていた。

恭一郎は坂の下で、「車が来ないタイミングだ」と合図する役を担った。眼前でクラスメイトが轢かれるさまは、さすがに見たくない。

坂のてっぺんでは、アキと呼ばれる少年がスケートボードに片足をのせていた。すでにビビっているのか、へっぴり腰だ。

「まず、スケボーで手すりに飛びのるよな？」

「いや置いてでいい。スケボーのっけて、その上にアキが飛びのってでＯＫ」

「それじゃカッコわりぃよ」

「いや、そんくらい勘弁してやれって」

やいのやいの言う野次馬を後目に、頰を硬くしたアキが手すりにボードをのせる。

恭一郎は車道をうかがった。左右を見る。しかしアキのチャレンジに興奮してはいなかった。頭の中では、まだ母の声が鳴り響いていた。

——いえもちろん、うちにはお父さんがいるわよ。

——いるけれど、お仕事で不在がちでしょう。だからいないも同然と見なされて……。

車列が途絶えた。恭一郎は右手を挙げ、叫んだ。

「いまだ、行け！」

アキが飛びあがった。しかしボードに飛びのる前に、爪さきが手すりにひっかかった。彼は手すりの上で半回転し、ボードごと石段を二、三段転げ落ちた。

「うわっ」

「やっぱなぁ」

悲鳴と、落胆のため息。アキは転げながら、スロープのなかばで止まった。肩を打ったのか、体をまるめて呻いている。すりむいた肘が赤く染まっていた。血だ。

恭一郎の脳内に、ふたたび母の声が反響した。

——わたしの血じゃあないわね。

——じゃあ誰の血かって、そりゃわかってるわよね……。

頭の隅が、かっと熱くなった。

「おれがやる」

気づいたときには、そう叫んで石段を駆けあがっていた。

スロープに座りこんだアキを追い越し、スケートボードを拾いあげる。立て看板を走り過ぎて、緩いくだり坂の頂上まで駆けのぼる。

「恭ちゃんがやんの？」

「めっずらしい。マジになってんじゃん」

「でも、恭ちゃんならいけるんじゃね？」

野次馬たちから期待の声が上がった。実際、恭一郎は運動神経がいい。度胸もある。

いや、正しくは度胸とは言えない。なぜって彼は、捨てばちな少年だった。表面上そう見せないだけで、ひどく自暴自棄だった。大怪我したっていい、最悪死んだっていいと、いつも心の奥底で叫んでいた。

恭一郎はスケボーに乗った。アキのスケートボードだ。

まず坂の緩い部分をすべり下りていく。ここまでは楽勝だった。『急こう配、走行注意！』の看板を通りすぎる。

頭蓋の中で、母の声が反響する。

――ああ、失敗した。

――なんでよりによって、あんな男と結婚しちゃったんだろ。

手すりの端が見えた。ボードごと、恭一郎は跳躍した。

スケボーは靴底にぴたりと吸いついていた。がん、と足の裏に衝撃があり、狙いどおりボードが手すりにのったのがわかった。

――なんであんな糞ババア付きの男と、子供まで作って……。

――馬鹿みたい。こんなふうになるはずじゃなかったのに。

風を切って、恭一郎はすべり下りた。頬がびりびり震える。凄まじい勢いで、景色が視界の左右を駆け抜けていく。なのにスローモーションに感じた。まわりの音が遠い。風しか聞こえない。

皮膚感覚が研ぎすまされていた。しかしほかの五感は鈍磨していた。なにもかもが遠い。まるで、世界に自分一人きりみたいだ。

恭一郎はふたたび跳んだ。ボードはまだ足の下にあった。両腕でバランスを取り、膝を曲げて着地した。

車道は確認しなかった。まっすぐ前方の電柱だけを見つめた。轢かれてもいい、と思った。なのに車は、左右どちらからも来なかった。

車道を完全に横断し、恭一郎はスケートボードを停めた。

「すっげえええ！」

「さっすが恭ちゃん！」

「やっべ、かっけえ！」

振りかえると、クラスメイトたちがジゴ坂の頂上で飛びあがっていた。みな、顔を真っ赤にしている。笑顔だ。拳を振りあげ、手を叩いて恭一郎を称賛している。

だが、なにも感じなかった。

恭一郎はおざなりに右手を上げかえし、ボードを置いてその場から走り去った。


それからどれほど走ったのか、恭一郎は大瀬町の商店街にいた。

駄菓子屋の看板が日焼けしている。ビニール製の庇を深く下ろした、昔ながらの駄菓子屋だ。軒先の左側に置かれた自動販売機と、アーケードゲームの筐体だけが不釣り合いに新しい。

アーケードゲームの一台はナムコの『ウイニングラン』、もう一台は『テトリス』である。近づいて、恭一郎は目を疑った。

『テトリス』を操作しているのは、見覚えある白い横顔だった。

甘糟周介だ。

こんな遠くまで彼らの縄張りなのか――。そう思いながら、ぼんやりと歩いた。後ろを

通りすぎようとした瞬間、

「おい」低い声がした。

足を止め、恭一郎は声の主を——甘糟を見やった。

「おまえ、こないだのやつだろ?」

画面を見つめたまま、甘糟が片頬で薄く笑う。

「ふ。なに泣いてんだ、ダッセえ」

恭一郎は一瞬虚を衝かれ、それから奥歯をきつく食いしばった。

「泣いて、ないし」

「へえ。そうかよ」

「泣いてない。ただ——、ただ」

鼻の奥がつんとした。

息を吸いこむ。喉いっぱいに、熱い小石が詰まっている気がした。

「ただ……気に入らないだけだ。なんもかも、全部気に入らなくて……、みんな、死ねばいい。ぶっ殺したいって、思ってたんだ。——それだけだ」

数秒、静寂が流れた。甘糟と恭一郎は無言で見つめあった。

やがて、甘糟が口をひらいた。

「おまえ、金持ってる?」

「……ちょっとしか」

カツアゲされるのか、と恭一郎は身がまえた。しかし甘糟は重ねて問うた。

「テトリス、巧いかよ?」

「え……。まあ、普通」

「対戦しようぜ。金、入れろよ」

甘糟がコイン投入口に顎をしゃくる。言われるがまま、恭一郎はポケットを探った。テトリスの筐体に百円玉を投げ入れる。

画面の上から、さっそくブロックが落ちてきた。甘糟の隣に座り、恭一郎はコントロールバーを握った。ブロックがぴたりと嵌まりこむよう、右に左にと操作する。

しばらくの間、無言でゲームをした。

この前は気づかなかったが、甘糟は臭かった。数日は風呂に入っていないだろう悪臭であった。よく見ればTシャツは垢じみて、脂っぽい髪はフケだらけだった。

暑い、と恭一郎は思った。暑い。湿気がひどい。蝉がうるさい。うなじがじりじりと日に焼けるのがわかる。頭皮から垂れる汗を拭いたいのに、コントロールバーから手を離せない。

テトリスは、徐々に差がひらきつつあった。甘糟のほうが巧い。あきらかに、日常的にやりこんでいた。

「負けたほうが勝ったほうにジュース一本おごり、な」

「……そういうの、最初に言ってよ」

「へっ」

勝敗が付いたのは数分後だった。恭一郎はすぐ横の自動販売機でコーラを二本買い、一本を甘糟に手渡した。

「コーラ飲むの、ひさしぶりだ」

恭一郎はぽつりと言った。

「うちじゃ、禁止されてるから。骨によくないって」

「ふうん」甘糟は派手なげっぷをして、

「じゃあおまえが真っ先にぶっ殺したいやつは、おふくろだな」

こともなげに言った。

「うん」

恭一郎は素直にうなずいた。いつもなら、冗談にまぎらせつつ否定しただろう。だがそのときは、取りつくろう気が起きなかった。

「親父(おやじ)はどうだよ？　殺したくならねえの？」

「さあ。あんまり知らないから」

「は？」

「ぶっ殺したいって思うほど、父さんのこと知らないんだ。家に帰ってこないから」

「ああ、なるほど」

納得、といったふうに甘糟は首肯した。

「おれん家と同じだ。……まあおれは、親父もぶっ殺したいけどな」

恭一郎は「へえ」と相槌を打とうとした。

しかしその瞬間、彼の口からも大きなげっぷが飛びだした。

途端に甘糟が噴きだす。恭一郎も笑った。しばしの間、二人は声を揃えてげらげらと笑いつづけた。

「あーあ」甘糟が目じりを拭って、嘆息する。

「なあ、おまえさ、なんで毎日毎日馬鹿みてぇに自転車で走りまわってんだ？　目立つし、キモいぜ。すげえキモい」

「家にいたくないんだ」恭一郎は答えた。「だって夏休みって、クソじゃんか」

「ああ、クソだな」

甘糟がすんなり同意する。

「家にいっつも、きょうだいがいやがるもんな。うるせえし、邪魔だし、クソだ。……おまえ、きょうだい何人いる？」

「一人っ子。でもやっぱ休みはウザいよ。うちの母さん、学校の先生だし」

「うげっ、マジかよ」

甘糟はのけぞった。

「そんなん、おれなら死ぬぜ。ゲロ吐いて死ぬ。親が先生なんて、サイテーじゃんか」

「うん、ほんとにそう」

恭一郎はコーラの残りを呷った。

「……サイテーなんだ」

5

鴉が二羽並んで電線にとまり、こちらを見ていた。

あきらかに、意思と意味のある目つきだった。恭一郎はあたりに誰もいないと確認してから、鴉たちにうなずきかえした。

鴉が飛びたつ。電線や石塀にとまりながら、すこしずつ移動していく。

導かれるがまま、恭一郎は自転車のペダルを漕いだ。

行きついた先は一軒のアパートだった。『レジデンス峰』と看板が出ている。

鴉が案内してくれたアパートをぼんやりと見上げ、次の瞬間、恭一郎は立ちすくんだ。

しかしすぐに気を取りなおし、自転車を引きずって木陰へと身を隠す。

――いた。

父がいた。二階のベランダである。柵に肘を突き、煙草を吸っている。

弛緩した表情だった。あんな顔の父を見たのははじめてだ。なんというか――気を抜いている。だらけている、と言ってもいい。安心しきった様子に映った。

煙草を吸い終えると、父は部屋の中へ戻っていった。

なぜベランダで？　と恭一郎はいぶかしんだ。彼が知る父は、傍若無人なヘビースモーカーだ。ニコチンで壁や襖が黄ばもうが、部屋じゅうに煙が蔓延しようがお構いなしだった。

大家がうるさいのだろうか？　と考えかけて、いや、と恭一郎は即座に否定した。

そんな物件なら、そもそも入居するまい。プライベートの面倒ごとを父はいやがる。極力排除したがる。

――誰か、部屋にいるんだ。

そう察した。煙草の煙を嫌う誰かが室内にいる。あの父が、自分から気遣いするほどの誰かが。

恭一郎は木陰でじっと待った。汗がTシャツの背をぐっしょり濡らし、ひりつくほど喉が渇いた。

しかし待った甲斐はあった。

約四十分後、父がアパートの外階段を下りてきたからだ。

近所の商店にでも行くのだろうか、ラフな恰好である。ジャージのズボンにTシャツで、足もとはサンダルだ。それでもやはり、彼はぞっとするような美男子だった。

そのあとを追うように、小走りに付いていく影がある。

――女だ。

若くはない。おまけに美人でもなかった。父と同じようなだらしない服装で、しかも太っている。垂れた目じりと膨れた頬が、お多福の面を思わせた。

しかも女は子連れだった。四、五歳ほどの男児の手を引いている。男児は笑っていた。

女も笑っていた。

そして前を行く父が二人を振りかえり――。

彼も、笑った。

恭一郎は愕然とした。体がこわばる。一瞬にして全身から血が引き、指さきが冷たくなる。

母よりずっと冴えない、でぶでぶ太った中年女。笑顔の男児。彼らに向かっていとおしげに目を細め、白い歯を見せる父。

恭一郎は動けなかった。

男児のかん高い笑い声が響く。三人が横断歩道を渡り、角を曲がって視えなくなっても、まだ木陰に呆然と突っ立っていた。

翌日も、恭一郎は父のアパートへ向かった。ただし顔をすっぽり覆えるつば広のキャップをかぶり、自転車の記名はテープを貼って隠した。

しかし父は不在のようだった。昨日はたまたま非番だったのだろう。だがそうとわかっても、恭一郎は待ちつづけた。目当ては父ではなかった。

午前九時ごろ、女がベランダにあらわれた。

慣れた仕草で洗濯物を干しはじめる。三人ぶんの衣類とタオルだった。女もののTシャツ。男児用のパジャマ。そして成人男性サイズのスウェット。女の鼻歌さえ聞こえる気がした。

十時過ぎ、女は男児を連れてアパートから目と鼻の先の公園へ出かけた。男児は青い児童用自転車にのっていた。

一時間ほど遊ばせたあと、女は男児を置いて先にアパートへ帰った。

——え、自分だけ帰るの？

恭一郎は呆れた。子供が心配じゃないんだろうか。なんて不用心な。無防備すぎる。母の英子なら、とうてい考えられないことだ。

——でも、そんなところがいいのかもな。

そう思った。この不用心さが、父の目にはおおらかと映るのかもしれない。そんな鷹揚さに父は安らぎ、くつろげるのかもしれない——。

男児は三十分ほど、ブランコで一人で遊んでいた。だが飽きたのか立ちあがると、公園を出てアパートに駆けもどっていった。迷いのない足どりだった。ブランコの横には、青い自転車が取りのこされた。

恭一郎はあたりをうかがいつつ、自転車に歩み寄った。

後輪のフレームに住所と名前が書いてあった。『小出町4丁目3-3　レジデンスみね203　伊丹こうじ』とある。

――いたみこうじ。

あの男児の名前だろう。いたみこうじ、と胸中で繰りかえしながら、恭一郎は自転車を持ちあげた。

アパートへ早足で向かう。外階段を使い、二〇三号室のチャイムを押した。

間違いない。父がベランダで煙草を吸い、女が洗濯物を干していたあの部屋だ。『伊丹』と表札が出ている。恭一郎はキャップのつばを下げ、うつむいて顔を隠した。

「はあい」応える声がして、ドアがひらく。

つば越しに、恭一郎は精いっぱいの上目で女をうかがった。

「……あら？」

怪訝そうに女が目をしばたたく。間髪を容れず、恭一郎は自転車を指してみせた。

「これ、公園に忘れもの。住所が書いてあったから……」

「ああ」

女の顔がぱあっと明るくなった。華やいだ、と言ってもよかった。満面の笑みだ。冴えない顔が一転して、驚くほど輝く。

「ありがとう、わざわざごめんね。きみ何年生？」

「三年です」

「そっか。さすが三年生のお兄ちゃんともなると、しっかりしてるね。うちの子もきみみたいになってほしいなあ」

本心に聞こえた。恭一郎の頬が、かっと火照った。なぜか鼓動が速くなる。自分は嬉しいのだと自覚するまでに、数秒かかった。

——馬鹿みたいだ。

なぜこの女に誉められて、おれは嬉しがっているんだ。

たぶんこいつは父さんのアイジンなのに。この女のせいで父さんは帰ってこない。母さんを悲しませている元凶が、この女なのに。

なのに、なぜ。

女が扉を大きく開けた。

「どうぞ。入って冷たい麦茶でも飲んでいって。きみ汗びっしょりだし、顔も真っ赤よ。熱中症になっちゃう」

恭一郎は「いえ」と手を振り、後ずさった。色素の薄い彼は、ただでさえ顔が赤くなりやすい。そのせいで、確かに他の子たちより暑そうに見える。

キャップが邪魔して、鼻から下しか見えていないはずなのに……。そう思いながら、いま一度「いえ」と恭一郎は手を振った。

「でも、お茶くらい」

「いいんです」

いま一度、彼は精いっぱい上目で女を見た。

女の腕がひらいた扉を支えている。その隙間から、室内で遊ぶ男児が見えた。レゴブロックを真剣に積んでいる。いたみこうじ、と恭一郎は口の中で繰りかえした。あれが、あの子がいたみこうじ。

無心に遊ぶ男児の横顔から、なぜか目が離せなかった。

弟だ、と彼は思った。あいつはおれの弟だ。血が繋がっているかは不明だが、すくなくともおれと違って、父さんが愛している息子だ——と。

レジデンス峰を出て、恭一郎は祖母のアパートへ向かった。

「ああ恭ちゃんかい。いらっしゃい」

土いじりは飽きたとかで、祖母はクッションにもたれてテレビを観ていた。数年前に流行ったドラマの再放送だ。画面では、どしゃぶりの雨の中を女がふらふら歩いている。古くさい演出だった。

「麦茶とカルピス、どっちにする？　ああそうだ、ファンタがあるよ」

祖母が立ちあがり、冷蔵庫へかがみこむ。その背に向かって、恭一郎は低く言った。

「——父さん、女の人と住んでるの？」

邪気なく響くよう、わざと平坦に問う。

「アパートに幼稚園くらいの男の子がいたよ。あの子、おれの弟？」

「弟じゃない」

祖母は背を見せたまま、即座に否定した。

「そうじゃない。あの子は、美枝さんの……前の旦那との間にできた子だよ」

「美枝さんて言うんだ」

恭一郎はうなずいてから、「どうして知ってるの」重ねて問うた。

「ばあちゃん、ずっと前から知ってたの？　父さんがあの人と付きあってることも、子供と三人で住んでることも？」

祖母はそれにには答えなかった。ただ、

「美枝さんはいい人だよ」と言った。

ゆっくりと振りかえる。その手にはグレープ味のファンタの缶が握られていた。

缶を受けとって、恭一郎は尋ねた。

「母さんより？」

「母さんより、美枝さんのほうがいい人だって――。父さんに似合うって、ばあちゃんはそう思ってるんだ？」

祖母は、やはり答えなかった。

6

その後も恭一郎は、レジデンス峰に通いつづけた。

そして美枝と光嗣の母子を、電柱の陰や茂みの陰からそっと眺めた。父は刑事部の仕事が忙しくなったのか、あれ以来姿を見ていない。

彼が小河原剛と遭遇したのは、そんな日々のただ中だった。

いつものように恭一郎は、小出町を自転車で走っていた。まわりの木々は暑さでうなだれ、乾いた葉を黄いろくしていた。

そろそろ一雨来てほしいな——、と思いつつペダルを漕いでいると、怒声が蒸し暑い空気を裂いた。

「この、クソガキがぁっ！」

激しい声だった。思わず恭一郎はびくりと身をすくませた。

角の向こうから聞こえたようだ。おそるおそる首を伸ばして覗き、即座に後悔した。

仁王立ちになった年配の男が、振りあげた拳をまさに打ち下ろす瞬間だった。拳が肉を叩く音がもろに聞こえた。

殴られたのは、男の正面に立っていた少年だ。長身で大柄だった。だが服装からして小学生だろう。少年は後ろへよろめき、アスファルトに尻を突いた。

「失せろ！　次はこんなもんじゃ済まさんぞ！」

胴間声だった。人を恫喝し、威圧することに慣れきった声音であった。捨て台詞のように怒鳴り、男が屋敷へ大股で戻っていく。

そのとき、物影からふっと細い影が飛びだしてきた。

大柄な少年に影が駆け寄る。恭一郎は目を見ひらいた。

知った顔だったからだ。間違いなく、甘糟周介であった。

視線を感じたか、甘糟が顔を上げる。

まともに目が合った。倒れた少年に、甘糟はなにごとか耳打ちした。その仕草を見て、ようやく恭一郎は大柄な少年が誰か悟った。

――小河原剛だ。

おもねるような甘糟の目つき。親しげに寄り添った体。小河原剛以外にはあり得ない。

小河原が首を曲げ、恭一郎を見た。

その刹那、恭一郎は息を呑んだ。

いままで接してきたのとはまったく違う――クラスメイトや学校の先輩とはまるで別種の、異質な生きものがそこにいた。

ぎらつく双眸。小学生とは思えぬ鋭角的に削げた頬。殴られて切ったのか、半びらきの口腔は血でべっとり染まっている。唇どころか、舌も歯も真っ赤だ。

立ちあがって、小河原はにやりと笑った。

「おまえかぁ。……甘糟に、テトリスで大負けしたってガキは?」

言いながら近づいてくる。

大きい、と恭一郎は瞠目した。近くで見ると大人のような体格だ。おそらく百七十センチを超えている。肩幅もがっちりとして、上腕の筋肉が盛りあがっていた。そして甘糟と同じく――いや、彼以上に不潔で臭った。

「おまえ、どこ小だ？　なんなら仲間にしてやってもいいぜ」

恭一郎は答えられなかった。

ただ彼をおずおずと指さして、「……血」と言った。

「あ？」

「血、出てるよ。口……」

「ああ」小河原はうなずいて、「あいつは先公だからな。ま、しょうがねえ」と、やや的はずれな返答をした。

痺（しび）れたような頭の片隅で、ああそれでか——と恭一郎は納得した。

男の威圧的な態度。他人を怒鳴り慣れていた声音。先生だったからか、それなら理解できる、と。

小河原は頬を二、三度動かし、ぺっと地面につばを吐いた。血の混じった真っ赤なつばだ。堂に入った仕草だった。つねに暴力が身近にあり、殴られ慣れている者特有の無造作さがあった。

その雰囲気に、恭一郎は呑まれてしまっていた。

動けなかった。声も、うまく出てこない。

「おい、それより返事は？」

小河原が言う。目じりに、癇性（かんしょう）な痙攣（けいれん）がちりっと走る。

危険信号だ、と恭一郎は察した。だがやはり声は出なかった。いつもはなめらかに回転する舌も、口の中で干上がっていた。

——怖い。

目の前の少年が怖い。少年が全身から発散する、暴力と非日常の臭気が怖い。

「返事っつってんだろ。ナメてんのかよ、この……」

小河原が右腕を上げる。拳を握る。その拳は大きく、当たればいかにも痛そうだ。指の関節が盛りあがり、節くれだっていた。

——殴られる。

覚悟して、目をきつく閉じた瞬間。

「うわっ」

誰かが悲鳴を上げるのが聞こえた。恭一郎ではない。小河原でもなかった。甘糟だ、と気づくまでにゼロコンマ数秒かかった。

恭一郎はまぶたをひらいた。

目の前に、黒い翼があった。

旋回している。二羽の鴉だった。ハシブトの雄だ。恭一郎を守るため、急降下してきたのだとようやく理解できた。恭一郎のまわりを旋回している。威圧するように、幾度も嘴を鳴らす。

「へっ」小河原が笑った。

「そいつら、おまえのペットかよ。飼ってんのか?」と指さす。

気圧(けお)された様子で身を引いている甘糟とは違い、すこしも動じた様子はなかった。ただその目には、嫌悪の色があった。恐怖ではない。恭一郎と鴉への純粋な嫌悪だ。

「キモっ。やっぱ、仲間はなしだ」

口を歪(ゆが)めて笑い、小河原はもう一度地面に血のつばを吐いた。

背後の甘糟に顎をしゃくる。

「なしなし。行こうぜ」

「あ。……うん」へどもどと甘糟はうなずいた。先日とは別人だった。完全なる〝小河原の子分〟に見えた。

小河原は背中越しに手を振り、

「じゃあな、カラス野郎」

悠然と歩きだした。

そのTシャツは汗染みだらけで、ジーンズは血と泥と食べこぼしで汚れていた。甘糟よりさらに不潔であり、全身から悪臭を放っていた。しかし恭一郎の目に、そのときの彼は「王様だ」と映った。

小河原の後ろ姿を見送って、ふと恭一郎は顔を上げた。

誰かの視線を感じた気がしたのだ。

気づけば、屋敷の二階の窓のカーテンがわずかに開いていた。小河原を殴った男の屋敷である。そこから誰かが彼を見下ろしていた。

だが恭一郎が見上げるとほぼ同時に、カーテンは素早く閉まった。

帰宅すると、すでに母は研修から戻っていた。

「手、洗ってきなさい。うがいもしてね。……疲れちゃったから、今晩はイシダさんのコロッケとポテトサラダよ。いいわよね？」

「うん」

応えて、恭一郎は洗面所へ走った。

イシダさんは町内一大きな精肉店だ。心中で「やった」とつぶやく。母がいつも作る〝低カロリー〟で〝バランスのとれた〟料理より、イシダさんの惣菜のほうが格段に美味しい。コロッケは衣がかりっとしてラードの風味が濃いし、ポテトサラダはたっぷりマヨネーズが絞ってある。

「ああ、今日は疲れたわ。手抜きだけど、たまにはこんなのもいいわよね？」

「うん」

生返事をしながら、恭一郎はコロッケにかぶりついた。

炊飯器が空だったそうで、今晩はトーストである。六枚切りのトーストに、ポテトサラダをどっさり盛ってかじった。母もこういう日だけは、「行儀悪い」「おさとが知れるわよ」などと叱らずにいてくれる。

「まあ疲れたと言っても、気疲れだけどね。……でも、それが一番しんどいの。恭ちゃんも大人になったらわかるわよ」

コロッケをつつきながら、ため息まじりに母が言う。

「まったく、あの爺さんたちの嫌味ぶりと言ったら……。ふん、問題児を体よく押しつけておいて、えっらそうにお小言ばっかり……」

お茶をがぶりと飲んで、母は唐突に言った。

「恭ちゃん、小河原と甘糟って子、知ってる？」

「え」

口の中のトーストを慌てて飲みこむ。目を白黒させながら、恭一郎は無言で何度かうなずいた。

母がふたたび嘆息する。

「そう。そうよね、このあたりまで足を延ばして、カツアゲしてるって噂だものね。恭ちゃんが知ってて当たりまえだわ。知らないほうが変よね……」

独り言のようにぶつぶつ言う母の向かいで、恭一郎は思わず首を縮めた。

――問題児を体よく押しつけておいて。

――小河原と甘糟って子、知ってる？

そういえば母は、折平第一小学校の教師だ。担当は六年生。いままでなぜ結びつけて考えなかったのか、自分でも不思議なくらいだ。

――母さんは、あの二人の担任だったのか。

美味しかったはずのコロッケが、なぜか急に口の中で味をなくした。げんなりした気分で、恭一郎は自分の皿を見下ろした。

7

小河原と甘糟の二人組をふたたび見かけたのは、翌週のことだ。

その日はこちらのテリトリーまで遠征してきたらしく、小河原は自転車でジゴ坂をくだっていた。新品の高そうな自転車だから、きっと盗品だろう。

スロープには車止めの杭が打たれている。その隙間を縫って、小河原は頂上から猛スピードで駆けくだっていた。

ノーブレーキどころか、ハンドルから手を離している。ばんざいするように両腕を上げている。

唖然と恭一郎は彼を眺めた。

スケボーで手すりをすべるより、はるかに危険だ。スケボーならばたいていは、途中で横かななめへ転げ落ちて終わる。よほどひどい落ちかたをしたとしても、骨折程度で済む。

だが自転車はそうはいかない。トップスピードのまま、車道へ自転車ごと飛びだしていくのだ。いちおう坂の下り口で甘糟が見張っていたが、そもそも小河原は甘糟など見てもいなかった。

小河原は爆笑していた。かん高い、狂気を思わせる声で笑いながらジゴ坂をくだっていた。風を全身に受けていた。風圧で顔が平らにひしゃげていた。

その瞬間、恭一郎は気づいた。左から白のカローラが走ってくる。

「危ない！」

なかば無意識に、そう叫んだ。

小河原に見とれていた甘糟が、はっと振りかえる。だが小河原はやはり止まらなかった。

彼は勢いよく車道へ飛びだした。ブレーキの音がした。カローラのブレーキだ。タイヤとアスファルトが激しく擦れ、いやな音が響いた。

ブレーキに手をかける様子さえなかった。

「死にてえのか、このガキ！」

カローラの運転手が窓から怒鳴り、走り去る。

だが小河原は道路の真ん中で、傲然と自転車にまたがったままだ。薄笑いを浮かべている。ゆっくりと彼は、カローラの尻に向かって中指を立てた。

恭一郎はアスファルトを見下ろした。急ブレーキを踏んだタイヤの跡が、くっきりとあざやかに残っている。心なしか、焦げくさい臭いまで漂ってくるようだ。

「よう、カラス野郎」

恭一郎に気づき、小河原がにやりとした。

「カラスのガキ。今日はペットは連れてねえのか」

「来るな」と語っていた。
なぜかふらりと足が前へ出た。だが甘糟に目で制された。その視線はあきらかに、
恭一郎はなにも言えなかった。
「え、……」

一時間後、彼は祖母のアパートにいた。

ベランダに並んだ横長のプランターを横目に、薄いカルピスを啜る。プチトマト。ラディッシュ。イタリアンパセリ。何度聞いても覚えられない、薬臭いハーブ類。

ベランダの掃き出し窓が開いている。その向こうで、かがみこんだ祖母がシャベルを動かしている。

「ばあちゃん」

「ん？」

「おれ、昨日も美枝さん家に行ったよ」

「……そうかい」

「美枝さんってレジ打ちのパートしてるんだね、ＳＫストアで。だから父さん、ＳＫストアで買い物するんだね」

祖母は答えなかった。しかし恭一郎はかまわずつづけた。

「ばあちゃん、美枝さんのアパートに行ったことある？」

「あるよ」

やっと声が返ってきた。平たい口調だった。

「美枝さんって、前の旦那さんとは離婚したの?」恭一郎は重ねて問うた。

「いいや、事故で死んだんだよ。交通事故だってさ」

「ふうん。コウジくんって、どんな字書くの」

「光のコウに……ジは、なんて説明すりゃいいのかね。ああそうだ、継嗣の嗣だよ。口の下に、本が一冊二冊の冊を書いて、右に司って書くのさ。ややこしい字だね」

あとで調べよう、と恭一郎は思った。ケイシのシ。口の下に、本が一冊二冊の冊を書いて、右に司。

「今度、おれもアパートに連れてってよ」

カルピスを飲み終え、恭一郎はベランダに身をのりだした。

「いいじゃんか、ねえ。おれ、光嗣くんと遊んでみたい」

「駄目だよ」

プランターにかがみこんだ姿勢で、祖母が言う。にべもない声音だった。恭一郎は口を尖らせた。

「なんで」

「なんでって、そんな……」祖母が振りかえる。

恭一郎は目をすがめた。逆光で、祖母の表情がよく見えない。

「――そんなの英子さんに知れたら、あんた、殺されるよ」

だが現実には、殺されたのは恭一郎ではなかった。

老人性痴呆症の老人が行方不明だ、と母から聞かされたのは夏休み明けのことだ。そして翌朝には、蜂(はち)の巣をつついたような大騒ぎになっていた。かの老人が、殴殺死体となって発見されたせいだ。

「うちの教頭先生の、お父さんなのよ」

母は青ざめていた。

「お葬式とかどうするのかしら。そしたらお母さんだって、出席しないといけないわね。恭ちゃん、お留守番お願いね」

しかしその後葬儀がどうなったのか、いつ執りおこなわれたのか、まるで恭一郎は覚えていない。もっと大きな衝撃で、記憶のすべては塗りつぶされてしまった。

数日後に連行された犯人が、小河原剛と甘糟周介だった――という衝撃に。

老人は母が言ったとおり、折平第一小学校の教頭先生の実父であった。

名を、吉永平之助といった。

吉永老人はその日、屋敷の縁側に座って陽を浴びていたはずだった。しかし家族が目を離した隙に姿を消したらしい。

家人が数時間捜したものの、発見できなかったため通報にいたった。警察は目撃証言を集め、近所のショッピングモールの防犯カメラを確認した。

するとカメラは、確かに吉永平之助の姿をとらえていた。男子小学生二人と連れ立って歩く姿であった。

そうして七時間後、老人は道路で死体となって発見された。

頭部には大きな裂傷があった。顔面から上半身にかけては多数の傷が見られ、また頬骨が砕けて陥没していたという。

――小学生による、老人殺し。

そのニュースはまたたく間に全国に知れわたった。

恭一郎は生まれてはじめて「テレビクルー」と呼ばれる一団を見た。週刊誌の記者や、ルポライターと呼ばれる人種が街をうろつくのを目にした。彼らは傍若無人で、声が大きく、子供だろうとおかまいなしにマイクを向けてきた。

「マスコミを見かけたら、走って逃げなさい」

母は眉を吊りあげて、恭一郎にそう厳命した。

「あんなやつらに、なにも話すことなんてないんだから」と。

しかしテレビや週刊誌は、あちこちから毎日情報を掘りだしてきた。ワイドショウは連日、『折平老人連れ去り殺人事件』の続報で沸いた。

折平市内もまた、事件の噂でもちきりだった。学校も例外ではなかった。過去に小河原たちに金を奪われた生徒が、ことさら熱心に噂を撒いて歩いた。

小河原も甘糟もひどい家庭で育っていたこと。学校にほとんど通っていなかったこと。小河原の父親はアルコール依存症で、しばしば妻子を殴ったこと。甘糟の母親が異常にだらしなく、子供たちをネグレクトしていたこと。

それらの噂は、恭一郎をとくに驚かせなかった。

だが「甘糟が自白した」という一報にはさすがに驚いた。

「ゴウちゃんが、やろうって言った」

と、甘糟は警察で泣いたという。

「面白そうだから連れまわした。けど飽きて邪魔になってきたから、追っぱらいたくて石を投げつけた」

「頭に石が当たったら動かなくなった。交通事故に見せかけようと思って、運んで道路に寝かせた」

「爺さんは働かなくても、学校に行かなくてもいいじゃんか。だからムカつくって、ゴウちゃんが言ってた」――。

また独居老人を狙う連続居空き泥も、小河原と甘糟の仕業であったという。

甘糟がべらべらと供述する一方、小河原は完全黙秘をつらぬいた。その様子を週刊誌の記者は「大人の犯罪者よりふてぶてしい」「末恐ろしい」と書きたてた。

早く世間が飽きてくれないか、と恭一郎は祈った。

ほかの事件やスキャンダルが起こって、早くみんな折平のことを忘れてくれ、と。

った。

小河原たちのためではなかった。母が毎日、帰宅してはヒステリーを爆発させるからだ

「なにが担任の監督不行き届きよ。夏休みの間のことまで責任持てないわよ」

母はそう叫び、壁や扉を外履きで蹴ってまわった。

「馬鹿みたい。ほっといても死ぬような、あんな爺さん一人に大騒ぎして……。まだ小学生の子供を悪者にして、あいつら恥ずかしくないのかしら。馬鹿ばっかり。ほんと、どいつもこいつも馬鹿ばっかりよ」

そう喚いては恭一郎がいる前でビールを呷った。泥酔し、潰れる夜も増えた。

そんな夜、決まって母の愚痴は父へと飛び、やがて祖母への悪罵に変わった。「ほっといても死ぬような老人」は祖母を指すようになり、

「あのババアさえいなければ」

「あの女が邪魔したせいで」

と、夫婦の不仲はすべて祖母のせいに変換された。恭一郎にできるのは、酔いつぶれた母を布団まで引きずって寝かせることくらいだった。

その後、小河原と甘糟の犯行が確定したらしい。

だが子供なので刑務所に行くことはなかった。

親もとへは帰されず、なんとかいう施設へ強制的に送られたという。折平とは縁もゆかりもない土地だそうだ。

その頃にはマスコミは新たなターゲットを見つけ、芸能人や政治家たちを追いまわしていた。

恭一郎の父は翌年、地域課へ異動になったそうだ。さらに翌年、警察を退職した。

そして退職を待ちかまえていたかのように、両親は離婚した。

父は愛人と再婚して伊丹姓に変え、光嗣を養子にしたようだ。

一方、母はなぜか旧姓に戻らなかった。約二十五年前に父の一彦が死に、十二年前に祖母スズが死んだというのに、いまもって母は鳥越英子のままである。

父の葬儀に、恭一郎は出席しなかった。母も行かなかったらしい。お互い、意思を確認し合うことさえなかった。

小河原と甘糟の存在は、いつしか恭一郎の中から薄れていった。

彼らの家族がどうなったかも知らない。捜査一課の捜査員となってのちも、事件を思いだすことはなかった。

だが強烈な記憶ではあった。恭一郎にとって、あの年の夏は忌むべき夏だった。

老人の血と、父の不貞に染まった夏。父の裏切りを知った夏であった。

＊　＊

男とともに、彼女は温泉旅館の二階にいた。

二階の廊下に、無料のマッサージチェアが三台置いてあるのだ。三台のうち二台を二人で占領し、機械に背中と腰を揉ませながら、彼女はうっとりと眼下の景色を眺めていた。気持ちのいい晴天である。

切れ切れにたなびく雲が細い。空は透きとおった浅葱いろだ。

「ドバちゃん」

「ドバちゃん、寝ちゃったの？」

「…………」

「……いや、考えごと、してた」

男がもごもご答える。

ほんとこの人って、ぼうっとした人だわねえ、と女は内心で笑った。

いつだって心ここにあらず、といったふうだ。受け答えが頓珍漢なこともしょっちゅうである。もしかしてムショ帰りのせいだけじゃなく、ほんとに頭が悪いのかも、とひそかに含み笑う。

マッサージチェアの前を、家族連れが行き過ぎた。四人家族だ。小学生らしき娘と五、六歳の息子が、両親の前を跳ねるように歩いている。

「学校、休んで来たのかしらねえ」

とくに返事は求めず、女はぼんやりと言った。

「あたしも二十代で産んでりゃよかったのかなあ。ふふ。そしたら今ごろは、おばあちゃんになってたりして」

「……たかったのか」

「え？」

「子供、産みたかったのか」

「べっつにぃ。ふっと思っただけよ。……子供が欲しいなんて、真剣に考えたことないしね。べつに好きでもないし。産んでも、どうせ育てられなかったんじゃん？」

「そうか」

興味を失ったように、男はそっぽを向いた。

そのとき、彼らの横に影がさした。空いている三台目のマッサージチェアに、新たな客が座ったのだ。八十過ぎの老人に見えた。うう―、と長い息を吐き、目を閉じてマッサージに身を任せる。

男が、弾かれたように立ちあがった。

震動をつづけるチェアを放置し、廊下を早足で歩いていく。どうやら部屋に引きあげるらしい。女を振りかえりもしない。

女は数秒迷ってから、チェアを離れて男のあとを追った。

「んもう、なんなのよ」

男が廊下の突きあたり、つまりエレベータの前に立ちつくしている。女はその背をかるく小突いた。まだ昇降ボタンが押されていなかったので、腹立ちまぎれにぐいと押してやった。

「部屋に戻んの？　なによ、知らない爺さんが来たくらいで、そんなにムカついたわけ？　ドバちゃんてほんと、あの手の金持ってそうな爺さん嫌いだよね」

ランプが点き、エレベータがひらいた。

苛立ち（いらだち）を押しころし、女は先にのりこんだ。男がのろのろと付いてきたのを確認し、泊まっている部屋の階と〝閉〟ボタンを連続で押す。

「まったく。隣に爺さんが来たくらいで、いちいちイラつかないでよ」

「……イラついたわけじゃ、ねえよ」

「あらそう」

鼻で笑う女に、男がぽつりと言った。

「そうじゃなくて……おれは、人殺しだ」

狭い箱の中に、沈黙が流れた。

扉の上で点滅する数字のランプを、女はじっと見つめた。男がつづける。

「死んだほうがいいジジイを、殺してやったんだ」

「そう」女はうなずいた。

かるい到着音がして、エレベータが停（と）まる。

「……なら、いいことしたじゃない」

重い扉がひらいた。

第四章

1

目覚めてすぐ、四十一歳の鳥越恭一郎はため息をついた。昔の夢を見たな――と反芻し、寝汗で湿った髪をかき上げる。

場所は折平署の柔道場である。畳いっぱいに何組もの布団を敷きつめ、特捜本部用の即席仮眠室にしつらえたのだ。

そうか、昨日は泊まりこんだんだっけ。鳥越は胸中でひとりごちた。まわり中、捜査員だらけだ。ただでさえ汗の臭いが染みこんだ柔道場に、数日風呂に入らない男たちのむっとするような体臭がこもっている。

時計を確認する。まだ午前の六時半だ。

――やけに明晰な夢だった。

鳥越は起きあがり、布団にあぐらをかいた。

いままでずっと、あの夏は灰いろだった、と思っていた。すべてが灰いろにくすみ、色褪せて映ったと。だがけしてそうではなかったようだ。

夏いっぱい祖母のアパートに漂っていたハーブの香り。アスファルトに立つ陽炎(かげろう)。風鈴の音。ジゴ坂の手すりをすべり下りたときの風切り音まで、すべてがあざやかに再現された夢であった。

——小河原剛。そして、甘糟周介。

いま思えば、たった数回行きあっただけの相手だ。

向こうは鳥越のことなどとうに忘れただろう。しかし幼い彼にとっては、少年二人の印象は強烈だった。

残酷な老人殺し。そして数日後の連行。殺到したマスコミ。非現実的であると同時に、確かに身近で体験した現実であった。

——よう、カラス野郎。

——カラスのガキ。今日はペットは連れてねえのか。

小河原の声が脳裏によみがえる。

鳥越はまぶたを閉じ、こめかみを押さえた。つづけざまに、別の場面で聞いた小河原の言葉を思いだす。

——あいつは先公だからな。ま、しょうがねえ。

あの日の小河原は、口の中を切るほど容赦なく殴られ、「失(う)せろ」と怒鳴られていた。

「失せろ!　次はこんなもんじゃ済まさんぞ!」と。

——いま思えば、あの教師は吉永欣造だったのではないか。

さすがに顔までは覚えていない。しかしあの男の背恰好、歳のころ、屋敷の位置からいって、そうであった可能性は高い。

――次は、こんなもんじゃ済まさんぞ……か。

甘糟周介は三十二年前、「教頭先生の家だとは知らなかった」と供述した。知らずに、無作為に老人を誘拐したのだと。

鳥越の記憶が確かなら、やはりその言葉は嘘だったことになる。

彼らはあの家が、吉永の屋敷だと知っていた。承知した上で、何度も屋敷の周辺をうろついていたのだ。欣造が激昂して小河原を殴るほどに。

――だが、なぜそれを欣造は警察に言わなかった？

過去の捜査資料でも父の手帳でも、吉永欣造が小河原たちの情報を警察に与えた様子はない。もしあれば、捜査の手はもっと早く彼らに及んでいたはずだ。

なぜ欣造は、実父が殺されたとき、

「以前からガキどもに屋敷のまわりをうろつかれていた。迷惑だった」

と言わなかったのだろう。

どうして警察に正しい情報を寄越さなかった？　彼らが自分の学校の生徒だったからか？　醜聞を――いや、責任問題になるのを恐れた？

だが少年二人の逮捕後、欣造は「教頭先生の家だと知らなかった」との甘糟の供述を否定していない。なぜだろうか。たとえ自分への怨恨が動機だったとしても、「悪ガキどもの逆恨み」と言いさえすれば世間は納得しただろうに。

実際、当時のマスコミはひどかった。いまよりずっと人権意識が低く、報道倫理などあったものではなかった。少年たちを「悪魔」「悪鬼」と呼んではばからなかった。

「彼らは虐待されてきた。彼らだって、この歪んだ社会の被害者なんだ」

などと賢しらにかばうコメンテータや識者は、ごく少数であった。

――なのに、いったいなぜ。

窓から射しこむ朝陽に、鳥越は目を細めた。

2

朝一番で、鳥越は伊丹とともに『グレイブズ・チキン』をまわった。

「ファストフードのチキンね。どこからの情報です？　子飼いの情報屋ですか」

との伊丹の問いに、鳥越は「まあな」とあいまいに答えた。鴉がくれた情報だ、などとはさすがに口にできない。

『グレイブズ・チキン』の支店は県内に二店のみだ。一店は県庁所在地の駅構内にあり、二店目は折平から三駅離れた町の国道沿いに建っている。

一店目は空振りだった。店員たちは全員、土橋にも小河原にも「見覚えがない」と首を振った。

店員たちに見せた土橋の写真は、去年の社員旅行で撮ったものである。しかし小河原のほうは、二十年前に保護司が撮った写真を画像加工ソフトで老けさせたものだ。六年前の四月に出所して以後、小河原の行方は誰も知らない。

さいわい二店目は当たりであった。

「ああ、この人なら常連さんですよ」

赤白ストライプの派手な制服に身を包んだ男性店員は、土橋の写真を指さしてそう断言した。

「最後に来たのはいつです？」

「えーと、一昨日かな」

鳥越は伊丹に目くばせした。有料老人ホーム『ジョイナス桜館』で殺傷事件を起こしたのちも、やつは来店したらしい。

「よく来るんですか？」

「めちゃめちゃ来ますよ。週に二回は来るかな。『中毒なんだ』って言ってました。『よそのは味が薄い。おれはここのチキンの中毒だ』って。確かにうちは塩分濃いめで、パンチの効いた味付けですけど」

そう店員は屈託なく笑う。昨夜のうちに土橋が指名手配されたとは、かけらも知らない様子であった。

「ちなみにテレビのニュースとか観ます？」

試みに水を向けてみると、

「あー、テレビ自体あんま観ないっすね。暇つぶしならYouTubeかTikTokで充分だし、映画はアマプラ入ってますし」

という答えだった。「なるほど」と鳥越は納得した。そのうちYouTubeの広告で、指名手配犯の顔写真を流す時代が来るに違いない。

「ところで、彼に最近変わった様子はありませんでしたか？」

「変わった……？　ええと」

店員はすこし考えてから、

「そういや、女にフラれたか離婚したのかな、って思いましたっけ」と答えた。

「ほう。なぜです？」

「前までは必ず二人前をテイクアウトだったのに、一昨日は一人前だったから。ぴんと来ましたよ。こりゃ一緒に食べる人がいなくなったんだな、って」

にやりとする。鳥越も笑いかえして、

「鋭いな。さてはきみモテるだろ」と口調を崩した。

「あざっす。刑事になれますかね？」

「素質はあるな。あとはアマプラで『ＮＣＩＳ―ネイビー犯罪捜査班』と『ＣＳＩ：科学捜査班』を観て修業しておくといい」

「そうします。ところであのお客さん、なんかやったんですか？」

「それについては〝たまに地上波テレビを観るのもいい〟とお答えしておきましょう」

と鳥越は敬語に戻って、

「なにか思いだしたら、この番号に連絡をください」

店員に名刺を手渡した。


駅へ戻る道すがら、鳥越と伊丹はコンビニでドリップコーヒーを買い、公園のベンチで並んで飲んだ。

「一昨日に一人前しか買わなかったのは、一人で潜伏中だからですかね。つまり共犯や協力者はいない、ってことになりますか？」

「協力者がいりゃあ、普通そいつが買い出しに出るだろうからな」

伊丹の言葉に鳥越はうなずいた。

「しかしいくら指名手配前とはいえ、マル対本人が買いに来やがるとはな。店員の言うとおりにチキンの中毒だったか、よっぽど危機感の足りない阿呆（あほう）か……。まわりの証言を聞く限り、後者のほうも否定できんぜ」

「自分のやったことを、悪いと思っていなかった可能性もあります」

伊丹が言った。

「『相模原障害者施設殺傷事件』の犯人がそうでした。やつは自分の犯行を正義だと信じこみ、逮捕後に〝自分は権力者に守られているから死刑にならない〟〝社会は自分に賛同するはず〟などと述べています。この事件もまた一種のヘイトクライムでした。自分の犯行に罪悪感を持たないやつは、悪びれず平気で人前に出てきます」

「そうだな」

　鳥越は同意して、スマートフォンを取りだした。

　解析班指定のアカウントから、土橋のSNSにアクセスする。アカウントは、まだ消されていなかった。

「とりあえずは犯行前のマル対が、誰とチキンを食っていたかだな。二人前なら、普通は女とだが……」

「『かとれあ』のアンナですかね」

　鳥越はそれには答えず、

「伊丹くん、知ってるか？　統計によればSNSにおいて女性は『繋がり』を、男性は『他人の目、反応』を気にする傾向にあるそうだ。そして危険な自撮りにチャレンジして事故を起こすやつの七割が男性らしい」

　とスマートフォンを操作しながら言った。

「今回のマル対も、ある意味それだな。フォロワーに対してイキがっているうち、次第に後もどりできなくなっていった。この手の見栄っぱりは、誰かとメシを食っただけでも自慢せずにいられない。自撮りして、SNSにアップしやがるんだ。――ほれ、出てきたぞ。マル対のアカウントに、『グレイブズ・チキン』入りの画像はこの一年以内で七枚だ」

鳥越は伊丹に液晶を向けた。

「ここを見ろ。画像内の、グラスの部分だ」

伊丹が顔を近づけ、目をすがめる。

「ああ、ほんとうだ。誰か映ってますね」

「この画像だけじゃ、男とも女ともわからんな。捜本に戻って、解析課に画像分析の依頼をかけよう」

うなずきあい、彼らは腰を上げた。

特捜本部に戻ると新たな展開があった。

SNSの運営会社がようやく情報開示に応じ、土橋典之のフォロワーたちの身もとが割れたのだ。

土橋がフォローしていたアカウントは百二十二。フォロワーは七十三で、そのうち六十九が相互フォローである。

アカウントを立ちあげたばかりの頃、土橋はセクシー女優や自称風俗嬢、『拡散してくれたら現金プレゼント』などのあやしげな輩にばかり反応していた。

雲行きが変わったのは約一箇月後だ。

例の、元官僚が起こした暴走殺傷事件がきっかけである。元官僚の老人が都内郊外のショッピングセンターに車で突っこんで妊婦と幼児を轢き殺し、十四人の重軽傷者を出した大事件だ。

ワイドショウがこの〝暴走老人〟こと元官僚を「なぜ逮捕しないのか」と批判し、ネット世論が「上級老害が日本を駄目にする」「やつらを一掃しろ」とさらに過激に騒ぎたてるにつれ、土橋のSNSも変わっていった。

他人の言葉をただ拡散したり、セクシー女優に「おはよう」と挨拶するだけの活動ではなく、自分から発信するようになったのである。

とはいえそれが〝彼自身の言葉〟であったかは大いにあやしい。乱暴で荒々しくはあるものの、大半は『上級老害』だの『老害DQNテロ』だのと、ネットにはびこる罵倒語の羅列に過ぎなかったからだ。

つい三箇月前、土橋はこう発信している。

「おれの恩人は、偉ぶった老害に人生を壊された。考えてみりゃ、おれもだ。じじいは飲んだくれては、ばあちゃんとおれを殴った。親父も酒飲みだったと聞いてる。酔って道ばたで寝ちまって、凍死したんだそうだ。おふくろがそんな男を選んだのも、きっとじじいの影響だ。あいつさえいなけりゃ、おれもおふくろも、ばあちゃんも、もっといい人生が送れたはずだ」

「今日をもって、おれは生きかたを変える。老害DQNどもの駆逐と殲滅とを目標に生きる。上級老害ども、いまに見ていろ」

と。

なお『駆逐』『殲滅』もまた、ネットでは本来の意味を超えて多用される言葉だ。土橋はあいかわらず影響されやすく、思いこんだら一直線な男であった。

それ以後の半月で、土橋のフォロワーは六人から四十四人に増えた。最終的には七十人を超えた。その全員が、彼の「上級老害ども、いまに見ていろ」とのメッセージに共感、共鳴した者たちであった。

俗に〝エコーチェンバー現象〟と呼ばれるものがある。

閉鎖的な状況下でのコミュニケーションにおいて、特定の信念や思想を繰りかえし共感しあうことで、思想をより先鋭化させていく現象を指す。土橋と彼らフォロワーの関係が、まさしくそれであった。

運営会社が開示した情報によれば、七十三人のフォロワーは年齢こそ三十代から六十代と広範囲にわたるものの、全員が男性だった。

中には女性の顔写真をアイコンに使い、女としてふるまっている者も数人いた。いわゆるネカマである。実際は五十代の会社役員でありながら、〝アイリは、おじさまたちの意見に賛成〜！〟などと、応援のメッセージを毎晩送るアカウントまで存在した。アイコン画像は、ネットで拾ったらしい台湾の女性アイドルのものだった。

しかし、土橋ともっとも頻繁に、かつ深く交流していたフォロワーはやはり『コバ』である。

「どかんと花火をぶち上げるときは全面協力します！」

「DMで住所送りました。もしものときは是非使ってやってください！」

と、ことあるごとにリプライを飛ばしたフォロワーだ。

今回の情報でわかったことだが、土橋と『コバ』は、前述のリプライどおりダイレクトメールでしばしば連絡を取りあっていた。

『コバ』はいたって無防備に、ダイレクトメールで自分の住所や本名をさらしていた。姓名は小林陽介。R県伊封市藤島五丁目一－十三－四〇三。電話番号は〇八〇－四××二－五×××。

派遣社員で、現在は生命保険会社の営業事務をしているという。年齢は四十二歳、独身。伊封市の1Kアパートにて独居中。

鍋島係長が呆れたように唸った。

「R県なら、鈍行を乗りついでも折平から二時間強ってとこだな。……しっかし、こいつだってあと三十年もすりゃあ老人になるじゃねえか。よく自分を棚に上げて、老人叩きなんかできるもんだ」

隣で捜査員が苦笑する。

「まあ彼らが憎むのはあくまで〝上級〟ですからね。それにこういった手合いは、自分が老いて弱者側にまわるなんて想像の埒外なんです。いっときさかんだった生活保護バッシングだってそうでしょ？　いつなんどき交通事故などで、自分だって障害者になるかもしれない。生活保護のお世話になる日が来るかもしれない――。普通の人ならそう考えます

が、彼らは〝自分だけは別〟だとなぜか思いこんでいるんです」は

「そんなもんかね。それにしても、五十代の会社役員がネットで女のふりとはな……。はあ、世も末だ」

頭を抱えてしまった係長の横で、

「とはいえ、このダイレクトメールの会話はなかなかですよ」

と鳥越は言った。

「この『コバ』ちゃんは偉いやつだ。かなり突っこんだところまで土橋の本音を引きだしてくれてる。ご褒美(ほうび)に、R県警にかるくご挨拶して引っぱらせてもらいましょう」

3

『コバ』こと小林陽介は、その日のうちに特捜本部へやってきた。警官が任意同行のおうかがいを立てた途端、なにを思ったか胸を張って「もちろん行きます」と答えたという。

その態度どおり、小林は土橋の犯行を誇っていた。

土橋が『ジョイナス桜館』を襲撃することも事前に知らされており、

「ニュースで映像を観たときは震えましたよ。『BASSY』さん、やったな！　ってね。まさに有言実行の男だ。ああいう人をこそ〝日本男児〟って言うんですよ。ほんと、誇らしかったです」

と頬を紅潮させて語った。

ちなみに『ＢＡＳＳＹ』とは、土橋典之のアカウント名である。

取調室に通されてからも、小林は饒舌だった。なにひとつ隠すことなく、また臆することもなく、べらべらと自分の主張をまくしたてた。

「日本がなぜこんなに貧しくなったか知ってますか？　上級老害どものせいですよ。あいつらがどれほどこの国土を食い荒らし、おれたちの貴重な血税をドブに捨ててきたか。とくに年金基金なんか、勝手に投資にぶっこんでどれほど損を出したかわかってます？　おまけに責任は誰も取りやがらないと来てる。消費税や源泉所得税をじりじり上げて、尻ぬぐいを全部おれたち現役世代に押しつけて、老害どもは舌を出して逃げきる気なんだ。そんなの許せるわけないじゃないですか。ねえ」

「老害どもは、外資にこの国を売りわたす気なんですよ。自分たちが死んだあと、この国がどうなろうが知ったこっちゃないんだ。日本みたいな資源のない国は、中共に攻めこまれたらあっという間に終わりなのに。それをわかっていて、中共どもにどんどん土地を売り、どんどんインフラを民営化してやがる。全部カネなんですよ。カネ、カネ、カネだ。あの世に金が持っていけるわけもないのに、あいつらはどこまでも金の亡者なんです」

「おれたちがなんと呼ばれてるか、刑事さん知ってます？　ロスジェネですよ。ロストジェネレーション。つまり〝失われた世代〟だ。バブル崩壊のあおりをもろに食らった、就職氷河期世代です。そこへ持ってきて、政権が打ちだした労働規制緩和とやらで、非正規社員が巷にどっと増えた。おかげでおれはこの歳になっても、まだ派遣社員ですよ。老害どもは『若者がわがままになって、結婚しなくなった。少子化は若者の責任だ』などとほざくが、派遣のこの給料で、結婚や子づくりなんかできるわけないじゃないですか。ねえ刑事さん？」

小林の語気にやや気圧されながらも、

「きみの言うことは、まあわからんでもないよ」

と取調官は首を縦に振った。

「わかりゃしませんよ。あんたらはしょせん公務員だ」

「いやいや、きみより年上とはいえ、おれだってロスジェネ世代の一人だからね。おまけに団塊ジュニア世代でもある。きみたちとひとしく、上から押さえつけられてきた損な年代さ。――しかし、なぜ『ジョイナス桜館』だったんだ？」

取調官は声を低めた。

「きみの主張ならば、普通は政治的なデモや抗議活動に発展するもんじゃないか？　だったらわれわれだって文句は言わんよ。デモやストをおこなう自由は、国民の権利において保証されている。問題は、なぜ無差別殺傷におよんだか、だ。教えてほしい。なぜ土橋典之は本物の上級ではなく、せいぜい中の上クラスの老人が集まる『ジョイナス桜館』を狙ったんだね？」

「それは……」

はじめて小林が口ごもった。

「……手はじめだったんですよ。社会を動かすには、つまらんデモだのストだの、穏当な手段は取っていられない。もっと圧倒的な力が必要なんだ。正義を背負った力がね。そして力の誇示には、段階ってものが必要だ」

「なるほど。エスカレートさせていく肚づもりだった、と。だがそれでも、なぜ『ジョイナス桜館』だったか？　の答えにはなっていない」

取調官は前傾姿勢になった。

「土橋は『ジョイナス桜館』で二人を殺し、十二人に重軽傷を負わせた。死者のうち一人の名は吉永欣造。そして土橋は刃物を振るいながら〝ヨシナガキンゾウはどこだ。ヨシナガを出せ〟と怒鳴っていたらしい。――これは、ほんとうに社会への抗議から生まれたテロか？　きみはもっとなにか知っているんじゃないのか？」

ささやくような声で言う。

「土橋の行動に、きみの主張と異なる部分があったなら言っておいたほうがいいぞ。きみは自分の主張を、正義だと確信しているんだろう。だったら尚さらだ。今回土橋がやったことはただの殺傷であり、暴力だ。正義と暴力の間にきっぱり境界線を引くためにも、知っていることはすべて話しておくべきだ」

実際には、取調官はすでにいきさつの七割強を摑んでいた。土橋と小林が交わしたダイレクトメールの会話によってだ。しかしここで、小林の口からそれを言わせる必要があった。彼を陥落させねばならなかった。

しばらく小林は押し黙っていた。だがやがて、長い吐息とともに呻いた。

「恩人が……」

「ん?」

「『BASSY』さんには、恩人がいて……。その人のためだ、と聞いてます」

さっきまでの饒舌さが嘘のような、歯切れの悪い口調だった。

はじめて知ったような顔をして、

「ほう」と取調官は相槌を打った。

「その恩人というのは、土橋とどういった間柄なのかな」

「刑務所で知りあった、と言ってました。『BASSY』さんは国家権力の犠牲者で……」

そこまで言ってから、小林は眼前にいる男が〝国家権力の手先〟だと気づいたらしく言葉を呑んだ。気まずそうに咳ばらいして、

「まあとにかく、刑務所に入ったばかりで右も左もわからずにいるとき、お世話になった相手なんだそうです。すごく誉めてましたよ。親分肌で親切で、男気のある人だ。その人のためならおれはなんでもできる、って」

「その恩人が、吉永欣造となにか関係があったわけだ」

「そこまではちょっとわかりません。吉永なんとかって人の名前は、いまはじめて聞きました。おれが『BASSY』さんから聞かされたのは、例の老人ホームに〝恩人のかたき

が週末ごとに通ってる〟ってことと、〝あの人の最後の頼みだ。ことわれない〟って言葉だけです」

「その恩人とやらの名前は？」

「知りません」

「どのあたりに住んでいるとか、断片的でいいから情報はないか？」

「それも聞いてません。あ、でも……」

「なんだ？」

「もしかしたらですけど、もう死んでるんじゃないかな、って思ったことはあります。さっきも言ったように〝最後の頼みだ〟って言って——その〝最後〟をやたらと強調してましたから。死ぬ間際にでも頼まれたんじゃないかなって、なんとなくニュアンスでそう思ったんです」

「ふうん……」

　取調官が鼻から息を抜く。小林はかぶりを振った。

「ただの勘ですけどね。それにいま思えば、〝最後〟っていうのは『ＢＡＳＳＹ』さん自身を指してたのかもしれない」

「どういう意味だ？」

「おれ、思うんですよ。あの人、もう自殺してるかもしれないなって。世間にどーんと自分の主張をかまして、同時に恩人のかたきも討って。あの人の役目は、それで終わったのかも。志だけはほかの有志に引き継いで、ね。……刑事さんから見りゃテロかもしれませんが、おれからすりゃあ男の花道です。日々に忙殺されて日和ってるような、そこらの凡人どもにできることじゃないですよ。一発どんとかましちまったら、あとは好きな女と最後の思い出でも作って、死に場所を探すくらいしかないでしょう」

「そうかねえ」

取調官は苦笑した。

「おれにはやっぱり、『ジョイナス桜館』が土橋の言うような上級老人の溜まり場だったとは思えんし、きみがなぜそこに疑問を持たないのか理解できんのだがね」

「そりゃ個人の力には、限界がありますから」

小林は肩をすくめた。

「問題は結果じゃない。まず立ちあがること、行動することなんです。世間に主張をがつんと叩きつけ、啓蒙することですよ。『ＢＡＳＳＹ』さんは先陣を切ったんです。まあ見ててください。彼の志を継ぐ者たちが、きっと次つぎあらわれますよ」

「……やれやれ。〝啓蒙〟ときたぜ」

取調官は、疲れきった様子で自分の首を揉みながら戻ってきた。

「どうしてこう、時代と主張は変われど、あの手のやつらってのは似たりよったりの台詞を吐くのかね。七〇年代は学生運動、九〇年代はオウム。どいつも判で押したように〝おれたちは目覚めた選ばれし民だ。衆愚どもをわれらで啓蒙してやるぞ。マスコミは真実を伝えず、娯楽で目くらましするばかりの洗脳装置だ〟と言いやがる。まあ最後のひとつだけは、同意しないでもないがね」

「でもそれだってべつに、やつらの言うような陰謀どうたらこうたらのせいじゃないでしょう」

伊丹が言った。

「実際は〝マスコミだって商売で動く〟ってだけのことだ。報道の正義、知る権利よりもスポンサーや上層部のご意向が勝つ。誉められたもんじゃないが、フリーメイソン的な力が働いちゃいないことは確かです」

「しかしまあ、すくなくとも小林は嘘つきではなかったな」

鍋島係長が顎を撫でた。

「やつの供述は、土橋典之とのダイレクトメールの内容と一致している。ただ、こっちに隠している情報があるってだけだ。……やつは事件の前日まで、土橋とコンタクトを取っていた。そしてスマホに、土橋の番号を女の名で登録していた。どちらも〝話していないだけ〟だ。嘘じゃあない」

「本人は土橋の潜伏先を知らない、と言っていますが」

「そいつも嘘ではなさそうだな。はっきりとは知らない。ただこっちに明かしていない情報は、きっとある」

「小林はこうも言ってましたっけね。〝あとは好きな女と最後の思い出でも作って、死に場所を探すくらいしかない〟……」

鳥越は暗唱するように言った。

「やけに具体的です。やれやれ、やっぱり『かとれあ』のアンナちゃんと会っておかなきゃいかんな」

4

とはいえ鳥越と伊丹は『小河原剛を追う班』と定められていた。

土橋の追跡は別班に任せて、しばし彼らは小河原の足どりを追うことに集中した。

小河原は『折平老人連れ去り殺人事件』で家裁の審判を受けてのち、国立の教護院へ送られている。彼はここで十五歳まで、それまで受けられなかった適切な教育と、定期的なカウンセリングを受けたという。

一方、小河原の両親および妹は、事件の二箇月後に逃げるように折平市を出た。ただし住民票は移動していない。

小河原の妹は当時、小学二年生であった。両親はこの子を連れ、二年間あちこちを転々とした。その間、就学させた痕跡(こんせき)はない。

そして妹が十歳になったとき、小河原の父は彼女を連れてふらりと実家を訪れた。出迎えた家人に「金をくれ。代わりにこの子をやる」と妹を押しつけ、わずかな有り金を奪って出ていったらしい。その後、父親の足どりは摑めていない。

一年後、十五になった小河原は施設を出た。

彼は親もとへは帰されず、里親に引きとられた。同じく問題を抱えた少年少女を、複数預かっていた里親である。

だが小河原はそこで暴力沙汰を起こした。ただの喧嘩なら珍しくもないが、相手は重傷を負わされたようだ。理由は「向こうが突っかかってきた」。

やりすぎでは？　という指摘には「向こうが喧嘩を売ってきたくせに、謝らなかった。すじを通さないのが悪い」。

小河原は二軒目の里親へと送られた。

翌年、彼は三軒目の里親に引きとられた。この里親は厳しかったようで、小河原は一年この家にいたものの、その間に四回家出している。

十八歳になるまでの二年半をここで過ごした。ここはさいわいうまが合ったようで、十八歳になるだろう。かつて家裁調査官にも語ったように、彼は年下にやさしかった。

だが社会に出てからは、目下の者とばかり付きあうわけにもいかない。

十八歳で製紙工場に入社した直後から、小河原はつまずいた。彼は上司や同僚とたびたび衝突した。彼いわく、

「ナメられるのだけは我慢できない」

「上から言われるのが一番ムカつく」

だそうであった。

半年で製紙工場を辞めた彼は、いったん里親のもとへと戻る。そこで説得され、印刷会社に転職するものの、やはり一年もたなかった。

徹頭徹尾、彼は「上から目線の命令」「偉そうな態度」を嫌った。叩きあげの上司や先輩たちとは相容れるはずもなかった。

そして二十歳の夏、小河原は逮捕された。

罪状は傷害である。しつこくいやがらせしてきた先輩を、帰り道に待ち伏せて殴ったのだ。

先輩が被害届を出したため、小河原は逮捕ののち起訴された。会社はむろん馘首になった。地裁の判決は有罪。ただし二年の執行猶予が付いた。

国選弁護士は小河原に、「きみは一人でやる仕事のほうが向いている」と、運転免許証の取得とドライバー業を勧めた。その言葉に従った小河原は、二十一歳で第一種大型免許を取得。荷物輸送会社に就職した。

だが執行猶予が切れる寸前、彼はふたたび問題を起こす。

またも傷害での逮捕であった。問答無用の実刑判決がくだり、小河原は刑務所に二年服役した。

その後は懲役太郎、つまり累犯者の典型的な人生を送る。

二十四歳で出所するものの、二十六歳で二度目の逮捕。やはり傷害であった。居酒屋で喧嘩になり、相手を殴り倒したのだ。このときは四年服役している。

三十歳で出所した小河原は、なぜか家族を探そうとしたようだ。しかし前述のとおり、父親はすでに行方不明であった。母親はある鎮痛剤の依存症により、入院病棟で隔離措置を受けていた。

父親が兄夫婦に、つまり小河原からすれば伯父(おじ)夫婦にあずけた妹は、二十六歳になっていた。だが彼女もまた、兄と同じく累犯者となっていた。

伯父夫婦に引きとられた後、妹はようやく復学できた。だが二年のブランクは大きかったようだ。学力の遅れを取りもどせなかった彼女は、クラスメイトに「バカ」「九九も言えないの?」と毎日嘲(あざけ)られたという。

次第に妹は、「勉強ができなくても、相手にしてくれる友達」とつるむようになっていった。コンビニの駐車場や、廃倉庫などでたむろする悪ガキたちである。

妹は誘われるがままトルエン遊びにふけるようになり、わずか十歳や十一歳で家出を繰りかえした。そして十三歳の春、集団窃盗により鑑別所送りとなった。

さいわい少年院には行かずに済んだが、結局十五歳で伯父夫婦のもとを出て、実母のもとへと戻る羽目になった。以後は窃盗や美人局(つつもたせ)などで何度も逮捕され、短期ながらもいままでに二度服役しているという。

伯父夫婦からそれを聞かされ、小河原は激昂した。

実母が入院している病院へ面会に行き、

「なぜ妹を守ってやらなかった」

「どうしてあの子だけでも、まっとうに育てようとしなかったんだ」

と抗議した。

しかし母親は、それを鼻で笑ったという。

「おまえにあたしを責める資格があるのかい。もとはと言やあ、おまえがあんな事件をやらかしたから、あたしたち一家は折平を追われたんじゃないか。おまえこそあの子に死んで詫びな」と。

激怒した小河原はその場で母に飛びかかり、暴れた。

男性の看護師が四人がかりで押さえつけても、なお治まらなかったというから凄まじい。ともあれその日は病院側が厄介ごとを恐れたため、通報のみで被害届は出されなかった。

だが二年後、小河原は三度目の逮捕を受ける。かつて厄介になった〝二軒目の里親〟を急襲。脅して金を奪ったのだ。

この逮捕により、彼は懲役七年を言いわたされ、収容分類級ＦＢＡの静岡刑務所へ送られた。土橋典之と出会ったのはこのときである。

小河原は七年前の九月から翌年四月までの七箇月半を、土橋典之とともに刑務所で過ごし、土橋に心酔されることとなる。

そして三十八歳の春、小河原は仮釈放された。

その後の行方は不明だ。保護司ですら「出所直後に一度しか会っていない」と言っている。六年前の四月以来、小河原に会った者はなく、その後の逮捕歴もない――。

「小河原の母親は、いまどうしてるんだ？」

鳥越は伊丹に尋ねた。

二人は折平署内の一階にいた。交通課窓口のななめ向かいに立つ、自動販売機の缶コーヒーを啜りつつの会話であった。

伊丹がメモも見ず答える。

「退院できたものの、九年前に……つまり小河原の服役中に死亡しています。自宅の風呂場での溺死でした。事件性はなしです。ただし血中アルコール濃度は〇・一六パーセント。酔って入浴し、溺れたようですね」

「〇・一六パーセントなら酩酊極期だ。溺れて当然だな。父親は行方不明として、妹はどうした」

「こちらも、二年前に出所したのち行方不明です。今年四十歳ですが、おかしな男に引っかかっては犯罪の片棒を担いだり、薬物に溺れたりの半生でした。こう言っちゃなんですが、小河原が恐れたとおりの人生を歩んでいる、といった感じですね」

「哀れだな。哀れではあるが、小河原の母親の指摘は正しい。そもそもやつが連れ去り殺人を起こさなけりゃ、妹は転校することなく学力の遅れもなかったろうからな。まあ小河原の非行の種を作ったのが当の母親なんだから、『おまえが言うな』って話ではあるが……」

そこで鳥越は言葉を切って、

「小林某の供述を、どう思う」

と言った。

「やつは土橋の恩人、つまり小河原を『もう死んでるんじゃないか』と評した。『〝最後の頼みだ〟って言って――その〝最後〟をやたらと強調してましたから』とな。どうだ？　ほんとうにやつは死んでいると思うか？」

「確率は、低くないでしょうね」

伊丹は慎重に答えた。

「小河原剛は懲役太郎でした。他人と衝突せずにいられない男で、きわめて暴力的だった。その小河原がここ六年間、一度も逮捕歴がないのは不自然です」

「では死んでいると仮定しよう。なぜその履歴がない？　死亡届はおろか、死体さえ見つかっていない。なぜだ？」

「それは……まだ、発見されていないだけかもしれません。現在も死体は、土中もしくは海中にあるのかも。小河原は偉そうなやつが嫌いで、喧嘩っ早かった。ヤバい筋に喧嘩を売って、返り討ちに遭った可能性は高いでしょう」

「だな」

鳥越は短く相槌を打って、矛先を変えた。

「甘糟周介のほうはどうだ？ 家族はどうしてる」

「あちらは連れ去り事件のあと、両親が離婚しています。父親は数年後に再婚し、とうに会社を定年退職して隠居中。一方、母親は事件の二年後に自殺しました。甘糟のきょうだいは四人とも散り散りになったようですね。うち一人がやはり自殺し、二人が精神を病んでいますが、犯罪者はいません」

「なるほど」

鳥越はうなずき、缶コーヒーを呷(あお)った。

甘ったるい。カフェインのかけらも感じない。だがいまは、歩きまわるためのカロリーが必要だった。

ただでさえ捜査中は食事の時間が取れない。立ち食い蕎麦(そば)、牛丼(ぎゅうどん)、スタンドのカレーのローテーションだ。あとは急場の糖分で体をだますほかなかった。

ななめ向かいに見える交通課の窓口カウンターでは、今日も老人たちが運転免許証の返納に訪れている。伊丹がそれを眺めて、

「小河原と甘糟の、運転免許証の更新履歴を照会したいですね。……警察庁(サッチョウ)に申請を出していいか、上司に訊(き)いてみます」と言った。

運転免許証を発行するのは公安委員会だが、高齢者や在留外国人は指定の警察署でも更新できる。また自動車安全運転センターは、警察庁所管の法人である。すなわち警察庁の

許可があれば、各都道府県の自動車安全運転センターから必要な情報をもらえる。

「よし。頼む」

鳥越は応えて、

「おれは小河原と、吉永家との繋がりを洗いたい。土橋の野郎は吉永欣造を〝恩人のかたき〟と称したらしいが、逆だろうよ。普通に考えたら、欣造の実父を殺した小河原のほうが、よっぽど〝親のかたき〟じゃねえか。信じこみやすい土橋に小河原がでたらめを吹きこんだとしても、このいびつさはなんだ？」

と眉間に皺を寄せた。

「吉永家については、別班が洗っていますが」

「問題ないさ。おれたちは別の角度から、小河原がらみの情報を引きだすために動くんだ」

「となると、基本どおり近隣住民の聞きこみからですね。ご近所のおばさ……いや、妙齢の女性たちに、鳥越さんの美貌と色気をフル活用しますか」

「いや、意外におれの顔は年配のご婦人に受けがよくない。きみが行け。その好青年ぶった笑顔でせいぜい悩殺してみろ」

「失礼な。ぶってるわけじゃなく、ぼくは根っからの好青年です」

そう伊丹が笑ったとき、廊下の向こうから私服の女警が歩いてくるのが見えた。

水町未緒巡査であった。伊丹と水町巡査の視線が合う。ごく自然に、二人の顔がぱっと明るく輝く。

その様子を、鳥越は無言で微笑ましく眺めた。冷やかす気は起きなかった。

心中で、そっとつぶやく。

――おまえは知らないだろうな、光嗣。

三十二年前のあの夏。おれはおまえをはじめて見た。血は繋がっていないのに、なぜか直感的に〝弟だ〟と思った。

――そして、いまも思っている。

甘ったるい缶コーヒーを、鳥越はぐっと飲みほした。

5

小出町一丁目の住民のうち七割強は、三十二年前のまま同じ家に住んでいた。

家主の死亡で空き家となった世帯が二割。転居が一割。残る七割は無事に代替わりしたか、息子や娘世代を転出させながらも残った世帯というわけだ。

多くは口が重かった。だが協力的な住民もいないわけではなかった。

そのうち一人目は、吉永家から三軒離れた家の世帯主だった。六年前に亭主を亡くし、いまや独り暮らしだという初老の女性である。

彼女は吉永欣造の妻、富士乃が嫌いなようで、彼女の悪口を中心にべらべらとよくしゃべってくれた。

「あそこの奥さんは、ほんとうに失礼なんですよ。道で会ってもろくに挨拶もしやしない。顎をこう、つーんと上げてね。こっちをじろっと見るだけ。まったくなにさまのつもりなんだか。本人は生まれがどうの、家柄がどうのってたいそうに自慢しますけどね。氏より育ちってよく言いますでしょ。いくらお生まれはよくたって、肝心の人柄があれじゃあね……」

「まあまあ」

まくしたてる彼女を伊丹は苦笑顔で制して、

「吉永さんご夫婦の仲はどうでしたか。うまくいっているように見えました?」

と問うた。

「まっさかあ」

彼女はぐるりと目玉をまわしてみせた。

「そんなわけありませんよ。こないだ来た刑事さんにもお話ししましたけど、だってあそこの家は、ねえ?」

意味ありげに、伊丹と鳥越を交互に見やる。

「吉永欣造氏は、モテたようですな」

と鳥越は水を向けてみた。女性がにやりとする。

「モテたなんて言っても、しょせんはお爺ちゃんのやることですけどね。吉永さんはカラオケが好きでね、ほら、二丁目のラーメン屋。あそこは夜の七時からスナックになるんです。あそこでしょっちゅう、女性客とデュエットなさってるのを見たわ」

「女性客ですか。そのお客も、この近隣のかた？」

「たいていはね。ご主人は校長先生をなさってる頃は、それなりに堅い人でした。でも定年退職してからは自由なもんですよ。眉をひそめる人もいますけど、わたしは正直、ご主人の気持ちがわかります。だってあんなきつい奥さんに、何十年も我慢させられてきたんじゃねえ。退職後は、そりゃ息抜きしたくなりますよ」

「ほう、浮気肯定派ですか。さばけてますなあ」

と鳥越が茶化すと、彼女は彼の肩を平手でかるく叩いた。

「やあね、そうとは言ってないじゃない。ただ、ほら……」

「なんです？」

「ここだけの話よ。あそこの家は、〝あいこ〟ってこと。片方に罪があるわけじゃないの。どっちもどっち、痛み分けってやつ？」

「奥さんも、ってことですか」

伊丹が声をひそめる。

「そういうこと。しかも奥さんのほうが先だったのよ」

つられたように、女性も声を低めた。

「もう三十年以上も前からだわね。吉永さん家はその頃、ご主人のお父さんと同居だったの。だけどお父さんが認知症になったあたりから、奥さんは好き勝手するようになってねえ。あのほら、商売女の男版みたいな……ああそう、ホスト。ホストっていうのがいっぱいいるお店に、高いお金を払って通いつめるようになったわけ」

女性は顔いっぱいに嫌悪を浮かべていた。

「わたし、見たことあるのよ。あそこの奥さんが夜中にタクシーで帰ってきてね。送ってきたらしいホストと降りしなに、人目もはばからず、ぶちゅーっと……。ああやだやだ、気持ち悪い」

大げさに身を震わせる。

「なにがいやって、あの当時、吉永さん家には年頃の娘さんがいたのよ？　そうそう、美也子ちゃん。なのに奥さんったら、自宅の真ん前であのざまだもの。頭がおかしいんじゃない。いい歳の女が、しかも娘の母親がねえ……。

いえね、わたしの頭が古いのは認めるわよ。いまどき〝浮気は男の甲斐性〟なんて、言いたいわけじゃないの。そうじゃなくて、あそこん家は奥さんのほうがいけなかった、ってこと。そりゃあもちろん、ご主人だって誉められたもんじゃないわよ？　でもどっちかと訊かれたら、やっぱりわたしはご主人の肩を持つわ。だってねえ、専業主婦の妻にホストクラブでお金をじゃぶじゃぶ遣われたら――そりゃあわたしだって、晩年に意趣返しくらいしたくなりますよ」

彼女は長いため息を吐いて、

「長くなったわね。ごめんなさい。要するに、わたしはあそこのご主人を悼みたいの。すくなくとも、あんな死にかたをしていい人じゃありませんでしたよ。晩節を汚したなんて言う人もいましたけど、定年まで立派に校長先生をつとめあげたんだもの。おまけにお父さんがあんな殺されかたをしたのに、そのショックものりこえて……。誰にでもできることじゃありませんよ」

彼女はわずかに声を詰まらせた。

「三十二年前の連れ去り殺人事件の犯人を、覚えていらっしゃいますか」

鳥越はごく平たい口調で尋ねた。

女性が「もちろん」と首肯する。

「そりゃ覚えてますよ。大事件でしたもの。——あの子たち、いったいいま頃どうしてるのかしらねえ。きっとろくな大人になっちゃいないわね」

「逮捕される前から犯人を、つまり小河原剛と甘糟周介をご存じでしたか」

「ええ。ここらじゃ有名な子だったから」

彼女はあっさり認めた。

「もっとも名前を知ったのは、捕まったあとだわね。それまでは顔しか知らなかった。とんでもない悪ガキどもだったわ」

「直接ご迷惑をかけられたことはありましたか?」

「わたしはないけれど、アベさんのおばあちゃんが、財布の入ったかばんを引ったくられたって言ってたわ。あの子たち、抵抗できなそうな相手ばかり狙ったのよ。ほんとうに、たちが悪いったら……。学校も行かずに、いつもそのへんをぶらぶらしてたっけね。ええ、このあたりも毎日のようにうろついていましたよ。大人が注意しても、悪びれもせずにやにやしてるだけなの。いま思いだしても、可愛(かわい)げのない子たちだった」

6

二人目の〝協力的な住民〟は、四十代とおぼしき主婦だった。

彼女は入り婿をもらって実父母と同居中の身だそうで、三十二年前の事件当時は中学一年生であった。小河原たちの一学年上だ。

「殺されたお爺さんのことは、まあまあ覚えてます。市議だったんですよね。広報に何度か写真が載ってました。確か小学生のとき、学校に講演に来たこともあったかな。内容はよく覚えてませんが、戦争の話です。兵隊としてどこかの外国に行って、しんどい思いをしたから戦争はよくない、みたいなよくある話。すごく活動的——というか、おさかんなイメージがあったから、ボケちゃったと知って驚きましたね」

「おさかん、と言うと?」

微妙なニュアンスをとらえ、鳥越は聞きなおした。

主婦はちらっと舌を出して、

「もう時効だから、いいですよね。あそこの吉永さん家のお爺さん、有名なセクハラじじいだったんです。あ、じじいなんて言ってごめんなさい。でも近所じゃ、ほんとうにそう呼ばれてたの。女性と見るやいやらしいことを言ったり、後援会の女性をさわったり……。本人はそれをスキンシップというか、お茶目なコミュニケーションだと思ってたみたいですけど。昭和の感覚ですよねえ」

と言った。

「うちの母がいつも言ってました。『あんなセクハラ男と何十年も同居させられたから、吉永さんの奥さんはおかしくなったんだ』って。ええ、母が言うには、嫁いでこられたときは楚々として上品なお嫁さんだったそうですよ。でもお舅さんのセクハラや暴言がひどい上、旦那さんはちっともかばってくれない。だんだん気が強くなっていったのも、外の男に目が向いたのも当然だ、責められない——って」

「外の男ね。それは例のホスト遊びですか？」

伊丹がさらりと問う。

主婦も同じほど自然に「はい」とうなずいた。

「以前来た刑事さんにも話しましたけど、ここらじゃ有名ですし、きっとほかのご近所も同じように話してるでしょ？　ほんと、娘の美也子さんがグレなかったのは奇跡ですよ。あの家政婦だって……」

「家政婦さんがなにか？」

「あの人、通いの専属家政婦って触れ込みでしょ？　そんなのでたらめですよ」

主婦は声をひそめた。

「だって美也子さんが、ごはんを作りにしょっちゅう実家に通ってますもの。その代わりあの家政婦さん、夕方から本領発揮でね。先生と――吉永さんのご主人と、たびたび飲み歩いてました。ええ、二丁目のラーメン屋兼カラオケスナックですよ。抱きあってデュエットなんかして、さすがにちょっと気持ち悪かった」

と苦笑する。

「では料理に通っていた美也子さんと、家政婦さんの仲はどうでした?」と鳥越。

「さあ。当たらずさわらずって感じ? とくに問題なくやってたんじゃないですか」

主婦は言って、

「わたしね、美也子さんのひとつ下なんです。ちいさい頃から親には『吉永さん家の美也子さんを見ならえ』って言われてきました。その言葉も納得の、筋金入りの優等生があの人。彼女が誰かと衝突するなんて、想像つかないなあ」

「では家政婦さんと、奥さんの富士乃さんは?」

「あの二人なら、ふだんは無視しあってましたよ。あ、でも去年かな。近所じゅうに響きわたるような大喧嘩をした日がありましたね」

「ほう?」

鳥越は片眉を上げた。

「喧嘩の内容は聞こえましたか?」

「わたしが直接聞いたんじゃありませんけど。吉永さんのお隣さんによれば、遺産のことで喧嘩していたようですね。奥さんが『主人が死んだら、あんたなんか無一文で叩きだしてやる』と怒鳴り、家政婦さんが『そんなわけないでしょ。あの人はちゃんと遺言にあたしのことを書いてくれてる。そっちこそ雀の涙の遺留分だけよ』と言いかえす、なんてふうだったとか」

と主婦は首をすくめた。

「ところであなたは、三十二年前の事件をよく覚えておいでのようだ」

鳥越は質問を変えた。

「当時の犯人たちのことは、どうです？　記憶にありますか」

「犯人……ああ、小河原くんと甘糟くんね」

主婦は首を縦にした。

「もちろん覚えてますよ。学年は違いましたが、うちの学校で二人を知らない子供はいませんでした。もちろん悪い意味で、ですけど」

「この付近をよくうろついていたそうですね」

「そりゃあの二人は、学校に行ってなくて暇をもてあましてたから」

主婦は笑った。

「この付近だけに限りません。彼らは市内じゅうどこでもうろついてましたよ。自転車や原付を盗んでは乗りついでいくから、きりがないんです。大人が止めても聞きゃしませんでしたし。いま思えば恐ろしい子たちでしたが、あの頃はなんだか、いて当たりまえというか、感覚が麻痺しちゃってましたね」

「なぜ吉永さんの家が、彼らに狙われたんでしょう？」

「さあ。とくに理由なんかなかったと聞いてます。すくなくともニュースでは、そんなようなこと言ってましたよ」

ふと主婦はそこで口をつぐんで、

「やだ。そういえば今回の老人ホーム襲撃事件も、無差別殺人でしたね。前も無差別、今回も無差別……。そんなことってあります？　吉永さん家って、呪われてるんじゃないですかね。ご祈禱とか、町内全体で依頼しておくべき？」

と真顔で言う。

鳥越は口の端で苦笑した。

「それもいいかもしれませんな。費用は町内会費でまかなえば平等でしょう。ところで、ここだけの話……」

冗談に聞こえるよう彼は片目をつぶった。

「もし小河原と甘糟がいま戻ってきたら、どうでしょうかね？　奥さん、やつらだと見分けられる自信あります？」

「えぇー、無理」

十代に戻ったかのような口調で、彼女は手を振ってみせた。

「無理無理。三十年以上経ってるんですよ。わたしがこんなおばさんになったくらいだし、向こうだって見る影もないおじさんでしょ。下手したらハゲてるかもだし、絶対にわかりませんって」

「そうですかね」

鳥越は内ポケットから、四つ折りにしたA4用紙を取りだして広げた。画像加工ソフトで老けさせた小河原をプリントアウトしたものだ。

「じゃあこっちはどうです？　こんな男が、最近ご近所をうろついていたことはありませんか？」

「さあ……。ないと思います」

画像に目をすがめてから、主婦は首を振った。鳥越をじろりと見上げる。

「やだな。なんでいまさら、小河原くんたちのことなんか訊くんです？　もしかしてあの二人、こっちに戻ってきたとか？　だったら冗談じゃないわ。どうせ小河原くんも甘糟くんもろくな大人になっちゃいないでしょ。今回の土橋なんとかより、わたしは小河原くんたちのほうがよっぽどいやだわ」

と語気荒く言った。

「もしあの二人が戻るようなことがあったら、わたしは市議にかけあって排斥運動をしますよ。うちの娘は来年、高校生なんですからね。この町がまたあの頃みたいになるのは絶対に御免です」

「いやいや、落ちついてください」

鳥越は彼女を手でなだめた。

「いまのはあくまで、仮定の質問ですから。そう激しないでください。しかしそんなに拒絶反応を示すってことは、あの当時、やつらに迷惑でもかけられたんですか?」

「わたしじゃありません」

主婦はいやそうにそっぽを向いた。

「ふたつ下の弟がね、下校途中に甘糟くんからお金を脅しとられたことがあるんです。かわいそうに、気の弱い子だったからすっかりおびえちゃって。……あの頃のニュースじゃ、小河原くんが主犯で甘糟くんは命令されただけ、みたいな報道でしたが、わたしはいまでも半分疑ってますよ。甘糟くんだってろくな子じゃなかったもの。弱い者いじめが好きな、ひねたいやな子でね。はい。そのぶん彼のほうが、よっぽどたちが悪かったです」

7

二人目の主婦の家を出て、鳥越と伊丹は吉永家に向かった。

欣造の妻である富士乃が、シティホテルを出て自宅に戻ったという情報は特捜本部にもすでに入っていた。

現在の鳥越たちは吉永家の鑑取りをはずされている。しかし様子を見ておきたかった。

チャイムを押す。

インターフォンに応じたのは、富士乃ではなく娘の美也子だった。

「なんの御用でしょう」

「美也子さんですね？　お母さまはご在宅ですか。お話をうかがえたらと思いまして」

「母はまだ体調がすぐれません。申しわけございませんが、お話はできかねます」

口調は丁寧だ。

しかし迷惑だと、彼女の声音がはっきり語っていた。

「失礼しました。ではあなたにだけでも、いくつか質問させていただけませんか」

「質問？」

「ええ。事件に関して、ほんの二、三」

「……答えたら、帰ってくださいます？」

「むろんです。われわれ警察は、ご遺族にいやがらせしたいわけではありません」

そう、美也子と富士乃は被害者遺族だ。さらに犯人は土橋典之であることが確定している。遺族への聴取はあくまで任意であり、ごり押しはできない。

渋りながらも、美也子は了承した。

そしてインターフォンを切ると、玄関先に姿をあらわした。

土橋典之が指名手配され、顔写真などが公開されたと彼女は知っていたが、

「心あたりはないです。知らない人です」

「父の教え子でないなら、接点もないでしょう」

「インターネット？　いえ、父は機械に疎かったので、そういう方面はまったく」

「『かとれあ』ですって？　バー？　知りません。父は遠くのお店には行きません」

と否定の言葉ばかりを繰りかえした。

「最後にもうひとつだけ、すみません」

鳥越は言った。

「三十二年前の犯人──小河原剛と甘糟周介を、事件後、この付近で見かけたことはありますか？」

「ありません」美也子は即答した。

「あるわけがないでしょう。それに、彼らのいまの外見なんか知りませんもの。当時報道されたピンボケの顔写真しか知りませんし、見たってわから……」

ふつりと美也子は言葉を切った。

彼女の視線は鳥越を通り越し、あらぬかたを見ていた。

思わず鳥越は振りかえった。

鴉がいた。電線に二羽が並んでとまっている。二羽ともがこちらを見ていた。凝視していると言ってもよかった。

美也子が口の中で「なんなの」とつぶやくのが聞こえた。

「まるで、こっちを見てるみたい。──気持ち悪い鳥」

吉永家を出てすぐ、伊丹がぼそりと言った。

「先日と同様、薄手のカーディガンでしたね」

「え？」

「この暑いのに、美也子は先日も今日も長袖のカーディガンを羽織っていました。さすがに別の色とデザインではありましたが」

「よく覚えてたな、さすがだ」

鳥越が首肯したところで、伊丹のスマートフォンが鳴った。しばし応答し、通話を切ってから鳥越を振りかえる。

「警察庁に申請していた免許更新履歴の開示請求が通ったようです。聞きこみが終わったら、運転センターに向かいましょう」

「そうだな。とりあえずあと一軒行っとくか」

鳥越は言った。視線はさきほども見た、二羽の鴉に向いていた。

二羽ともに、細い小路の向こうに建った塀にとまっている。鴉がもしいなかったら、見のがしてしまっただろうごく細い小路だ。

鴉の導きどおり、その家のあるじは〝協力的〟な三人目だった。

そして、もっとも舌鋒が辛辣だった。おそらくは吉永欣造より年上だろう、皺深い老婦人である。まだ日が高いというのに、老婦人の呼気はあからさまに酒くさかった。

彼女に言わせれば吉永欣造は、

「親父譲りの、自分を世界一偉いと勘違いしている馬鹿者」

だそうであった。

「そもそもあそこの家は、代々ろくでもないよ。先代の平之助さんは市議を四期つとめたなどと威張っていたが、ふん、県議会に相手にされんかったんで、田舎町でわがまま放題やってただけのことよ。日中戦争でお国に貢献したのなんのと吹聴していたが、あれだってどこまでほんとうかわかったもんじゃない」

「先代は講演活動までなさっていたそうですね。お聞きになったことはありますか?」

伊丹が下手(したて)に出つつ訊くと、

「義理で、一回だけね。陸軍兵として物資輸送にたずさわっただの、苦力(クーリー)たちと寝食をともにしただの、現地人の船を借りて奥地まで下給品を届けただの、つまらん話を倍にも膨らました与太話(よたばなし)だったよ。嘘嘘、嘘ばっかり」

と顔をしかめた。

「あたしの父だって、同じ戦争に従軍したんだ。でも父から聞いたことと、平之助さんの話はぜんぜん違ってたね。平之助さんといい欣造といい、あそこん家の男は外ヅラばっかりよ。嘘つきで、口より先に手が出るタイプで、女好き。上手なのはおべっか使って出世することと、下のもんや女子供に威張りくさることだけ」

「では、奥さんの富士乃さんはどうです?」

「あの女は、ただの金食い虫さね」

　老婦人は言葉どおり、虫を払うようにさっと手を振った。

「亭主とうまくいかないからって若い男に入れあげて、馬鹿だよ。どこぞの良家から嫁いで来なすったそうだが、わがままお嬢さんがそのまま歳を食っただけさ。もっとも、同情の余地はないでもないね。あの舅と亭主が相手じゃ、結婚生活に嫌気がさして当然さね。おまけに舅は晩年、ひどくボケちゃったろう。ふふん、あんな事件が起こって、さぞ奥さんはありがたかっただろうさ」

「事件とは、三十二年前の連れ去り殺人ですね？」

「もちろん。ほかになにがあるってぇのさ。あれのおかげで奥さんは、ボケじじいの介護から解放されたんだからね。あの悪ガキどもに感謝の雨あられってとこでないの。葬式の席じゃ、殊勝にハンカチで目もとなんか拭ってたけどさ。内心じゃ〝早く死んでくれてよかった〟と思ってたに決まってるさね。運と手まわしのいい女だよ。いやったらしい亭主の世話だって、さっさと商売女を呼びこんで、そっちに押しつけちまった。まあもちろん、金はそれなりにかかっただろうけどさ……」

「商売女？」

「あの家政婦もどきさ」

「では、あの自称家政婦さんを家に出入りさせたのは、富士乃さんの意向だと？」

「そりゃそうよ。だってあの家政婦もどきは、奥さんが通ってたホストクラブと同じ歓楽街でホステスやってたんだからさ」

老婦人はセブンスターを一本抜いて、ことわりもせず火を点けた。

「あの家政婦もどきが大好きなカラオケスナックに、あたしもたまに行くのさ。あの女は大酒飲みでね。たまにちょろっと口をすべらすんだ。吉永家に来る前は『月見草』って店でチーママやってて、ホストを連れた吉永の奥さんが、しょっちゅう飲み食いに立ち寄ってたらしいよ」

彼女は鼻から煙を噴くと、ウイスキーのボトルを掴んだ。伊丹に向かって、かるく掲げてみせる。

「あんた可愛いじゃない。そっちの色男よりよっぽどいいよ。一杯どう?」

「いえ、職務中ですので」

苦笑して伊丹がことわる。老婦人は「そうかい」とあっさり引いたが、ついでのように鳥越を睨めつけて、

「あんたのほうは気に入らないね」と言った。

「女に本気で惚れたことないだろう? いや女だけじゃない。その目は人間を信用してない目だよ。顔ばっかりで、実のない冷たい男だ」

鋭い、と鳥越は思った。ただし口では、

「捜査員ですからね。目つきは職業病みたいなもんです」

とかるく流しておく。

「ではその慧眼で、もうすこしご協力をお願いできますか？　つまり奥さんの富士乃さんと家政婦さんは、裏でツーカーの仲だと？」

「そうだよ。つんけんしあってるように見せてるけど、ぜーんぶ芝居さね。むしろ奥さんと不仲なのは、娘の美也子のほうさ」

一目で入れ歯とわかる歯を剝いて、老婦人は笑った。

「優等生だ、できた子だと昔から評判だったけどね、なかなかねじくれた子に育ったもんだよ。いまの若い子が言うところの……なんだっけか。メン、メンヘラ？　そういうやつだよ、あの子は」

「美也子さんは、精神的に問題があるんですか？」

伊丹が尋ねる。

「子供の頃からさ」老婦人は断言した。

「機会があったら、あの子の袖をめくってみな。腕の内側に古傷がびっしりだから。自分の手で、鋏やら剃刀やらで付けた傷だよ」

さきほど伊丹が指摘した、長袖のカーディガンに鳥越は思いを馳せた。

納得だ。夏でも長袖なのは、傷を隠すためか。

「彼女に自傷癖がある、とおっしゃりたいんですね？」

「そうさ。とくに十代の頃が一番ひどかったね。これみよがしに腕やら頭に包帯巻いて歩いて、嘘ばっかりついて。ああいうのは、他人に『大丈夫？　どうしたの？』って心配してもらうのが快感らしいね。まあ親があれだから、他人にかまってもらうしかなかったんだろうさ」

鼻と口から、老婦人は派手な煙を吐いた。

「結婚したらちょっとは落ちつくかと思ったのに、駄目だったね。二度も離婚した末に、結局はあのいやな家に通って家事してんだから、馬鹿な子だよ。せめて実家から離れて生きていきゃあいいのにさ。でもあの手の子ってのは、たいていああだね。実家がいやだいやだ言いながらも、結局は実家べったりになっちゃう子ばかりだ」

「美也子さんは、いまもご結婚しているようですが」

鳥越はひかえめに言った。

富士乃が泊まっていたホテルの従業員が、確か内縁の夫を目撃していたはずだ。

「ああ、やっぱりいるんだ」

「いるって、なにがです？」

「幻の同棲相手。あたしは見たことないけど、『結婚にこりたのか、いまは内縁の夫と住んでるらしい』って噂を聞いたよ。ま、そのほうがいいんじゃない？　あの子もいい歳だし、これ以上戸籍にバツが付くのもあれだしねえ」

現在はデータ化されているからバツは付きませんよ、とは鳥越は言わずにおいた。代わりにこう尋ねる。

「三十二年前の連れ去り殺人事件を、覚えておいでですよね？」

「まあね。覚えていたいわけじゃないがね」

「犯人の子供たちはどうです。どの程度、記憶にありますか？」

「そうさね」

　老婦人は考えこんでから、

「主犯の大きい子のほうは、乱暴者の単細胞って感じだったね。すぐ手が出るし、すぐ怒鳴る。ありゃ親に殴られて殴られて育ったんだろう。暴れて怒鳴れば我が通せるって親が態度で教えこんだから、ああいう子に育ったんだ。そこへ持ってきて体も大きいし、力も強いと来てる。根は悪い子じゃなかったようだが、あそこまで育っちまったら、もうどうしようもなかったね」

「では従犯のほうは？」

「あの子は、大きい子の金魚の糞さ。一人じゃだいそれたことはできないわりに、誰かとくっつくと最悪ってタイプだ。相棒より小利巧だったが、かといって立ちまわりがうまいわけでもなかったね」

　老婦人は煙草を揉み消した。

「従犯の子の母親を、ちょっとだけ知ってるよ。子供の面倒も見ずに、あそこが痛い、ここが痛いってぶつぶつ言ってるだけの女だった。いやな女だったよ。五人も六人も産んでおいて、『産みたくなかった』『避妊してくれなかった』って、子供の前で平気でぼやくんだから。……ああいうことを言っちゃいけない。避妊せず産ませておいてほったらかしの旦那は、確かに糞野郎だし同情するけどさ。でも、子供の前で言っちゃあいけないよ」

まったくだ、と鳥越は内心で同意した。

まったくそのとおりだ。子供の前で、親はそれだけは言ってはいけない――。と無意識に頬の内側を噛(か)んだ瞬間。

「飲みな」

目の前に、ぐいとグラスが突きつけられた。鳥越は思わず身を引いた。

ウイスキーのグラスであった。指二本ぶん、注(つ)がれている。鳥越は戸惑いの目を老婦人に向けた。

「あんたらのうち、どっちでもいいよ。一杯付きあいな。あたしから、あの悪ガキたちの情報を引きだしたいんだろ？　とっときのを教えてやるから、飲みなよ」

「いや、それはちょっと……」

ほんとうにまずいんで、と伊丹が首を振る。

わずかな間があく。鳥越はゆっくりと手を伸ばした。老婦人の手からグラスを受けとる。

視界の隅で、伊丹が目を見張るのがわかった。

「鳥越さ……」

止められる前に、一気に干した。

喉(のど)が焼ける。熱いものが食道から胃まで、一直線に落ちていくのがわかる。老婦人が手を叩いた。

「おお、いい飲みっぷりだ。じゃあ約束どおり教えてやろうかね」

　伝法に片膝を立て、肘掛けにぐいと寄りかかる。

「こっから車で十二、三分走った下町郵便局の裏手に『永保院』って寺がある。そこに主犯の子の、父方祖父の墓があってね。聞いてるかい？」

「聞いてます」

「ああそう。三年前だか四年前に、その墓の前に封筒が置いてあったそうだよ。〝永代供養料〟と表書きされた、二十万円入りの封筒がね」

「ほう。その封筒はどうなったんです？」

「住職が受けとったよ。要望どおり、その墓の永代供養料にまわしたとさ」

　鳥越は唇を手の甲で拭って、

「何人ほどが、その件を知っていますか？」と問うた。

「さてね。二、三人には話したかね」

「おれたちの前にも警察が来たでしょう。そいつらにも話しましたか？」

「いんや」

　老婦人はかぶりを振った。

「この離れに来た刑事は、あんたらがはじめてさ。客はみんな母屋のほうを訪ねるからね。ここに来る客そのものがひさしぶりだよ」

「母屋……」

そう言われて、はじめて鳥越は窓の外を見た。

この小体な屋敷が、広大な庭の一部に建つ離れ家なのだとようやく悟る。鴉の道案内がなかったら、おそらくたどり着くことはなかっただろう。

「あたしが当時、誰に話したかなんて忘れたよ。けど『永保院』の住職は洩らしちゃいないだろう。あいつは堅物で、檀家とも世間話したがる柄じゃないから」

「ではなぜ、あなたは知ってるんです」

「親族だからね」短く答えて、老婦人は片手を振った。

「さあ、聞きたいことはもう聞いただろ？　あたしゃ眠くなってきたよ。昼寝したいから帰っておくれ」

話し飽きた、とでも言いたげな口調だった。

丁寧に礼を告げ、鳥越と伊丹はその離れ家を出た。

「土橋と小河原の繋がりを追うはずが、いっそうわけがわからなくなってきましたね」

伊丹が吐息とともに言った。

「実行犯は土橋典之で間違いないとして、ほんとうにやつ自身が計画したヘイトクライムなのか。それとも依頼されたか、もしくはただのあやつり人形だったか……」

「土橋には、計画できる頭も才覚もない」

鳥越は断言した。

「やつがSNSで垂れ流していた戯れ言は、誰ぞに吹きこまれたものだ。過激になっていったのは、同類と寄り集まったせいで先鋭化したからだ。土橋の陰には、絶対に誰かがいる。あいつの口とSNSを借りて、上級老害とやらへの呪詛を吐きださせていた野郎がな」

「その黒幕が、土橋に吉永欣造を狙わせた……か。いったい誰でしょうね。妻の富士乃は財産という動機があります。いや、家政婦にもか。吉永欣造は家政婦にも『いくらか遺してやる』と言っていたようです。そして作成済みの遺言書は弁護士に預けて、妻子にすら見せていなかった」

「だが富士乃と家政婦は、不仲じゃなかったとの説もあるぞ。そもそも家政婦をあの家に引き入れたのは富士乃らしいじゃないか。その後に仲間割れしたか、それとも共謀のままだったか……」

「娘の美也子もあやしくなってきましたよ。さっきの老婦人の証言が正しいなら、彼女は精神的に弱く、男運もよくないらしい。いまの夫は内縁らしいが、そいつに遺産目当てでそそのかされた可能性はあるでしょう」

「まったく、わからんことだらけだな」

　鳥越は顎を撫でて、

「まず一番重要かつわからんのが、土橋の行方。二番目が黒幕の有無と正体。そして三番目が小河原の生死――か」

と唸った。

「墓前に永代供養料の封筒、ね。むろん裏を取らなきゃいかんが、おれの勘じゃ封筒の存在自体はガセじゃあねえな。伊丹くん、どう思う？　小河原を恩人視していた土橋が、その金を置いていったんだと思うか？」

「わかりません」

伊丹は首を振った。

「ひとまずぼくとしては、『永保院』の住職が封筒を保管していると願いたいですね。もし回収できれば、指紋が照合できます」

＊　　＊

「ドバちゃん、ちょっと、ドバちゃーん？」

ほろ酔いで部屋に戻った女は、ぐるりと室内を見まわした。

しかし返事はなく、男の姿もない。

「まーたお散歩？　まったく……」

ふんと鼻息を噴いてから、女は備えつけの小型冷蔵庫をひらいた。

食堂で出会った見知らぬおっさんに、運よく一杯おごってもらえたばかりだ。だがまだ飲み足りなかった。缶と迷ってから、瓶ビールへ手を伸ばす。

一本抜き、昔懐かしい会社名入りの栓抜きを王冠に当てる。しゅぽん、とかるい音ののち、王冠がはずれた。

グラスと瓶を持って、女は広縁の椅子に腰かけた。

景色を横目に瓶をグラスに傾ける。喉を鳴らしてごくごくと呷り、「くぅーっ」と一声唸る。

――うん。やっぱビールは瓶だわ。

最近は店もしみったれて、生ビールサーバのほかは缶しか置かなくなってしまった。でもやっぱり、ビールでもコーラでも美味しいのは瓶だ。缶はともかくとして、あのペットボトルの味気なさはどうだろう。

「そのうち、ビールもペットボトルになる日が来るのかしらねえ……」

ぼやきながら首を曲げた瞬間、

「あ」

と女は声を発した。

ここ数日、男が独占していたテレビのリモコンを見つけたのだ。

どうせこの地方は民放が二チャンネルしか映らないし、とくに観たい番組もないため、

「まあいいか。せっかくここまで来たんだし、テレビより温泉よね」

と諦めていた。だが旅も数日目となると、さすがに世俗に触れたくなってくる。

店にもついさっき電話を入れたところだ。店長はかんかんだったが、「客に付きあうのも仕事のうちよ」といなして、さっさと切った。

「しっかし、ドバちゃんたらどこまで行ったんだかね……。昨日みたいに迷子になって、まーた従業員に連れ帰ってもらったりして……」

独り言をつぶやきながら、テレビの電源を入れる。

「馬鹿よねえ。旅さきで迷子になるほどあちこちうろついたら、自殺と間違えられて当然じゃない。ていうかあの人、ここになにしに来たんだろ。温泉にもろくに入んないし、いつもうわのそらだし、あたしとセックスするでもなし……」

片手でグラスを持ち、片手でチャンネルを変える。

「ふん、つまんない番組ばっか」

女はぼやいた。

NHKでは料理番組、民放ではワイドショウが放映中だった。男性の司会者が神妙な顔で、カメラを正面から見やる。

「では次は、『折平老人ホーム大量殺傷事件』の続報です。ただいま現場と中継が繋がっております。現場のサカイさん——……」

女は口に含んだビールを噴きだしそうになった。腰を浮かせ、慌ててテレビの前へにじり寄る。

「え？　いま折平って言った？　折平市のこと？　えーっ、じゃあ近所でなんかあったんだぁ。誰か知ってる人、映ったりして……」

彼女は畳に膝を突き、画面に顔を近づけた。

第五章

1

甘糟の免許更新履歴を調べた結果、二年前に彼は県内の自動車安全運転センターで更新手続きをおこなっていた。

なお小河原のほうは二度目の服役期間に更新が切れ、それ以後更新した様子も、再取得した形跡もない。

小河原に比べれば、甘糟はずいぶん軽微な罪——というより、ケチな犯罪ばかりで服役している。

一度目の服役は、留守宅詐欺による六箇月の懲役刑だった。家に老人しかいない時間帯を狙い、

「おたくのお孫さん宛てに代金引換でお荷物が届いています。金額は××円です」

と宅配業者を装って、申しこんでもいない商品の代金を詐取したのである。執行猶予中の犯行だったため、彼は即実刑となった。

なおこの懲役を終えて娑婆へ出たのち、甘糟は苗字を変えた。

かつての里親と結婚し、彼女の姓を名のったのだ。これにより彼は〝松苗周介〟となった。この姓名を使い、彼は折平市から二駅離れた粟毛市で働いた。

勤務先は市内で二番目に大きいタクシー会社で、妻のコネを使っての就職だった。なお自治体が高齢者優待タクシー利用券を発券しているため、老人を乗せる機会が多かったという。

六年後、彼は七十代の男性客に対する窃盗で逮捕された。地裁は懲役一年三箇月の実刑判決を言いわたした。

そしてこの刑により、甘糟は土橋典之と同じ静岡刑務所に服役する。四年前の二月から八月までの、六箇月間である。

そして四年前の八月に出所。服役中に離婚したため、姓名はふたたび〝甘糟周介〟に戻った。しかし旧姓の〝松苗〟名義の運転免許で、彼は新たなタクシー会社へ就職している。

この会社の社長は法人を設立せず、個人事業主として経営許可証を取得していた。要するに個人タクシーに毛が生えたような会社だったのだ。従業員はつねに三、四人といったところで、

「履歴書は一応書かせますが、いちいち調べたりしませんね。運転免許証はさすがにコピーを提出させますが、入社したとき〝松苗〟だったら、その後に苗字が変わったかなんて確認しやしません」

とのいい加減さであった。給与は現金手渡し可で、年末調整などもしていなかったとい

う。当然、厚生年金の加入もなしだ。

なお、ここで一つ重大な事実が判明した。

土橋典之が『ジョイナス桜館』を襲った際、奪って逃走に使ったタクシーは、このタクシー会社の車両だったのだ。

「ええ、『ジョイナス桜館』の乗り場にはたいがい待機させてますよ。老人ホームと大病院は、なによりのお得意さんですから。とくに『ジョイナス桜館』の利用者なら、お金持ってますもんね。バスを待つよりタクシーを選ぶ客ばっかり。

盗まれたと聞いたときは頭を抱えましたが、無事に帰ってきてほっとしました。え？　事故車になったじゃないかって？　そりゃそうですけど、戻ってこないだとか、スクラップになるより断然マシですよ。修理くらいで済んで、ほんと御の字」

と社長は、煙草（たばこ）の吸い口を嚙（か）んで苦笑した。

なお肝心の甘糟は、この会社を四箇月前に辞めている。退職理由は「一身上の都合」。社長はとくに引きとめなかったという。

2

「『ジョイナス桜館』にはタクシーがたいがい待機している……か。襲撃計画を立てていた土橋には有益な情報ですよね」

た。
伊丹が言う。
朝の捜査会議がはじまる直前であった。室内は、さざ波のような低い喧騒に包まれてい
伊丹は長テーブルに両肘を突き、顔の前で指を組んでいる。その爪さきの黒ずみを、鳥
越はぼんやり眺めた。捜査が長引くと、捜査員はどうしても薄汚れてくる。
「タクシーを凶器にしたのは突発的な行動としても、逃走に使うつもりだったのは間違い
ないでしょう。土橋は車やバイクを持っていないし、あそこは郊外で、ほかに逃走手段は
ありませんから」
「下見したのかもしれん。それに社長の言うとおり、老人ホームや病院にタクシーが待機
するのは常識中の常識だ。まだなんとも言えんよ」
「では鳥越さんは、あくまで偶然だと？　甘糟の元勤務先と、土橋の犯行が繋がったこと
に意味はないと思ってるんですか」
「そうは言ってないだろ」
われながら歯切れが悪い、と自覚しつつ鳥越は答えた。
「そうは言ってない――が、土橋が甘糟と繋がっている、と一足飛びに飛びつくのも危険
だろうよ」
「一足飛びじゃありませんよ。やつらは同じ静岡刑務所で服役していた。同房になった期
間はないようですが、顔見知りである可能性は大です。小河原剛という共通の知人も存在

しますしね」

「共通の知人、ね。まあそうか、知人と言やあ知人か」

鳥越はため息をついた。軽口を叩く気力が湧いてこない。

ふと窓の外を見る。鴉が一羽、すぐ向こうの枝にとまっていた。鳥越をじっと見ている。もの言いたげな瞳であった。

伊丹が言葉を継いで、

「甘糟周介の過去二回の懲役が、どちらも老人がらみというのも気になります。一度目は老人相手の留守宅詐欺。二度目は七十代の男性客に対する窃盗。はるか過去には、例の連れ去り殺人事件がありますしね。果たしてこれも偶然でしょうか?」

「まだ、なにもわからん」

鳥越は短く答えた。

「わからんから、きみが捜査会議で報告しといてくれ。……おれはどうも、今朝はやる気が起きん。はっきり言えば眠い。可及的すみやかに布団に戻りたい」

配られた捜査資料の上に、鳥越はゆっくりと突っ伏した。

言われたとおり、伊丹は班を代表して報告した。

小河原と甘糟の免許更新履歴を調べたこと。小河原は免許を更新しておらず行方は追えなかったが、代わりに甘糟の足どりが摑めたこと。甘糟が県内でタクシー運転手として十年近く働いていたこと。そしてそのタクシー会社が、土橋の犯行と繋がったこと——。

この時点で、主任官が「ほう」と言う目を雛壇から向けてきた。

さらに伊丹の報告が『永保院』の永代供養料の件に及ぶや、その視線はぎらつきを帯びてきた。熱のこもった眼差しだった。

「それで、『永保院』の住職には当たったのか」

主任官が問う。伊丹はうなずいた。

「はい。約三年前、小河原家の墓に二十万円入りの封筒が置かれていた件を認めました。要望どおり永代供養料にしたそうです。ただ残念ながら、該封筒は現存しませんでした。むろん紙幣もです。指紋採取は不可能でした」

「そこはしかたあるまい。だがよし、よくやった」

ひさかたぶりに聞く主任官の「よくやった」であった。滅多に人をねぎらわない男なのだ。隣の捜査課長が、意外そうに目をしばたたいた。

「出所以来、小河原の消息は途絶えている。運転免許証の更新もない。となると、やはり小河原剛は死んだ可能性が濃厚になってきたな。土橋がSNSのフォロワーに言い残した〝あの人の最後の頼みだ。ことわれない〟という台詞とも一致する。やはり〝あの人〟は小河原を指すと見ていいだろう」

主任官が一言一言、刻みこむように言う。

「死亡届こそ出ていないが、やつには身寄りらしい身寄りがないからな。実親とも里親とも切れている。どこぞで野垂れ死んで、身元不明のホトケになったか」

「つまり土橋の犯行は、小河原剛の弔い合戦だと――？」

捜査課長が言う。主任官がかぶりを振って、

「まだ断定はできません。だが裏取りは必要でしょう。よしトリ、引きつづき甘糟と土橋の繋がりを追え」

と鳥越を名指しして命じた。鳥越は腰を浮かして一礼し、それに応じた。

会議はさらにつづいた。

替わって別班が報告をはじめる。吉永家について調べている班であった。

予想どおり、彼らも吉永富士乃がホストクラブに金を注ぎこんでいたことや、家政婦を家に引き入れたのは富士乃だという噂を聞きこんでいた。最近は欣造の遺産をめぐって、二人が対立していたらしいこともだ。

「吉永家は平之助の代にも家政婦を雇っていましたが、富士乃が嫁いできたのを機に解雇しています。しばらくは富士乃が家事を担っていたようですね。しかし富士乃と平之助の折りあいが悪くなって以後は、家政婦を雇っては解雇の繰りかえしでした。富士乃の眼鏡にかなった家政婦は、平之助が気に入らない、また平之助が気に入った家政婦は富士乃が……な具合だったようです。いまの家政婦は、近隣住民に言わせれば〝あの家で、ひさしぶりに長持ちした人〟だったとか」

「三十二年前はどうだったんだ？」

主任官が問う。

「例の連れ去り殺人事件のとき、吉永家に家政婦はいなかったのか」

「空白期間で、雇っていなかったそうです。平之助が連れ去られたとき、息子の欣造は学校で勤務中、美也子はピアノ教室でした。家にいたのは富士乃だけでしたが、『家のことをしていて気づかなかった。義父は縁側で陽に当たっていると思った』と供述しています。防犯カメラによって小河原と甘糟の存在が早々に浮上したため、富士乃の供述は当時、深く追及されていません」

「まあ被害者側だしな」

と主任官はうなずいてから、

「だが欣造までもが殺されたいまとなっちゃ、すべてを鵜呑みにはできん。富士乃はわざとあの時期、家に家政婦を置かなかったのかもな。富士乃と平之助の不仲は、複数人から証言が取れている。……富士乃が入れあげていたとかいう、例のホストのほうはどうだ?」

と訊いた。

「はい。吉永家の現家政婦が勤めていたというバー『月見草』の、当時のバーテンを見つけました。彼によれば吉永富士乃は、同歓楽街に建つ『ロイヤルヘヴン』というホストクラブの常連だったそうです。ホストクラブの客というのは、ホストが店を移れば一緒についていくタイプが多いですが、富士乃は例外でした。店に付くタイプの客だったんです。彼女がいた当時は『ロイヤルヘヴン』の〝レイ〟というホストに、また三十二年前は〝聖哉〟に貢いでいました。二人ともとうに店を辞めていますが、どちらも当時は十八、九歳の美少年だったとか」

「なるほど。女阪のロリコンってやつか。どうりでトリの魅力が通じんわけだ」

と主任官は鳥越ににやりとしてから、

「で、その美少年どもの現在は？」

とつづきをうながした。

「さいわい『ロイヤルヘヴン』は雇用時の身元確認がしっかりしており、二人とも行方を追えました。〝レイ〟は、故郷の長野に戻って家業を継いでいます。〝聖哉〟のほうは十二年前に打ち子詐欺の片棒をかついで逮捕され、執行猶予付きの有罪。そして執行猶予中に、神奈川県内の立体駐車場から落下して死亡しました。自殺を疑われましたが、最終的に事故として処理されたようです」

「ふうむ。富士乃はいまも『ロイヤルヘヴン』に通っているのか？」

「いえ、店は八年前につぶれています。オーナーが新たな店をひらいたという話もありません。ただし富士乃の若い男好きは変わらないようで、現在も二十代前半とおぼしき男がちょくちょく吉永家を出入りしている、との証言が取れました」

「その男の素性は？」

「まだ不明ですが、中背で痩せ形、髪を金茶に脱色しているそうです。――吉永富士乃については、以上です」

捜査員はそこで息継ぎをしてから、つづけた。

「家政婦に関しては『最近、金に困っているようだ』との証言を得ました。また娘の美也子は、とくに悪評なしです。内縁の夫である高遠武(たかとおたけし)については『滅多に見かけない』『療養中だそうだ』以上の情報はありません。病気なのは真実のようで、市内の病院から証言が取れています。なお美也子の二度の離婚も真実でした。どちらも彼女の不妊による、旦那(だんな)の浮気が原因でした」

視界の端で、水町巡査がいやな顔をするのを鳥越は認めた。

一瞬おやと思ったが、

「そうか、ご苦労。引きつづき頼む」

との主任官の言葉でかき消された。

次いで別班が報告に立つ。土橋典之を追う敷鑑班だ。

かつて土橋がのぼせていた愛人稼業の女の行方が判明した。フィリピンに渡って家庭を作ったのち、ここ数年は帰国していない——という、短い報告であった。

3

折平署は二階廊下の突きあたりに設置されたベンチで、鳥越は一人、炊き出しの握りめしをかじった。

捜査が佳境となれば、おちおち食事を摂る暇もなくなる。となれば雑用一般を受けもつ庶務班が、炊き出しまでやってくれるというわけだ。たいていは握りめしに漬物と味噌汁、もしくは大鍋いっぱいのカレーなどである。

鳥越はベンチに脚を組み、膝の上に資料を広げていた。

伊丹が置いていった資料だ。土橋典之名義の、スマートフォンの通信履歴である。いままでの情報を踏まえた上で、あらためて見なおそうと思ったのだ。

右手に握りめしを持ち、左手で資料をめくる。

窓枠に置いた紙コップの味噌汁を、ときおり啜る。

通信履歴の数字を目で追いながらも、しかし鳥越の思考はべつの件に飛びつつあった。

──吉永富士乃は若い男、それもハイティーンの男が好みだった。

三十二年前の連れ去り殺人事件は無作為の犯行ではなかったようだ、とはおぼろげに解明されつつある。

小学生だった甘糟周介は「面白そうだから連れだした」「門柱に表札は出てたけど、教頭先生の苗字なんて知らないから気にもしなかった」と証言した。だが実際には、小河原と甘糟は吉永家の周辺を定期的に──いや、頻繁にうろついていた。

──富士乃はわざと、あの時期に家政婦を雇っていなかったのか？

鳥越は味噌汁を啜った。

家族が出はらった日中ならば、また家に富士乃しかいないなら、平之助がいなくなっても言いわけは成り立つ。「目を離した隙に」「ちょっと、家のことをしている間に」そう言われれば誰もが納得する。

——小河原剛は、大柄な子供だった。

まだ小学六年生ながら、身長が百七十センチ以上あった。大人並みの体格をしていた。服装があれほど子供っぽくなければ、高校生にも見えたかもしれない。つまり、ハイティーンでも通用しただろう。

彼は凶相だった。全身の毛穴から、匂いたつような暴力の気配を発散していた。だからみな、彼の目鼻立ちなど気にも留めなかった。

だが造作そのものは悪くなかった気がする。ホストのようなルックスには遠いが、鳥越の記憶にある彼はそれなりに整った顔立ちをしていた。

——まさか、富士乃と小河原は通じていた？

富士乃は舅の平之助を嫌っていた。当時の富士乃は四十代前半だ。年増だが小奇麗にしていられるだけの金はあったし、色香はいわずもがなだろう。

——三十二年前、富士乃は小河原を使って平之助を殺させたのか？

そして甘糟は小河原の金魚の糞で、言いなりの手下であった。小河原が「やろう」と言えば、一も二もなく従ったはずだ。

——土橋典之の〝恩人のかたき〟〝最後の頼み〟という言葉を信じるならば、吉永欣造殺しは小河原剛の弔い合戦ということになる。

小河原には復讐すべき誰かがいた？　小河原は三十二年前、捕まるはずではなかったのか？　富士乃に裏切られたのか？　いや、それなら復讐の対象は、富士乃でなければおかしい。

土橋は『ジョイナス桜館』に乱入し「吉永欣造はどこだ」と喚いた。ターゲットは、あくまで欣造であったはずだ。

鳥越はこめかみを指で押さえた。

考えがまとまらない。睡眠が足りないせいだろうか。もう歳か、と口の端で苦笑する。若い頃は、睡眠が三時間だろうと軽がると動けた。思考が鈍ることもなかった。だがさすがに四十一歳ともなると、食事や睡眠の質がものを言う。すこしの無茶でも、重い負担となって体にのしかかる。

——父は、この感覚を知る前に退職したんだな。

しみじみと実感した。父の一彦が警察を辞めたのは三十七歳の春だ。いまの伊丹光嗣と変わらぬ年だった。まだ気力も体力も十二分だったろう。

握りめしの残りを口に放りこむ。咀嚼しながら、鳥越は父の手帳を思った。

——父はなぜ、あのページを破ったのか。

父が捜査一課に所属していた頃の手帳だ。『折平老人連れ去り殺人事件』の捜査メモの、最後の一枚が破りとられていた。

破ったのは父本人としか思えない。父は事件後ほどなくして異動になり、やがて警察を退職した。

鳥越は通信履歴の資料をめくった。その視線が、一点で止まる。

――三十二年前、父はなにかしら独自の情報を摑んだのだろうか。

土橋の番号へ複数回かけていた番号リストの中に、見覚えある契約者名を見つけたのだ。

――松苗利恵。

甘糟周介の元里親であり、元妻でもある女性だ。おそらくは姓を変えるのが目的のペーパー結婚だろう。その婚姻により甘糟は松苗姓となり、タクシー運転手として就職を、つまり社会復帰を果たすことができた。

鳥越はスマートフォンを取りだした。

かけた先は解析課であった。特捜本部の担当職員を呼びだす。

「すまん。そっちに土橋典之のＳＮＳのログデータがあるよな？　ちょっと確認してほしい件がある」

松苗利恵名義の姓名と電話番号を、鳥越は口頭で伝えた。

「この契約者のスマホから、土橋のＳＮＳにアクセスがあったか調べてほしい。結果はおれのメアドに送っといてくれ。ああ、頼むよ」

礼を言って切る。スマートフォンを内ポケットにしまうと同時に、廊下の向こうから近づいてくる伊丹が見えた。

「こんなところにいたんですか、鳥越さん」

「ちょっと孤独を気取りたくなってな。どうした伊丹くん。そんなにおれの不在が寂しかったか」

だが伊丹は軽口には取りあわず、

「吉永欣造は折平第一小学校に赴任する前、生徒に対する体罰で何度か問題になっています」

とひと息に告げた。

「生徒を叱責したところ口真似をされ、激昂して平手打ちした。掃除中にふざけていた生徒をやはり平手打ちして鼓膜を破る。生徒の私物を没収し、反抗的な態度のまま返却を求められたため、脛を蹴って押し倒す――などです」

「常習犯だな。処分はされなかったのか」

「毎回、戒告程度でした。昇任試験にも影響なかったようですね。第一小に赴任以降は教頭もしくは校長でしたから、生徒と距離があいており大きな問題は起こしていません。ただ……」

「ただ？」

「暴力沙汰が皆無だった、というわけではないようです。教頭になってからも吉永欣造は〝叩いてしつける〟派の教師だったらしく、何度か体罰が目撃されています。しかし、とくに保護者側から苦情は出ませんでした。叩かれた生徒があまりに問題児であり、生徒の親だけでなくＰＴＡも黙認したからです」

そこまで言われれば、鳥越にもわかった。

「体罰の被害者は、小河原たちか」

「そうです。とくに甘糟は手ひどくやられたようですね。体格の大きい小河原より、叩きやすかったんでしょう。体罰のあと、甘糟が一箇月近く足を引きずっていたこともあるらしい。甘糟の不登校については、いままで〝小河原が遊びに誘ったせい〟とされていましたが、体罰も理由の一つだったかもしれません」

「なるほど。しっかり私的な恨みがあったわけだ。くそ。三十二年前に、もっと捜本が甘糟たちの動機にフォーカスしていればな……」

舌打ちしながら、富士乃は無関係だったか、と内心で自分を笑う。やはり頭が働いていないようだ。

伊丹がかぶりを振って、

「逮捕して自供が取れれば、供述の裏取りはしても深掘りまでしませんから。それに小学生が犯人ということで、半分は福祉の問題だった」

「マスコミの対応もあって、捜査員は腰が引けていただろうしな。――おっ、ちょい待ってくれ」

内ポケットでスマートフォンが鳴った。

メールの着信音だ。解析課からであった。さきほどの依頼に、早くも答えが出たらしい。

メールに添付されたデータに目を通すと、鳥越は液晶を伊丹に向けた。

「見ろ伊丹くん、また主任官に誉められちまうぞ。松苗利恵——甘糟の元里親のスマホから、土橋のSNSへ頻繁にアクセスがあったそうだ。いや、それどころか彼女は『BASSY』こと土橋のフォロワーだった。このログを見てくれ」

液晶画面に、伊丹が顔を近づける。

「ああ、匿名フォロワーとして、土橋と親しくしてたんですね。アカウント名は『波浪』か。『コバ』ほどじゃないが、土橋の崇拝者としてふるまっている。……いや違うな。土橋のフォロワーが一桁台だった頃から、やつをフォローして接近しています」

「契約者こそ松苗利恵だが、このスマホを実際に使っていたのは甘糟だろう」

鳥越は言った。

「通信履歴を見るに甘糟は、土橋がスマホを契約した直後から電話で連絡を取っている。そしてSNSでは、匿名でやっと相互フォロワーになっている。元官僚による、例の暴走事故の直後だ。間違いない。信じこみやすい土橋に老人ヘイトの思想を植えつけ、エコーチェンバー現象に見せかけながら煽って焚きつけたのは、この『波浪』こと甘糟周介だ」

「松苗利恵名義のスマホを使用していたのが甘糟だ、との裏取りが必要ではありますが……そうなれば、今回の事件はヘイトクライムではないと完全に確定しますね」

「ああ。ネットにはびこるヘイト言説を利用した、私怨による殺人だ。ヘイトスピーチもどきの書きこみも、老人ホームへの無差別特攻も、なにもかも見せかけだった。おそらくは〝欣造が小河原のかたき〟というのも嘘だろう」

「甘糟がそう土橋に吹きこんだだけだ、と？」

「土橋は小河原を恩人と思い、崇拝していた。甘糟はそこに付けこんだんだ。自分の代わりの鉄砲玉に仕立てあげやがった。ムショで交流があったなら、土橋の性格はわかっていただろうしな」

「係長に報告しましょう」

伊丹が言った。興奮のせいか、その語尾がうわずる。

彼にうなずいてから、鳥越はふっと振りかえった。窓の向こうの電線に、鴉がとまっていた。

黒いビー玉のような瞳で、じっと鴉は鳥越を見つめていた。

4

鳥越の仮説は、係長から主任官に伝わった。

主任官は椅子にもたれて腕組みした姿勢で、

「だとしたら、乾ミチヱが浮かばれんな」

むっつりと言った。吉永欣造と同じく、土橋が奪ったタクシーに撥ねられて死んだ老女の名である。

まったくだ、と鳥越は思った。無差別殺傷の犠牲者でも十二分に痛ましいというのに、それが私怨殺人のただの巻き添えだったとなれば、遺族の悲憤ははかり知れない。

――おそらくは、甘糟の計画外だった。

土橋が「吉永欣造はどこだ」と怒鳴ってしまったことも、乾ミチヱを巻きこんでしまったこともだ。

だが同時に、ひどく土橋らしい行動とも言える。ただの駒（こま）としてすら満足に動けない男。必ずどこかでヘマをする男。それが土橋典之であった。

「松苗利恵の住所は割れてるな？」

主任官は上体を起こした。

「はい。粟毛市生方（うぶかた）町四丁目七の十三。甘糟と籍を入れていた当時と、変わりありません」

「よし、そのお宅をご訪問しろ。はやるなよ、まだ任意同行（ニンドウ）だぞ？　やさしーく同行をお求めするんだ。お求めしながら、家内に男の臭（にお）いがあるか嗅（か）ぎまわってこい。結果はすぐに連絡しろよ。速攻で令状請求（レイセイ）をかける」

しかし残念ながら、松苗利恵は甘糟をかくまってはいなかった。

任意同行に応じた彼女は、自分名義のスマートフォンを甘糟に使わせたとは認めたものの、

「ここ半年ほど、会えていません。連絡は電話とショートメールだけです」

と主張し、「履歴を見てくださってかまいません」と、老人向けの簡易携帯電話をすん

なり差しだした。

「わたしは機械に疎くて、小細工なんかできません。その携帯電話に入っている情報がすべてです」

松苗利恵は今年で七十二歳になる。二十六年前に夫を亡くしたのちに甘糟とペーパー結婚したが、基本的には独り身をつらぬいていた。

「誤解しないでください。周介くんと男女の関係になったことはありません。わたしは養子縁組したかったんですが、彼のほうが〝離婚のほうが、離れるとき簡単だから〟と言い張って……」

甘糟周介の里親になったとき、利恵は四十三歳だったという。一方、甘糟は十五歳だ。

松苗利恵は当時、ほかにも二人の子を預かっていたが、

「周介くんは、いままでの子たちとは違っていました。あんなにほうっておけない子供ははじめてだった。もちろんほかの子たちだって、虐待や、ネグレクトを受けてきた子なんですけれど……。なんというか、そう、もったいなかったんです」

「と言われますと？」

取調官は先をうながした。利恵は額に指を当てて、

「こんなふうに言うと、えこひいきに聞こえるでしょうが……。あの子は利発な子でした。やさしさや思いやりの心だって持っていた。あの子の脳波に、異常があったことはご存じですか？」

「ええ、まあ」

「幼少期に何度も頭部外傷を負ったせいです。彼の母親は、育児に疲れきっていた。当時まだ〝多産ＤＶ〟という言葉はありませんでしたが、いま思えばまさにその状態でしょう。育児に参加せず、避妊にも非協力的な夫に次つぎと妊娠出産を強いられ、思考能力が落ちていたんです。その果てに子供たちはネグレクトされ、多動気味だった周介くんは何度も頭部に怪我（けが）をした。……せんも言いましたが、彼は利巧でやさしい子でした。でも脳波の乱れと発達障害のせいで、本来の力の半分も発揮できなかった」

「だからもったいない、と？」

「そうです。里親として、子供たちを平等に見なければいけないとはわかっていました。……でもわたし、惜しかったんです。もっといい環境が周介くんにあれば、もっといい教師に出会えていたら……。彼を見るたび、そう思ってしまった。だから彼に、肩入れせずにいられなかった」

「〝もっといい教師に出会えていたら〟――ですか」

　取調官は姿勢を前へ傾けた。

「三十二年前に甘糟が殺害したのは、彼が通う学校の教頭の身内だった。それはもちろん、あなたも知っておいでですね？」

「ええ」

「その上で〝もっといい教師に出会えていたら〟とおっしゃる。あなた、なにかご存じのようですな」

「それは……」

　利恵はうつむき、唇を嚙んだ。取調官がたたみかける。

「甘糟のことを思うなら、いまのうち話しておいたほうがいい。あなたも薄うす察していたかもしれんが、やつはまた犯罪に手を染めた様子です」

　その言葉に、利恵ははっと目を見ひらいた。

「松苗さん。あなただって、これ以上やつに罪を犯してほしくないはずだ。お願いします。われわれはやつを食い止めたい。そのために情報が必要なんです」

　取調官は言いつのった。

　利恵は、しばらく押し黙っていた。だがやがて、視線を机に落としたまま、呻くように言った。

「……最近、会えていないのはほんとうです。……わたしが持っている彼の情報は、古いことだけ……。いったい、なにを話せばいいんでしょう」

「折平市の『ジョイナス桜館』で、無差別殺傷事件が起こったニュースはご覧になりましたか？」

「ええ……」

「その事件の被害者は、甘糟周介が三十二年前に殺した老人の実子です。名は吉永欣造——。甘糟は、彼についてなにか洩らしたことはありませんか？　犯行当時に子供だった彼は、〝主犯に言われるがままだった〟と証言した。だがほんとうは違ったのでは、とわれわれは睨んでいます。甘糟は、あなたには真実を吐露したのではないですか？」

利恵はふたたび黙った。

だがその肩は、数秒でがくりと落ちた。

「わたし……わたしは、多くを知っているわけでは、ないんです」

声から力が失せていた。

「ただ、あの子が十八になる前に、ぽつぽつと洩らしてくれた言葉があって……。〝ほんとうは、無作為ではなかった〟と。教頭先生の家だと知っていて、入りこんで、お爺さんをさらった、と言うんです」

「理由は言っていましたか？　なぜ教頭先生の家を狙ったか、彼は動機について打ちあけましたか」

「はい。あの子……主犯の小河原くんにそそのかされて、居空き泥をはたらいていた時期があるそうなんです。わかってます、けっして誉められたことじゃありません。でも……あの子たち二人とも、ろくに親に世話されていなかった。食事は与えられず、お風呂もなく、服の洗濯さえしてもらえなかった。満足に食べられるのは学校給食くらいでしたが、給食費が未払いだから、食べれば食べるほど肩身が狭かったそうです」

「だから、自力で金を奪うしかなかったと？　居空き泥をしようとして、彼らは吉永家へ侵入したんですね？」

「そのようです。教頭先生のおうちは、奥さんが留守がちで、たいてい昼間は先生のお父さんしかいなかった。だから入りこみやすかったんだ、と言ってました……」

なるほど、とマジックミラーのこちら側で鳥越はうなずいた。

小河原と甘糟は、主に独居老人宅を狙って居空き泥をしていた。そして当時の吉永家には家政婦がおらず、富士乃はホスト遊びに忙しかった。

欣造と美也子が登校してしまえば、あとは平之助一人と言っていい。独居老人宅と変わりがない。恰好の獲物であった。

「それで、彼らは侵入したんですけれど、ちょうど教頭先生がいた日だったようで、捕まってしまって……。ええ、通報はされませんでした。けれど、ひどく折檻されたそうです。しかも周介くんだけ」

「甘糟だけ？」

「はい。小河原くんのほうは、奥さんがかばったんだそうです。周介くん、言ってました。〝ババアがいない日は、ゴウちゃんも教頭に殴られた。でもババアの前じゃ、おれだけ……。気持ち悪いババアだった。ゴウちゃんがお気に入りで、色目を使ってた〟って」

利恵は頬を強張らせていた。

「その捕まった日をきっかけに、奥さんはこっそり彼らを何度か家に呼びつけたそうです。目当ては小河原くんのほうで、周介くんは見張り役。……信じられませんよね、相手は小学生ですよ？　見つかって教頭先生に殴られた日もあるそうですが、〝殴られて追いかえされて、逆にほっとした〟だそうです。〝おれたち二人とも、教頭とババアが大嫌いだった。なんとかしたかったんだ。あの家を、めちゃめちゃにしてやりたかった〟……。子供にそんなことを言わせる社会なんて、間違ってますよ、ねえ？」

と上目づかいに取調官を見やる。

その問いに取調官は答えず、

「土橋典之、という名を甘糟から聞いたことはありますか？」

と尋ねた。利恵がかぶりを振る。

「名前は、つい最近まで知りませんでした。でも、指名手配犯として、テレビで顔と名前を見て……。あのときの人だ、とすぐわかりました」

「あのときの、とは？」

「去年の夏ごろ、周介くんが駅まで迎えに行った人です。わたしが彼のタクシーで病院へ行った帰り、〝間に合わないから、ちょっと寄っていいか。知人を拾いたい〟と言われて、了承しました。そのとき相乗りした人です。彼らの会話からして、刑務所の中で知りあった人だとわかりました。いえ、怖くはなかったです。——残念ながら、わたしの里子は真人間になれなかった子も多いですから……」

去年の夏ごろか。鳥越は考えた。

となれば土橋が出所した頃だ。出所直後で浦島太郎（うらしまたろう）同然の土橋を、やつは拾いに行ってやったのかもしれない。

強盗致傷で、土橋は六年服役した。六年も経てば世の中は様変わりする。わずかな金と荷物を与えられ、娑婆へ一人放りだされた土橋はさぞ心細かっただろう。迎えに来てくれた甘糟が、やつには救い主に映ったかもしれない。もともと依存心の高い男だ。甘糟べったりになったことは容易に想像がつく。

「二人とも、さかんに小河原くんの話をしていました」

利恵は言った。

「小河原くんを共通の話題にして、二人は刑務所で仲良くなったようでした。え、わたしですか？　いえ、わたしは小河原剛くんと会ったことはありません。いつも周介くんから、話を聞かされただけ。親分肌の、頼りになる人だったそうですね。ええ、でも一度も直接には会えませんでした」

鳥越が特捜本部に戻ると、吉永家の家政婦の新情報が入っていた。

彼女が金に困っていた理由が判明したのである。

家政婦には可愛がっている甥がいる。この甥が半グレの、いわゆる反社会的集団に属しており、金に困ると彼女のもとへやってくるらしい。ちなみに〝吉永家に出入りする若い男〟の正体は、この甥であった。

家政婦と富士乃の仲が悪化したのも甥が原因であるらしい。確かに富士乃がちょっかいを出したくなる程度には、甘い顔立ちをしているそうだ。

しかし欣造は、そのちょっかいを黙認していたという。富士乃を疎んで避けていた欣造には、若い甥の存在は渡りに船だったのかもしれない。

吉永家の敷鑑班は以上を報告して、

「結果、やきもきした家政婦と富士乃は不仲になっていった。そしてその果てに、欣造の遺産がどうのと口喧嘩するまでになります。しかし欣造の殺害計画を具体的に立てるまでには、いたらなかったと思われます」

と締めくくった。

「半グレの甥ってやつはどうなんだ」と主任官。

「反社会的集団の一員ではありますが、不良集団に毛の生えたようなもので、しかも下っ端です。殺しができるタマじゃありません」

「なるほど、ご苦労」

そう言ったきり、主任官は腕組みして黙りこんだ。まぶたを下ろし、半目になる。思案しているときの顔つきであった。

情報をほしがっているな――鳥越は察した。今後の捜査方針を決める、あと一押しの情報をだ。そしてそれは鳥越も同じであった。

そして待ちかねた〝あと一押しの情報〟は、約九時間後、折平署の署員によってもたらされた。

伊丹の後輩で、刑事課二年目の若手巡査だ。彼は特捜本部に駆けこむやいなや、

「粟毛市で三年前、土中から人骨が発見されたのを覚えておいでですか？」

と頬を上気させて質問した。

受けたのは鍋島係長であった。

「ああ、覚えてる。空き家を解体したら、床下から頭蓋骨以外の人骨が一揃い発見――、ってな事件だったたな。確か未解決のはずだ。それがどうした」

「甘糟が勤めていたタクシー会社の社名を見て、思いだしたんです。正式な法人ではありませんでしたが、さすがに車庫は借りていた。人骨が出た空き家は、その車庫のすぐ裏手に建っていたんです」

「ほう」

捜査課長が身をのりだす。

「今回の事件と、未解決の人骨が繋がるかもしれんってか」

「は、はい。その可能性を考え、捜査資料を取り寄せました」

巡査はつかえながら答えた。声音に緊張の色が濃い。

「人骨はいまだ身元不明ながら、骨盤から男性と見られています。大腿骨の長さから推測して、身長は百八十二から四センチ。――この身長は、成人後の小河原剛の身長と一致します」

おお、と特捜本部に野太いどよめきが起こった。

「小河原は、少年の頃から大柄でした。成人後にも何度か逮捕されているため、身長や体格の記録が残っています。以上を踏まえて、この人骨が小河原剛のものかどうか洗いなおしました」

「そうか。で、結果はどうだ」

「はい。まずは発見時の状況から報告させてください。三年前の十月十四日、粟毛市大字瀬良五二八番地の空き家を所有者の息子の依頼により解体したところ、作業員が床下から人骨を発見。頭蓋骨以外の骨が、一揃い掘りだされました」

「そこまでは覚えている。最初は定石どおり、事件性ありと見て家の所有者を疑ったんだよな？」

「そうです。しかし疑いはすぐに晴れました。人骨にかぶせられていた衣類が、五年前に発売されたものだと判明したからです。その家は八年前にはすでに空き家であり、所有者もその息子も、発見の前年まで仕事の関係でインドネシアに滞在中でした。また勝手戸の鍵が壊れていて、誰でも入りこめる状態でした」

「ああそうだ、思いだしてきたぞ」

捜査課長は額を掻いて、

「所有者父子が容疑からはずれたあと、捜査は停滞したんだ。人骨の身元が特定不能だったのが痛かったな。なにしろ頭蓋骨がないから歯型の照合も、肉付けしての復顔もできん。

頭蓋骨縫合の変化も見れず、年齢すら判断できなかった」

「おまけに身元を証明できそうなＩＤは、なにひとつ埋まっていませんでした。この時点でわかっていたことは以下です。えー、軟骨の消失および化角骨の進行度合いからして成人。骨盤からして男性。推定身長は百八十二から四センチ」

巡査は早口で説明した。

「死因はおそらく刺殺。肋骨四番と五番に刺創あり。死亡時期の推定は困難でしたが、体を覆うようにかけてあった衣服は、某安価量販ブランドが五年前に発売し、半年ほど生産および販売した製品でした。したがって……」

「したがって、五年以上前に埋められたはずはない」

と捜査課長がつづきを引きとる。つづけて彼は問うた。

「小河原の出所は、何年前だった？」

「六年前の四月です」

「そうか、矛盾はないな。それに遺体に衣類をかぶせるという仕草は、情愛を感じさせる。見ず知らずの相手を殺した場合には、この手の痕跡はまず見られん。せいぜいが、死体の目を見たくなくて顔を覆う程度だ」

捜査課長は考えこんでから、主任官を振りかえった。

「人骨のＤＮＡ型鑑定は可能ですよね？」

「技術的には可能です。だが残念ながら、比較サンプルがない」

主任官は答えた。

「小河原は、DNA型鑑定を要するほどの事件にかかわってきませんでしたからね。三十二年前は大事件だったものの、決め手は防犯カメラ映像と甘糟の自白でした。やつの家族は散り散りですから、親きょうだいから採取することも不可能です」

「そうですか。では——」

「ま、待ってください。じつはその、まだつづきが」

伊丹の後輩巡査が慌てて割りこむ。

周囲の視線がふたたび彼に戻った。巡査は咳払いをして、

「あのう、ええと、いま報告した情報を踏まえましてですね。かつての里親に連絡し、小河原の身体的特徴について訊きました。ほくろや痣など、皮膚にあらわれる以外の特徴をです。するとこういった答えが返ってきました。〝両足の人さし指が、親指より極端に長かった〟と」

額の汗を、手の甲で拭う。

「足の第二趾が母趾よりも長い足型はギリシャ型と言い、日本人全体の二十パーセントしかいないそうです。……今回の人骨にも、この型が当てはまりました。しかも軽度のギリシャ型ではなく、極端に第二趾が長い足でした」

巡査はそこで息継ぎをして、

「身長と、第二趾骨の一致。六年前の四月以降、小河原が誰にも目撃されておらず、就業

の形跡も免許更新もないこと。また遺体の遺棄現場が甘糟の職場からごく近かったこと。以上のことから、自分は、くだんの人骨を小河原剛だと断定していいのではないか、と……」

語尾が、自信なげに消え入った。

数秒、沈黙が落ちる。主任官が口をひらいて、

「よし、よくやった」

と言った。捜査員一同を振りかえる。

「小河原剛がすでに死亡していることは、土橋の言動からも矛盾なく一致する。小河原の死――いや、刺創からして殺害および死体遺棄に、甘糟がなんらかのかたちで関与したと見て今後は動くぞ。ついては班を編成しなおす。新たな割りふりは追って発表するから、いましばらく待て」

言い終えて、主任官は巡査を肩越しに見やった。

「よくやった」

といま一度ねぎらう。

巡査は今度こそ、耳まで真っ赤になった。一礼し、鳥越がいる方向へ駆け寄ってくる。いや正確には、伊丹のもとへであった。

「おう、やったじゃないか」

片手を上げた伊丹に、巡査が涙ぐまんばかりに言う。

「いえ、違います。伊丹先輩のおかげです。いつもおれの相談にのって、指導してくださったから。今回のことだって、おれのただの思いつきだったのに、先輩が親身にアドバイスを……」

「よせって。おまえの手柄だ」伊丹が苦笑する。

そんな彼らを、背後から水町未緒が微笑ましそうに見守っていた。

ふと思いだし、鳥越は水町巡査を呼びとめた。

「おい、水町」

怪訝そうに振りかえった彼女に、鳥越は尋ねた。

「いや、たいしたこっちゃないんだがな。朝の捜査会議で、おまえ、いやな顔をしてただろう。なぜだ。なにか引っかかることでもあったのか」

「え？　わたしいやな顔なんてしてました？」

「一瞬な。マル害の娘にとくに悪評はない、という報告のときだ。二度の離婚と、内縁の夫についてさらっと報告されただけだったが」

「ああ」

腑に落ちた、と言いたげに水町巡査はうなずいた。

「あれなら、とくに深い意味はないんです。ただ『彼女の不妊による、旦那の浮気が原因』という言いかたが、ちょっといやだなと思っただけで。――なんだか、不妊なら浮気されて当然みたいに聞こえるじゃないですか」

「そうかな」

鳥越は顎(あご)を撫(な)でた。

「おれにはよくわからん。女性が訊けばそうなのかもしれない。自分の子どもがほしいなんて、思ったことがないせいかな。……子供がほしくて結婚する気持ちも、子どもができないからと不貞に走る気持ちも、両方ぴんとこない」

「そりゃあ、鳥越さんみたいな遊び人はそうでしょうけど」

水町巡査が笑う。

窓の外には、やはり鴉がいた。

街路樹の枝に二羽並んでとまっている。鳴くでもなく、ただ室内をうかがうように、ガラスの向こうからその漆黒の瞳を向けていた。

5

しかし特捜の、新たな班編成は待てなかった。

鳥越のスマートフォンに一本の電話があったからだ。見慣れぬ番号からだった。

「あのう、刑事さんの番号で合ってます？　おれ、こないだ会った者です。『グレイブズ・チキン』のカウンターにいた……」

「ああ」合点して、鳥越はうなずいた。あのときの店員か。

「あれ以後、例の客は来ましたか？」

「来てないっす。でも〝なにか思いだしたら電話くれ〟って言ってたじゃないすか。……え、かけてよかったんですよね？」

「もちろん。情報はなんでもありがたい」

そう答えると、電話の向こうで店員はほっと息を吐いた。

「ならよかった。こういうのってはじめてだから、緊張しますよ。ええと、おれ、あのあとネットで調べて、例の常連さんが指名手配中だって知ったんすよ。えらいことやらかしたんですね、びっくりでした。……それで思いだしたんすけど、あの人、前回来たとき、はじめてカード払いにしたんです」

「カード、つまりクレジットカードですね？」

「そうです。でね、そのときのサインが〝土橋典之〟って名じゃなかったと思うんですよ。確かもっと変わった苗字でした。『この人こんな名前なんだ、似合わねえ』って思ったのを覚えてるんです。でも何日の何時だったかさだかじゃないんで、確認しようがなくって」

「おたくのお店、防犯カメラは設置されていますよね？」

「え？　ああ、はい」

「ではあとでうかがいます。よろしく」

返事を待たず、鳥越は通話を切った。

──土橋がクレジットカードだと？

土橋は去年出所したばかりだ。しかし出所後は保護観察所の斡旋により、プラスチック製品製造工場で検品の仕事をしていた。

──一応、正社員ではある。だからカード会社の審査に通ったのか？　それとも審査いらずで持てるカードを取得したのか……。

だが店員は「サインの名が〝土橋典之〟って名じゃなかった」と言っている。ここはやはり、他人のカードを借りて支払ったと考えるべきだろう。

鳥越は土橋の元同僚に電話した。「土橋さんはカードなんか持ってなかった。いつも現金払いでしたよ」との言質がすぐに取れた。

そして直後に、特捜本部に解析課からの連絡が入った。

土橋のSNSにあった画像の件だ。彼とともにチキンを楽しんだと思われる相手が、グラスに映りこんだ画像の解析である。

画像分析の結果、相手は男性であった。鮮明になった画像に鳥越は息を呑んだ。

四十代なかばから五十代。痩せ形。彫刻刀で切れこんだような細い目。薄い唇。尖った高い鼻梁──。

間違いない。甘糟周介であった。

解析課の職員も「三次元化顔処理の結果、警察のデータベースにある三十代の甘糟周介の顔相と一致」と報告を結んでいる。これで土橋と甘糟との交流が、完全に証明されたことになる。

鳥越は、係長と主任官へ報告に走った。『グレイブズ・チキン』の店員から、電話があった件についてである。

「防犯カメラを解析すれば、土橋が何日の何時に支払いをしたかわかります。レジデータと照合してカード情報を割りだしましょう。あとはカード会社に、個人情報を出させれば一発です」

「よし、令状請求(レイセイ)をかけろ」

主任官は背後の捜査員に指示を飛ばした。

「大詰めの臭いがしてきやがったな。土橋がまだカードを持っているなら、カードの動きを追える。うまくいきゃあ土橋と甘糟を一網打尽だ」

そう主任官が掌(てのひら)と拳(こぶし)を打ちあわせたとき、折平署の捜査員が駆けこんできた。

「『かとれあ』のアンナの居場所が判明しました」

彼は息を切らしていた。

「数日前から、常連客とともに温泉宿にいるそうです。バーテンダー宛てに、宿泊先からたったいま電話がありました。現在も滞在中です」

鳥越は伊丹と顔を見合わせた。

——では甘糟と土橋は、いま一緒に行動していないのか。

さらに別班の捜査員が報告の声を上げる。こちらは、甘糟の潜伏先を示す情報であった。

「よし、向かえ」主任官が吠えた。

「二手に分かれてやつらを追うんだ。防カメとカードの裏取りも並行して進めろ。身柄の確保までに、証拠をがちがちに固めるぞ」

額の端に、静脈が青く浮きあがっていた。

＊　＊

「では次は、『折平老人ホーム大量殺傷事件』の続報です。ただいま現場と中継が繋がっております。現場のサカイさん――……」

女は口に含んだビールを噴きだしそうになった。

腰を浮かせ、慌ててテレビの前へにじり寄る。

「え？　いま折平って言った？　折平市のこと？　えーっ、じゃあ近所でなんかあったんだぁ。誰か知ってる人、映ったりして……」

彼女は畳に膝を突き、画面に顔を近づけた。

老人ホームらしき建物が映る。『ジョイナス桜館』とあった。彼女には馴染みのない施設である。現場を歩きながら続報を語るレポーターにも、見覚えはない。

「うわ。無差別殺傷って、老人ホームのお年寄りを……ってこと？　ヤッバいわぁ、鬼畜じゃん。そんなやつ、捕まえたら即死刑にしちゃいなよ」

テレビ画面に目を据えたまま、ビールを呷る。

「被害者は……あ、よかった。知らない人だ。でも八十年も生きた末に、こんなとこで轢き殺されるなんて最悪よね。あたしはやっぱ、畳かベッドの上で死にたいなあ。酔って寝ちゃって、眠りながらぽっくり、ってのが理想……」

画面が切り替わった。

無差別殺傷犯だという男の顔写真と姓名が、画面いっぱいに映しだされる。

今度こそ、彼女は息を呑んだ。

「え、マジ……？」

さらに前傾体勢になる。画面に鼻さきが触れんばかりに、顔を寄せる。

「土橋典之って——やだ、ドバちゃんと同じ名前じゃない。え？　でも、顔が違う。ドバちゃんはこんな不細工じゃ……」

そうつぶやいたとき、部屋の戸が激しく叩かれた。

「警察です。開けてください。令状があります。開けない場合は突入します」

警察？　女の顔が強張った。

いきなり大量に雪崩れこんできた情報に、脳が追いつかない。ビールのグラスを持ったまま、女はその場に固まった。無差別殺傷事件？　ドバちゃんと同姓同名の男が指名手配？　そしてドバちゃんはこの場にいない——。

戸が外から開けられた。

スーツ姿の目つきの悪い男たちと、制服の警官数名が入ってくる。女は目を白黒させ、呆然(ぼうぜん)と彼らを見上げた。

「一人か⁉　やつはどこだ」

スーツの男に怒鳴られ、女は思わず尻(しり)で後ずさった。

「どこへいるかと訊いている！」

「し、知らない。たぶん、散歩……。あの人、やけに外をうろうろして……」

チッ、と男が舌打ちする。女には理解できない早口で、背後の警官になにごとか命令する。警官たちが俊敏な動作で散っていった。

スーツ姿の男——おそらく刑事だろう男が、彼女の眼前に膝を折った。目線の高さが合う。

「心あたりは？」

「え……」

「やつがどの方向へ向かったか、心あたりはあるか」

「わかんない……。あ、でも昨日もどっか歩いてて、従業員さんに連れ帰ってもらってたから、その人に聞いたほうが……」

「従業員の名は？」

「ええと……」女は、名札に記してあった姓を答えた。

刑事の片割れが部屋を出ていく。いまだ自分の前に片膝を突いている刑事を、女はうつろに見上げた。

「ねえこれ、マジなの？ 現実？ む、無差別殺傷、って……」

「あんたは殺されずに済んで、幸運だったな。あやうく無理心中の相手にさせられるところだったぞ」

刑事が低く言う。

女の喉（のど）がぐうっと鳴った。一瞬にして、顔から血の気が引く。

「でも、でも別人よ。名前は同じだけど、——ド、ドバちゃんは、テレビに映ってた男じゃない。顔が違っ……あ、そうか、整形とか？」

「いいや、そうじゃない」

刑事は首を横に振った。

「あんたがドバちゃんと呼んでいた男は、偽名であんたの店に通っていたんだ。本名は甘糟周介。『折平老人ホーム大量殺傷事件』の脚本を書いた教唆犯（きょうさはん）だ。土橋に罪をなすりつけるためだろう、やつはあちこちで土橋の名を騙（かた）っていた」

「偽名……」

＊　　＊

女は——スナック『穂（ほ）の香（か）』のシンシアは、そう呻いたきり言葉を失った。

捜査員が甘糟とシンシアの泊まる温泉宿に踏みこんだ五時間前、土橋典之は別班の手によって逮捕された。

土橋はフォロワーの一人が所有するアパートにかくまわれていた。フォロワーの姓は花房。『グレイブズ・チキン』で使用したクレジットカードも、この花房名義のものであった。

なお土橋が『グレイブズ・チキン』にあらわれた理由は、伊丹の推理が当たっていた。彼は自分の犯行を誇っており、むしろ凱旋するような気分で店を訪れたのだ。

一方、本物の『かとれあ』のアンナは県内の温泉施設で発見された。相手は土橋とは似ても似つかぬ、六十代の常連客である。

「ああ土橋さん。指名手配されたのよね、知ってる知ってる。でも行き先なんてわかんないわよう。べつにあたしたち、そんな深い仲じゃなかったし……。ほんと、関係ないってば」

鳥越は伊丹とともに、捜査車両で甘糟の宿泊先へ向かった。

しかしシンシアのいる部屋へ、彼は踏みこまなかった。車を降りて宿へ向かうまでの短い道中で、伊丹の姿を見失ったせいだ。

「伊丹くん？」

鳥越はあたりを見まわした。特捜の捜査員と地元の警官が、宿の本館に入っていく。鳥越はその背を見送り、いま一度駐車場に戻った。

「伊丹くん、どこだ？」

なぜかいやな予感がした。

伊丹の姿はどこにもない。捜査車両を覗いたが、やはり見あたらなかった。周辺にもだ。スマートフォンにかけたが、応答はない。

鼓動が次第に速まるのがわかった。暑くもないのに、毛穴から汗が滲んでくる。うなじの産毛がちりつく。

――どこへ行った？

迷子か？　まさか。迷うような道程ではない。捜査車両からは入り口に近い伊丹が先に降り、ついで鳥越が降車した。それははっきり覚えている。降りてから地元の警官と合流するまでの、わずかな間に伊丹は失踪した。

――もしや、甘糟にさらわれた？

そんな馬鹿な、と瞬時に打ち消す。

伊丹は物腰がやわらかいだけで、中身は屈強な警察官だ。武道の心得もある。たとえ甘糟の手に刃物があったとしても、むざむざと人質になるはずがない。

――いつだ？　いついなくなった？

この宿へ向かう車中では、伊丹はずっと鳥越の隣に座っていた。

口数がすくない気はしたが、捕り物劇の直前はベテラン捜査官でも緊張するものだ。とくに不審には思わなかった。

になる。

——まさか光嗣は、甘糟の居場所を知っていた？

もし降りてすぐ失踪したのなら、伊丹は車中ですでに、自分の行動を決めていたことになる。

宿にはいないと把握していたのか？　だから単身で向かった？　だがそれなら、なぜ鳥越やほかの捜査員に言わない？　どうして彼一人で向かう必要があった？

「光嗣……」

そう思わず呻いたとき。

ひときわ高く鴉が鳴くのを鳥越は聞いた。

反射的に彼は振りむいた。一台のタクシーが走ってくるのが見えた。鴉が並走するように低く飛んでいる。空車ではなかった。

鳥越は目を凝らした。

タクシーが鳥越を追い越し、すれ違う。その瞬間、後部座席の客が「あっ」と口をひらいたのがわかった。まぎれもなく伊丹光嗣であった。

伊丹は隣に座る男の頭を掴み、鳥越の目から隠すように押し下げた。思わず、といった仕草だった。

その動作が、かえって鳥越の視線を隣の乗客に惹きつけた。ほんの一瞬ながら、横顔が網膜に焼きついた。

アジア人離れした高い鼻梁。生白い肌。見間違えようもなかった。

——甘糟周介。

鳥越は走った。だがタクシーに追いつけるはずもなかった。数分走り、諦めて足を止める。

遠ざかっていくタクシーをなすすべなく見送る彼の内ポケットで、スマートフォンが鳴った。メールの着信音だ。

のろのろと鳥越はスマートフォンを取りだした。

確認して目を見ひらく。メールの発信者は、伊丹であった。

「鳥越さん、すみません。ぼくは警察を辞める覚悟です。いまのこと、どうか忘れてください。鳥越さんはなにも知らなかった。なにも見なかった。そのほうが鳥越さんのためです。ほんとうにすみません」

湿ったなまぬるい風が、鳥越の脇を吹き過ぎた。

6

その後、鳥越は「係長から別の任務を命じられた」と嘘をつき、甘糟の捜索現場を離れた。バレればもちろん大問題だ。

「伊丹は？」と訊かれたときはぎくりとしたが、

「先に車に乗りこんでいます」

とごまかした。動転しているせいだろう、苦しい下手な嘘しか浮かばなかった。

ふたたび高速で三時間かけ、特捜本部に戻る。じりじりするような時間であった。赤信号で停まるたび、怒鳴りだしそうになる自分を抑えた。

この間にも、光嗣はどうしているのか――。想像しただけで手が震え、掌と背中にじっとり汗が滲んだ。

特捜本部に戻るやいなや、鳥越は水町未緒巡査を捕まえた。

「光嗣――いや、伊丹くんはどうした」

押しころした声で問う。水町巡査の頬が引き攣った。あきらかに、心あたりのある顔つきだった。

「あいつはどこにいる」

「わかりません」水町巡査はかぶりを振った。

「と、鳥越さんこそ、ご存じなのでは。組んでらっしゃるじゃないですか」

その双眸に、鳥越は怯えと混乱を見た。

わからない、という言葉は嘘ではなさそうだ。しかしあきらかになにか隠していた。伊丹を――恋人を守ろうとしていた。

「聞け」

鳥越は、水町巡査の肩を摑んだ。

「おれはあいつの味方だ。なにがあろうとやつを裏切ったりしない。約束できる。……なあ水町、おれがおまえの敵にまわったことがあるか？」

　水町巡査の瞳が揺れた。

　事実、鳥越は彼女を評価している。それを一番よく知るのは水町本人だ。この数年、軽口にまぎらせながらも、鳥越は幾度となく彼女を係長からかばってきた。

「水町」

　ごくり、と水町巡査の喉が動いた。視線を斜め下にそらす。短い吐息ののち、

「……わたしも、なにも知らないんです」

　小声でそう告げ、彼女は自分のスマートフォンを鳥越に差しだした。

　躊躇なく鳥越は受けとった。いいかとも訊かずメールアプリを立ちあげる。新着のメールは、やはり伊丹からのものだった。

「すまない。警察を辞めることになる。おれのことは忘れてほしい。きみを巻きこむつもりはない。今後おれについて訊かれたとしても、なにも関係ないと言いとおしてくれ。ほんとうにすまない」

　鳥越に送ってきたメールと、言葉は違えどほぼ同じ内容だ。送信時刻を確認する。鳥越がメールを受けた二分後であった。

　鳥越は、スマートフォンを水町巡査へ返した。

「と、鳥越さん、わたし」

「誰にもなにも言うな」

彼女の目は見ず、言い聞かせた。

「メールは削除しておけ。完全に消去しろ。おまえはなにも知らなかった、いいな。……あとは、おれがなんとかする」

返事は待たず、きびすを返した。早足で歩きだす。

そのまま鳥越は署を出た。耳鳴りが止まない。無意識に嚙みしめていた奥歯が、疼くように痛みだす。

親父に憧れて警察学校に入ったようなものだ、と語った伊丹。そのくせ三十五歳を過ぎても昇任試験を受けていなかった伊丹。実績と頭の出来からして、どう考えても巡査部長になっていなければおかしい捜査員だというのに。

——いつか、辞める日が来ると覚悟していたのか？

ふたたび、奥歯がぎりっと鳴った。

鳥越は立ちどまり、こめかみを指で押さえた。まぶたを閉じる。

考えろ。考えろ考えろ。そう己に言い聞かせる。思いだせ。なにかヒントがあったはずだ。あいつの行動の中に、発した言葉に、手がかりがあったはずだ。

——そうだ。いま思えば、あいつは誘導していなかったか？

捜査の手が甘糟のほうを向くように、だ。

小河原と思われる白骨の件では、あいつの後輩が「伊丹さんのアドバイスのおかげ」としきりに感謝していた。

土橋典之の通信履歴だって、あいつがおれの手もとに残していった資料だ。おれが松苗利恵の名を見つけだすと、あいつは予想していた。

——甘糟を、逮捕させたかったのか？

ならばなぜ逃がす？　あいつはこの事件に、どうかかわっているというんだ？

わからない。わからないことだらけだった。

鳥越は顔を上げた。

視線の先に、鴉がいた。

雄のハシブトガラスだ。信号柱にとまっている。もの言いたげな漆黒の瞳で、彼を見つめている。

すこし考えて、鳥越はスマートフォンを取りだした。

電話帳から番号を選んで、かける。

母がいる有料老人ホームの番号であった。母を呼びだしてもらい、数分話してから切った。切ったときは、どっと疲れていた。

ここ数年、母と話したあとはいつもこうだ。消耗する。神経がすり減る。老いて母はさらに辛辣になったが、今日は鳥越に余裕がなかった。ことさらにこたえた。

——だが、必要な情報は得た。

三十二年前の被害者である吉永平之助を、母は覚えていた。彼の講演も聞いたことがあった。そして吉永家の事情を、思ったよりも承知していた。

平之助を知る者はみな彼を、セクハラじじいと評した。息子そっくりの、口より手が先に出るタイプの男だったという。そんな平之助は認知症を発症した。当時、吉永家には家政婦がいなかった……。

鴉が信号柱から飛びたつ。

同時に鳥越は駆けだした。

7

その家は吉永家から徒歩約三分の地に建つ、ごく質素な一軒家だった。

庭はない。カーポートはあれど車もなく、表札も出されていなかった。特徴らしい特徴といえば、ピアノ教室の『生徒募集』の看板をブロック塀に掲げていることくらいだ。

鳥越はチャイムを押した。

インターフォンはないらしく、扉の向こうで「はあい」という声がした。

「書留です」鳥越は言った。

鍵を開ける音がして、玄関扉がひらいた。

隙間から吉永美也子の顔が覗く。

鳥越を視認して、その頰は一瞬にして青ざめた。しかし扉を彼女が閉める前に、鳥越は隙間に靴先をねじこんでいた。

にやりと鳥越は犬歯を剝いた。

「――通報しますか？　だがその必要はありませんよ。警察です」

美也子が後ずさる。

機を逃さず、鳥越はノブを摑んで引いた。

素早く中へすべりこむ。そして後ろ手に施錠した。

「警察官を見て、そんな顔をしちゃいけないな。正直すぎます。……その様子じゃ、甘粕から連絡がありましたね？」

鳥越は言った。なおも美也子が後ずさり、かぶりを振る。

「なんの……なんの、ことだか」

「わからない、と？　いや、そんなわけはない。あなたは知っていたんだ。三十二年前も、今回も。教唆とまでは言えずとも、すくなくともあなたの意思だった。あなたの殺意が実行されたんだ――あのときも、今回も」

そむけた美也子の横顔が、はっきりと引き攣るのを鳥越は見守った。

はめ殺しとおぼしき窓から射しこむ陽光が、その頰と口もとに刻まれた年輪を、残酷なほどあざやかに浮かびあがらせている。

――だが、いまもって彼女は美しい。

鳥越は目を細めた。

三十二年前の美也子を、彼は知らない。当時の鳥越は九歳だった。そして美也子は十四歳だった。

歳が離れているだけでなく、学区も違う。同じ折平市の生まれとはいえ、およそ知りあうきっかけなどなかった。

しかしそれでも、鳥越には想像ができた。

十四歳の美也子がどれほど美少女だったか。優等生のほまれ高く、容姿端麗で聡明な彼女が、どれほどに周囲の少年をときめかせたかを。

「おれたちは動機ばかり探して、単純なことを見逃していた」

鳥越は言った。

「あの頃、あなたの家に家政婦はいなかった。母親の富士乃はホストに入れあげて不在がち、父親は暴君だった。そして同居の祖父は認知症だ。ならば誰が家事をし、祖父の面倒を見ていた？　中学生の、あなた以外にない」

「……だから、なんなんです」

顔をそむけたまま美也子が言った。

「それが、罪なんですか？　むしろ誉められることでは？　……実際、まわりはわたしを誉めそやす人ばかりでしたよ」

「そうでしょうよ。大人は誰も怒らなかった。まだ中学生の少女に押しつけるなんておかしい、不当だ、と言ってくれる人はいなかった」

鳥越は一歩前へ出た。

「ある人が、あなたの自傷癖を証言しましたよ。〝腕の内側に古傷がびっしりだ。自分の手で、鋏やら剃刀やらで付けた傷。これみよがしに腕やら頭に包帯巻いて歩いて、嘘ばっかりついて……〟。これらは、あなたがまわりに発したSOSだった。だが周囲にはあなたの重責を〝親の手伝いをして偉い〟と称賛する大人か、自傷を白い目で見る大人しかいなかった。時代のせいもあったでしょう。昔ながらの住人が多く、古い価値観がはびこっている土地柄でもあった。――あなたのために怒ったのは、二人の小学生だけだった」

数秒、静寂があった。

やがて美也子が、ゆっくりと首をもたげ、鳥越を見上げた。

「……ピアノを、誉めてくれたんです」

うつろな声音だった。

「剛くんと周介くんは、いつも、窓の外で聴いていた。母の見栄と、自己満足で習わされたピアノでした。好きでもなんでもなかった。でも……あの子たちが聴いてくれたから、弾く気になれた。〝家じゃなにも聴けないから〟って、言ってました。二人とも、音楽を聴ける家庭環境じゃなかった。……それだけだったのに、父は、あの子たちが家のまわりにいるだけで、ひどく怒って……」

知っています、と鳥越は思った。

あの夏、鳥越もその光景を見た。吉永欣造が、小河原剛を殴りつける現場を。ためらいのない拳だった。小河原の口が切れて鮮血に染まっても、気にしたふうもなかった。暴力に慣れた者の仕草だった。

——そしてそれは、小河原たちも同じだ。

彼らもまた、暴力に慣れていた。怒りを実行するすべを知っていた。

「ピアノ教室には、週に何度行っていたんです」

鳥越は問うた。

「え……」

「あの頃、週に何度通っていましたか」

「一度、だけ。……家のことを、しなくちゃならなかったから。週に一度、八十分だけのレッスンでした……」

「そのわずかな間に、吉永平之助は家から連れだされた。いま思えばあからさまな、あなたのためのアリバイ工作だ。せめてあなたが大人の女性なら、疑惑の目が向いたかもしれない。だが現実にはあなたは十四歳の少女で、あなたに祖父を殺す動機があるとは誰も知らなかった。いや知ってはいても、その事実を、誰も殺意に結びつけて考えなかった」

「——あなたは、ひとつ誤解しています」

美也子が低く言った。

目に光が戻っていた。鳥越を正面から見据える。

「誤解?」

「自傷で付けた傷は、左手首のふたつだけ。——あとは、祖父にやられた傷でした。これ見よがしに包帯を巻いていたのはほんとうですが、それこそが周囲へのSOSのつもりでした。でも、そうですか、全部自傷だと思われていたんですね。やっと、謎がとけた気分……」

　ふふ、と美也子は笑った。気の抜けた笑みであった。

「吉永平之助は、学校などに講演に呼ばれ、自分の戦争体験を語っていた」

　鳥越はつづけた。

「おれの母は教師だったのでね。何度かその講演を聞いたそうです。母はこう言っていましたよ。〝話すたびに内容が変わった。最初のうちは悲惨な体験を語っていたけれど、それじゃ受けがよくないと見てか、苦力と寝食をともにして助けあっただの、現地の人と親交を深めただのいう話に変わっていった。ただの駄法螺よ。これっぽっちも聞く価値なんかない〟と――」

「そうです。祖父はあの戦争に、いい思い出なんか持っていなかった」

　美也子は吐き捨てた。

「認知症になった祖父はね、戦場で出会った少年兵の怨霊と、しばしば戦っていた。もちろん怨霊なんかいやしません。祖父が戦って――殴ったり蹴ったり、切りつけたりしていたのは、このわたし。いえ、おとなしいときのほうが大半でしたよ。でも幻覚の発作が起きると、祖父は手が付けられなくなって」

「暴力的な認知症患者の相手を、ご両親はあなたに押しつけたのか。わずか十四歳のあなたに」

「施設に入れるのは外聞が悪い、と言われました。……いまでこそ老人ホームのイメージは向上しましたが、当時は〝姥捨て山〟なんて言われていた。父も母も、外聞をそこなうより、わたしを生贄に差しだすことを選んだんです」

そのほうが楽だから――という語尾は、力なく消えた。

鳥越は言った。

「あなたはそんな日々に、耐えられなくなった」

「ええ。正確に言えば、限界になるきっかけがあったんです。……あの日、祖父はいつもの発作を起こしていた。わたしを、襲ってくる少年兵だと思いこんで蹴り倒した。祖父の爪さきは、わたしの下腹部に当たって――それから二箇月以上、不正出血が止まらなかった」

美也子の頬は蒼白だった。

「病院に連れていって、と母に頼みました。でも駄目だと言われた。祖父は元市議で、父は教頭です。家庭内暴力があったなんて知れたら、家名が地に落ちる、って。その頃の母は、父を定年後に出馬させる気でいたから――。体力が落ちてきたら逆に、父の立候補を断念させようと必死でしたが」

「妾を家に住まわせたり、ね」

「ええ。母は年々、家名への執着と誇りをなくしていった。……もっと早く、そうなってほしかったです。でも、祖父が生きていた頃は……。祖父への対抗意識というか、敵意のせいもあったでしょう」

「それで、不正出血を起こしたあなたはどうなったんです」

　鳥越は話を戻した。

「小河原たちに相談したんですか」

「まさか。……偶然知られてしまっただけです。わたしが貧血を起こして、あの子たちの前で倒れたから」

「彼らは、足しげくあなたのもとへ通っていた？」

「いいえ、週に二、三度です。家の中まで入ってきたことは、一度もなかった。いつも庭にいました。ピアノ室の、すぐ裏手にまわって……。彼らはわたしの家で、悪さは絶対にしなかったんです。でも父はしばしば彼らを見つけて、そのたび殴った。殴っても苦情を言う親はいなかったし、ＰＴＡもだんまりでした。彼らは、有名な問題児で……あの子たちなら殴っていい、という空気ができていた」

「あなたは小河原たちの、憧れの存在だったんですね」

　鳥越は言った。

　その言葉に、美也子はまぶたを伏せた。

「というより――疑似姉だったんだと思います。剛くんには、かばってくれる姉も兄もいなかった。周介くんには実姉がいたけれど、彼に見向きもしなかった。わたしは親に隠れて、こっそり彼らのためにクッキーを焼いたり、汚れものを洗ってあげていた。あの二人には、たったそれだけでも貴重だったんです。わたしのほかに、見返りなしにあの子たちをかまってあげる人は、誰もいなかった」

「見返りありなら、いたように聞こえますが？」

鳥越の皮肉に、美也子は頰を歪めた。

「……母のような人は、一人じゃありません。男性にだっているんです。子供相手に、おかしなちょっかいをかける人。……あの子たちは、何度かいやな思いをしてきていた。そういう相手が、大嫌いでした」

「なるほど。あなたは彼らの疑似姉であり、性的な匂いのしない聖母でもあったわけだ。そんなあなたが家庭内暴力に耐えていると彼らは知った。彼らは憤った。殺そうと言いだしたのは小河原、計画を練ったのは甘糟ってとこかな」

美也子は答えず、

「……なのに、わたしは駄目でした」と言った。

「あの子たちに、ああまでしてもらったのに――駄目だった。あの子たちが願ってくれた幸せを、摑めなかった」

「離婚のことですか」

「それも、あります。でもなによりの間違いは、実家から離れきれなかったこと。……わたしは、馬鹿なんです。母からいつか認めてもらいたい、という希望を、何歳になっても捨てられなかった。母を軽蔑しているのに、近くにいたら傷つくだけとわかっているのに、愛されたくてたまらなかった」

鳥越の目じりが、ちりっと痙攣した。

その気持ちはわかる。彼は思った。痛いほどわかる。

母を、尊敬はできない。好きかと訊かれれば答えに迷う。だがそれでも、自分にとってはたった一人の母なのだ。いまでもひれ伏して、愛を乞いたい思いは心のどこかにある。

「……なぜです」

鳥越は問うた。

「なぜいまになって吉永欣造を――お父さんを、殺させたんです。あれから三十二年が経った。いまさら、どうしてです？　甘糟は土橋を操り、デイサービス中の吉永欣造を殺させた。あの犯行は、あなたの意思ですか？」

「………」

「欣造は実父の平之助が殺されたとき、『以前からガキどもに屋敷のまわりをうろつかれていた。迷惑だった』と警察に言わず黙っていた。あなたの殺意がもとだったと、彼は察していたんですか？」

美也子はしばし答えなかった。

口もとが強張り、こまかく震える。顎に醜い皺が寄る。だがやがて、表情からふっと力が抜けた。

「――わたしの離婚の原因、調べました？」

意外な言葉だった。戸惑う鳥越を、美也子がふたたび見上げる。

「ええ、きっと調べたでしょう。警察って、そういうところだもの。……わたしは、子供ができなかった。夫は不妊治療を拒み、その果てに浮気した。……二度ともそう。どちらも母が選んだ、似たりよったりの男だった」

美也子の瞳に、自嘲の色が濃い。

「二度結婚に失敗してはじめて、母はわたしの受診を許してくれた。結果はこうでした。『鈍的腹部外傷により、卵巣が損傷した形跡あり。外傷が誘発した嚢胞から成る卵管留水腫』……。わかります？　かつて祖父は、わたしの下腹部を蹴った。二箇月以上、不正出血が止まらなかった。――あのときの〝鈍的腹部外傷〟です」

美也子は呻くように言った。

「ほんとうに子供がほしかったのか――。そう問われたなら、わからない、と答えるしかありません。子供を産むだけが、女の幸せじゃない。それにもし産んだとしても、うまく育てられる自信なんてない。うちの両親は、親として尊敬できる人じゃなかった。父は――そう、わたしの殺意が発端だと気づいていたかもしれない。でも、誰にも言わずに口を閉ざした。わたしのためじゃなく、自分の保身のためです。その実子であるわたしが出産したところで、自分や、剛くんたちのような子を、再生産するだけかもしれない。……頭ではそうわかっているのに……診断を聞いた途端、胸に、ぽっかりと穴があいた気がした」

「診断は最近下りたんですか」

「いいえ。十年以上も前のこと。それで母も、ようやくわたしを諦めました。いまは家事をさせ、雑用を言いつける以外は、こちらを見向きもしない。……ただわたしのほうで、治療だけはつづけていました。せめて治療がつづいている間は、希望をつないでいられたけれど――」

美也子は片手で顔を覆った。

鳥越は水町巡査の言葉を思いだした。「彼女の不妊による、旦那の浮気が原因」という言いかたがいやだ。不妊なら浮気されて当然みたいに聞こえる――と、不快感をあらわにした彼女の表情を。

顔を覆った指の隙間から、美也子の声が低く洩れた。

「……父に、認知症の診断が下りました」

唐突な言葉だった。鳥越は息を呑んだ。

美也子が重ねて言う。

「私は、四十六になりました。子供はもう望めません。なのにその上に、父の介護がのしかかる……。おまけに認知症の初期だというのに、父はすでに、あの頃の祖父に似てきていて……」

唇を噛む。

「そのときちょうど、周介くんと再会したんです。わたしは彼に言いました。〝あのとき、祖父を殺してくれてありがとう。でもこの歳になって、ようやくわかった。ほんとうにいなくなってほしいのは父だった〟と。——ええ、言うべきではない言葉です。わかっていて、言いました」

「あなたは——……」

鳥越は口をひらきかけた。しかしつづく言葉は、喉の奥で消えた。

廊下の向こうから、男がよろめきながら歩いてくるのが見えた。美也子の内縁の夫、高遠武であった。

病気だという噂は真実らしい。スウェットの上からでも痩せさらばえ、骨の浮いた体躯が見てとれる。眼窩が落ちくぼみ、顔は土気いろだ。

しかし面変わりしていても、鳥越には彼が誰か一目でわかった。

——小河原剛。

鳥越は苦いつばを呑んだ。

姓が違うのは甘糟と同様、結婚か養子縁組を経たせいだろう。下の名は〝読みの重複〟を理由に改名したのか。剛はたけし、つよし、たかし、たけるなど複数の読みを擁する。〝生活における混乱〟は、改名の申し立てが通るに充分な理由だ。

——光嗣はずっと、小河原が死んでいると特捜が思いこむよう誘導していた。

同時に、甘糟に捜査の矛先が向くよう示唆してもいた。

きっと甘糟自身の計画であり意思だろう。甘糟は土橋にも「小河原は死んだ」と告げていたに違いない。

おそらくは美也子と小河原の、静かな生活を守りたい一心で。

「てめえか、カラス」

唸(うな)るように小河原が言った。

体の片側を壁に預けていながらも、その声には充分な威圧感があった。殺気が立ちのぼり、鼻さきまで匂った。

鳥越は小河原に問うた。

「吉永富士乃は知っているのか？ 娘と暮らす男の正体は、おまえだと」

だが答えは聞くまでもなかった。小河原はあまりに面変わりしている。それに富士乃は、病で痩せさらばえた中年男に興味は持つまい。一瞥(いちべつ)も与えないはずだった。

小河原がじり、と近づいた。

その利き手は背にまわされている。

刃物を隠し持っているのか、と鳥越は思わず身がまえた。

いかに小河原が衰えていようと、刃物を突きだして体当たりするくらいは可能だ。そして小河原は、躊躇(ちゅうちょ)なく他人に刃を向けられる男だった。いままでの彼の半生が、それを物語っていた。

だが次の瞬間、窓ガラスが震えた。

小河原がはっとして窓を見た。その目が驚愕(きょうがく)で見ひらかれる。

はめ殺しの窓に、びっしりと鴉がたかっていた。

ガラスに嘴(くちばし)が、翼が当たる音がする。いや窓だけではない、玄関扉の向こうにも鴉が群れていた。

やはり嘴を扉に強く当て、脅すような鳴き声を上げつづける。十羽か、それとも二十羽か。旋回しては戻り、戻っては激しい威嚇の音をたてる。

美也子が壁に背を付けた。顔に怯えが浮いていた。

「化けものめ」

小河原が呻く。しかしその頬も、血の気を失っていた。

「そうか?」

鴉が押し寄せる玄関扉を背に、鳥越は低く応じた。

「あんたには友達が……甘糟がいた。美也子さんがいた。だがおれには、こいつらしかいなかった。あんたたちがやってきたように、おれもこいつらと支え合って生きたんだ。おれとあんたたちと、いったいどこが違う?」

「じゃあ、言い換えるぜ」

小河原が頬を歪めた。笑ったように見えた。

「おれたちもおまえも、化けものだ」

声が引き攣れた。

「――生まれてくるべきじゃ、なかった」

後ろ手に隠し持っていた刃を、小河原がかまえる。鳥越は姿勢を低くした。空気が張りつめる。鼻先に、きな臭い殺気がいっそう漂う。

しかし彼らが動く前に、

「もういいわ」

美也子が言った。

鳥越は彼女を見た。小河原も同様だった。

美也子の表情は弛緩し、目は遠くを見据えていた。

背を壁に付けたまま、彼女がけだるい声を落とす。

「もう、いい。……剛くん、わたしはいいからやめて。……刑事さん、お願いです。周介くんを止めてきてください」

8

甘糟の隠れ家は、築五十年は過ぎただろうアパートの一室だった。

一階の突きあたりの部屋だ。六室あるものの、うち半分は空室のようだった。廊下の床は板張りで、歩くとぎしぎし軋んだ。何年も掃除の手が入っていないのか、蜘蛛の巣が張り、あちこちに蛾や羽虫の死骸が落ちていた。

玄関扉も、やはり板戸だった。

チャイムはない。板戸を鳥越は拳で叩いた。

「光嗣」

叩きながら、怒鳴った。

「美也子さんから、この場所を聞いた。なにもかも終わりだ。彼女は証言すると言っている。土橋の供述と合わせれば真実がわかる。――聞こえてるだろう？　終わったんだ、戸を開けろ」

いらえはなかった。しばし、鳥越は待った。

息づまるような静寂ののち、戸がひらいた。

迎え入れたのは伊丹であった。わずかな間に、十も老けたかに見えた。瞳に生気がなかった。

伊丹を押しのけるようにして、鳥越は室内に踏みこんだ。

「小河原に、会ってきた」

短く言う。

伊丹はそれだけですべてを察したようだった。うつむいて「すみません」と声を落とした。

「……いつからの付きあいなんだ？　小河原たちとは」

「ぼくが、ほんの子供の頃……小学生になる前から、です。二人とも、おっかないけど、仲間にはやさしいんだ。ゴウ兄は、ほんとに親分肌な人で……」

「就学前のことを、そんなにはっきり覚えているのか？」鳥越が問う。

伊丹は苦笑し、自分の頭を指さして見せた。

そうだった、と鳥越は顔をしかめた。こいつは記憶力がいい。なんでも鮮明に覚えていられる。そう気づくと同時に、鼓膜の奥で懐かしい声がよみがえった。

――仲間にしてやってもいいぜ。

あの夏、鳥越自身が耳にした誘い文句だ。

小河原は幼い伊丹光嗣に向けても言った、というわけか。ただし鳥越のほうは機を逃し、彼の誘いをふいにしてしまったけれど。

伊丹が言った。

「二人とも、同類を嗅ぎつけるのが巧いんです。寂しくて、家庭環境が複雑で、身の置き場がわからない子供。父が来る前のぼくが、それだった。ぼくら、仲間だったんです。あの事件があって、散り散りになってしまったけど……」

「いつ、再会したんだ」

「つい最近です。『ジョイナス桜館』の殺傷事件が起こって、三十二年前の事件が掘り起こされてから……。二人は、無関係だと思いたかった。だからぼくのほうから、コンタクトをとったんです」

「連絡先を知っていたのか」

「いいえ。昔ながらのやりかたですよ。木に目印の傷を付ける、地蔵堂の前に石を置く……子供同士の合図です。ぼくもまさか、返事があるとは意外だった」

「それで甘糟は、おまえにすべてを打ちあけたのか。刑事課の捜査員になったおまえに？」

「すぐに、ではありませんでしたよ。でもシュウ兄は、あとのことを気にしていた。あの時点で、土橋がヘマをやらかしたとはわかっていましたから」

「ヘイトクライムに見せかけるつもりだったのに、土橋のやつは〝吉永欣造はどこだ〟と叫んでしまった。甘糟の計画ミスか？」

「そうですね。シュウ兄は土橋を焚きつけるため、最後の一押しとして〝小河原剛のかたきがいる〟と言い、吉永欣造の名と顔を教えた。やりすぎたんです」

「すべてを土橋にひっかぶせて、ムショ送りにする気だったのか。だが二人死んだんだからな。ムショどころか死刑台送りかもしれんぞ」

　鳥越は吐き捨てた。

「動機そのものには、同情できなくもないがな。おれが甘糟を見逃してやれん点は、そこにある。ひとつ目は土橋を巻きこんだこと。ふたつ目は無辜の被害者を出したことだ。土橋のやつは欣造だけじゃなく、乾ミチヱという八十三歳の女性を轢き殺した。やるなら、甘糟一人でやるべきだった」

「でしょうね。ぼくもそう思います」

　疲れた声で伊丹が応える。

「甘糟が松苗利恵に打ちあけた内容は嘘か？　三十二年前、居空き泥目当てで吉永家に侵入しただのと、彼女にでたらめを吹きこんだよな？」

「悪意があってのことじゃありません。ただ、全部を話さなかっただけだ。……シュウ兄は、彼女を巻きこみたくないと思ってた」

偽装結婚までさせておいてか、と言いかけて鳥越はやめた。代わりにこう問う。

「床下から発見された白骨は、誰のものだ？」

「ゴウ兄の、父親だそうです」

「殺したのは？　小河原か」

「シュウ兄は〝おれが殺した〟と言っていました。それ以上のことは教えてもらえなかった。じつを言えば、ぼくはゴウ兄の仕業ではと疑っているんですが……。シュウ兄は、自分がやったの一点張りでした」

「『永保院』の小河原家の墓に、永代供養料を置いたのもやつか。甘糟はどうして、それほどまでに小河原に尽くすんだ。いや、美也子のためか？　いまでも美也子に惚れているからか」

「それも、あるでしょうね」

伊丹はうなずいた。

「シュウ兄にとって、美也子さんは永遠の女神なんです。美也子さんがゴウ兄の出所を待って迎え入れたと知って、シュウ兄は心から喜んだ。……シュウ兄は三十二年前、自分が自白したことを後悔していた。取調官に〝小河原はもう吐いたぞ〟と言われ、その嘘を信じてしゃべってしまった自分を、許せずにいた。嘘だと知ったのは、成人後だそうです。

『折平老人連れ去り殺人事件』のルポ本を読み、ゴウ兄が最後まで黙秘をつらぬいたと知ったシュウ兄は、それ以後、ずっと自分を責めて生きてきた。二人が幸せになってくれることは……シュウ兄の悲願だったんです」

「それならなぜ、よけいに一人でやらなかった」

鳥越の声が尖った。

「なぜ土橋を操り人形に仕立てあげた。どうして甘糟本人がやらなかったんだ。四十過ぎてのムショ行きがいやだったのか」

「違います」

伊丹はかぶりを振り、

「シュウ兄と美也子さんが再会したのは——認知症外来の、待合室でなんです」

と言った。

鳥越は目を見ひらいた。

すこし考えて、言葉を押しだす。

「美也子は父親の付き添いだったが、甘糟は……本人がか？　だがあいつは、まだ四十四歳だろう」

「若年性だそうです。それだけに進行が早く、薬が合わないケースも多いらしい。独り身のせいで発見が遅れ、早期治療できなかったのも痛かった。タクシー会社を辞めたのも、病気のせいです。傍目（はため）には放心しているだけに見えたようですが、だんだん隠せなくなってきた。それでなくとも運転は、認知症には大敵です」

「だからやつは、土橋を身代わりに立てたのか。自分の脳が、自分でも信用できなくなったから」

鳥越は唸（うな）った。

伊丹が首肯して、

「それと同時に、認知症が進行したからこそ、シュウ兄は最後の最後に、美也子さんの願いをかなえたかったんです。シュウ兄は、自分が自分でなくなっていくのが怖かった。せめて意識があるうちに、と思ったんでしょう。認知症がもっと進めば、他人のためになにかをするなんてできなくなりますから」

「スナック『穂の香』のシンシアに、土橋の名を使って接近したのは？」

「あれは、些細（ささい）な保険のつもりだったようです。プランAでは、土橋が逮捕されて終わりでした。でも土橋のヘマで、計画はプランBに移らざるを得なかった」

「プランB、つまり甘糟がすべて罪をかぶっての自殺だな」

「そうです。温泉地で自殺すれば、警察に彼の名を聞かれたホステスは、土橋典之の名を答えます。もちろん顔は違いますがね。でも殺人犯である土橋を騙（かた）る自殺体が出たとなれば、特捜本部にも連絡がいく。……黒幕はシュウ兄で、土橋は踊らされただけとわかれば、あいつの罪もすこしは軽減されるでしょう。ぼくもプランBに協力するべく、いろいろと小細工したわけですが――」

「だが、おまえは土壇場でいやになった」

「ええ」

鳥越の言葉に、伊丹は同意した。

「そのとおりです。いやになった。……ぼくは、やっぱりシュウ兄に生きていてほしかった。シュウ兄は自殺するため宿を出たはいいが、自分の目的を忘れて徘徊(はいかい)していました。捕まえて、無理やりタクシーに乗せましたよ。鳥越さんが見たのは、そのタクシーが走りだした直後あたりです」

「メールをくれたな、ありがとうよ。しかも水町より前に、おれに」

鳥越は言った。すこしためらってから、

「知っていたのか」と問う。

「知っていたのか？　……おれたちに、共通の父がいると」

「当たりまえでしょう」

伊丹ははっきりと苦笑した。

「──言っておきますが、あなたが思っている以上に、あなたと父さんはそっくりですよ。顔だけじゃなく、性格もね」

「嬉(うれ)しくはねえな」

鳥越は片頬を歪めた。本心だった。

ほんのすこしも嬉しくない。それどころか、忌々(いまいま)しいだけだった。

「では捜査員の先輩じゃあなく、血の繋がらん兄として言わせてもらうぞ。おまえが今後どうするつもりかは、知らん。警察を辞める如何も好きにしろ。だが、美也子はすべて正直に証言すると言っている。それを踏まえて動け。……そうしてくれ」

数秒ためらってから、鳥越は問うた。

「甘糟は、まだ生きているのか？」

「いえ」

伊丹が首を横に振る。

「……しばらく籠城するつもりで、食料の買い出しに行った隙に——。ほんのつかの間、正気に戻ったようです。……浴室のドアノブとタオルで、首を吊りました」

語尾が涙でふやけた。

うつむく伊丹に、鳥越はかける言葉が見つからなかった。ただ無言で、浴室とおぼしきドアに目を向けた。

ドア一枚隔てた向こうにあるはずの、甘糟の死体を思った。

ポケットのスマートフォンを、なかば無意識に指で探る。通報せねばと思った。それは自分の役目であった。

つんざくような耳鳴りは、いつの間にか止んでいた。

エピローグ

鳥越は、霊園にいた。

眼前には伊丹家の墓があった。父の一彦が眠る墓だ。場所はわかっていたが、いままで一度も墓参したことはなかった。

鳥越は花ひとつ持っていなかった。

霊園から水桶（みずおけ）や柄杓（ひしゃく）も借りていない。ただスーツの内ポケットに、父の手帳を忍ばせて来ていた。例の、ページが一枚破りとられた手帳だ。

――母だった。

それを鳥越は、ようやく知った。

小河原から聞かされたのだ。三十二年前、母は生徒である小河原たちに、繰りかえしこう言っていた。

「老人と子供を比べたら、未来ある子供の方が百倍価値がある」

「子供世代に負担ばかりかける年金制度は間違ってる。子供は宝なのよ。老人と子供を比べたら、子供が大事に決まってるじゃない」

そして小河原は鳥越に語った。

「学校へほとんど通っていなかったおれでも、聞き飽きるほどだった。あれは洗脳に近かった」と。

——母のその言葉が、小河原と甘糟を犯行に走らせる土台になった。

未来ある美也子がなぜ、祖父の介護に明け暮れねばならないのだ。美也子のほうが百倍価値があるのに。美也子の未来のため、障害は排除せねばならない。そう彼らは信じ、行動に起こした。

しかし鳥越にはわかる。

一般論に見せかけて、そのじつ母が指していた「老人」とは姑のことだ。

母はつねに姑を、つまり鳥越の祖母スズを恨んでいた。あの女のせいで結婚生活が破綻した。一彦は自分の母親の意向ばかり優先した。あの女がそう仕向けたからだ、と憎しみを募らせていた。しかも一彦が最終的に選んだ女、美枝は〝祖母のお気に入り〟であった。

母はよく知らぬ美枝よりも祖母を憎んだ。祖母ばかりを。

——老人と子供を比べたら、未来ある子供の方が百倍価値がある……か。

鳥越はふっと苦笑した。

母はほんとうはこう言いたかったのだ。「一彦さんは、姑の意向よりもわが子を大事にするべき。子供のためにも、家庭に戻るべきなのよ」と。

だが母はプライドが高すぎた。そうはっきり口に出すことも、夫にすがることもできなかった。

——父は知ってしまったのか。母のその言葉を。言葉に隠された裏の気持ちを。

だからいったん手帳に書いたものの、破った。

母をかばう気持ちがあったのか、それともさらに嫌気がさして破り捨てたのか。いまとなってはわからない。その後、両親は離婚した。それがすべてだ。

鳥越は両手をポケットに突っこんだまま、墓石を見つめていた。

手帳を父の墓前に置いて去るつもりだった。だが、その気は失せていた。かといって掌を合わせる気にもなれなかった。

だが終わった、という実感はあった。これでようやく片が付いた。三十二年前の事件も、自分の気持ちにも。すべてが過去のものになった。

『折平老人ホーム大量殺傷事件』は土橋が実行犯、甘糟が教唆犯であると結論付けられ、甘糟の自殺によって幕引きとなった。

美也子は「教唆とは言えない」と判断され、お咎めなし。白骨は小河原の父と断定され、死因に多くの疑問は残るものの、甘糟の犯行で片づいた。覆った衣服は愛情表現の証ではなく、死亡時期の隠蔽工作とされた。どのみち小河原の父の死を悼む者はなく、再捜査しろと騒ぎたてる者もなかった。

伊丹光嗣は、警察を辞めた。

水町未緒は彼に「別れてくれ」と言われたそうだが、

「まだ話しあっている最中です。わたし、折れるつもりはありませんけど」

と鳥越に宣言した。ふっきれたようないい表情であった。

鳥越は視線を上げた。

霊園の塀沿いに立つ樫の枝に、鴉がとまっていた。

恐れる様子はない。澄んだ黒い双眸で、彼を凝視していた。

鳥越はポケットから片手を出した。その手を、鴉に向かって上げる。

長い付きあいだな、との思いをこめた挨拶だった。そしてこれからもつづいていくだろう、との。

彼はきびすを返した。一歩歩きだそうとして、その足が止まる。

霊園の通路の向こうに、伊丹光嗣がいた。

鴉が高い羽音を立てて、枝から飛びたった。

引用・参考文献

『カラス学のすすめ』杉田昭栄　緑書房
『カラスは飼えるか』松原始　新潮社
『少年たちはなぜ人を殺すのか』キャロル・アン・デイヴィス　浜野アキオ訳　文春新書
『コリン・ウィルソンの犯罪コレクション（上）』コリン・ウィルソン　関口篤訳　青土社
『警視庁科学捜査最前線』今井良　新潮新書
『未解決　封印された五つの捜査報告』一橋文哉　新潮文庫
『少年事件　暴力の深層』西山明　ちくま文庫
『謝るなら、いつでもおいで』川名壮志　集英社
『ケーキの切れない非行少年たち』宮口幸治　新潮新書
『加害者家族』鈴木伸元　幻冬舎新書
『世界犯罪クロニクル―現代史の悪名高い重罪犯たちと彼らの極悪非道な犯罪の数々―』
マーティン・ファイドー　中村省三訳　ワールドフォトプレス

本書はハルキ文庫の書き下ろし小説です。

ハルキ文庫

灰いろの鴉 捜査一課強行犯係・鳥越恭一郎

著者 櫛木理宇

2021年 8月18日第一刷発行

発行者 角川春樹

発行所 株式会社角川春樹事務所
〒102-0074 東京都千代田区九段南2-1-30 イタリア文化会館

電話 03(3263)5247(編集)
03(3263)5881(営業)

印刷・製本 中央精版印刷株式会社

フォーマット・デザイン 芦澤泰偉
表紙イラストレーション 門坂 流

ISBN978-4-7584-4428-6 C0193 ©2021 Kushiki Riu Printed in Japan
http://www.kadokawaharuki.co.jp/[営業]
fanmail@kadokawaharuki.co.jp[編集] ご意見・ご感想をお寄せください。